COLLECTION 1000 SOLEILS

Collection dirigée par Pierre Marchand et Jean-Olivier Héron

VAUDEVILLE

GASTON LEROUX

LE MYSTÈRE DE LA CHAMBRE JAUNE

PRÉFACE
DE JEAN COCTEAU

Illustrations
de Jean Rouzaud

nrf

GALLIMARD

A Robert CHARVAY

Souvenir reconnaissant des débuts du jeune Rouletabille.

Affectueusement,

Gaston LEROUX.

PREFACE

Pierre Reverdy nous disait : « Il n'y a pas d'amour. Il n'y a que des preuves d'amour. » *Phrase admirable et qui peut se traduire en d'autres domaines. Par exemple :* « Il n'y a pas de génie. Il n'y a que des preuves de génie. »

Il n'existe pas d'arts mineurs. Seules existent les noces étranges du conscient et de l'inconscience, la foudre exquise produite par le contact de la sagesse et de ce schyzophrène que chacun porte en soi et dont il a généralement honte.

La poésie, c'est le monstre, né de ces noces mystérieuses, de ce mariage brutal entre la surprise et les habitudes. Et peu m'importe la taille et la force musculaire du monstre.

L'essentiel est qu'il naisse. Je n'en demande pas davantage.

Voilà qui nous transporte loin d'un privilège qu'on n'accordait qu'à Shakespeare, à Victor Hugo, à Goethe, à Beethoven et à Wagner. Voilà qui nous évoque Stendhal lorsqu'il déclare, en parlant d'une femme, qu'elle descendait de sa calèche avec génie.

Voilà qui nous autorise à respecter, adorer, louer

ce phénomène du génie aussi bien chez Offenbach que chez Mozart, à saluer davantage une chanson de Charles Trenet qu'une de ces lourdes musiques dont les concerts nous accablent et où la sottise devient encore plus pénible à entendre qu'à voir.

Ce préambule, à seule fin de vous faire toucher pourquoi Le Mystère de la Chambre Jaune *mérite des éloges très supérieurs à ceux qu'on lui accorde et à reconnaître que, sous la cape de Fantomas, certains auteurs de petite zone doivent être aimés sans réserve. Et si j'emploie le verbe aimer, c'est qu'il échappe aux intellectuels et que la véritable admiration n'est autre qu'une forme de l'amour, une sorte de sexualité transcendante, comme qui dirait d'une peau de l'âme, sexualité sensible ou insensible à certaines apparences de la beauté, provoquant ou ne provoquant pas une érection morale, signe sans lequel l'admiration que l'esprit porte à une œuvre, ne relève que du simple dilettantisme.*

De longue date, j'ai cherché refuge contre la littérature poétique *ou* réaliste, *dans les livres où l'auteur ignore que poésie et vérité le hantent, le soulèvent au-dessus de lui-même et, dirai-je, du mépris qu'il affiche pour un genre qu'il imagine indigne de sa plume alors qu'il se trompe en visant beaucoup trop haut.*

Nous en eûmes, Apollinaire et moi, la preuve, lorsque les auteurs de « Fantomas », *étonnés par notre enthousiasme, nous firent savoir qu'ils étaient capables d'écrire des ouvrages moins naïfs. Or, ces ouvrages moins naïfs étaient d'une naïveté déconcertante. Ils nous démontraient, une fois de plus, la primauté d'un génie pareil à celui de l'enfance, génie que les personnes mal instruites du collège des muses confondent avec la maladresse et les chances du hasard. Chez Gaston Leroux, rien de cet ordre. Il fut modeste, dans le véritable sens du terme, et jamais ne prétendit besogner de la main gauche afin de nous surprendre ensuite par des chefs-d'œuvre de la main droite.*

Ce n'est pas, chez cette famille d'artistes, l'intrigue ni les épisodes à « suspens » qui comptent, mais une pénombre de rêve, un malaise qui singularise les demeures où vivent leurs héros, un orchestre nocturne accompagnant l'histoire qu'ils nous racontent sans la moindre morgue. De cette absence de morgue, résulte une authenticité merveilleuse, un solide équilibre entre l'énigme qu'ils nous proposent et leur adresse à la résoudre.

La longue canne de Larsan... *Cette canne me semble être l'exemple type d'un leitmotiv analogue au* Parfum de la Dame en Noir, *à la plainte de Rouletabille.*

Que les lecteurs qui m'approuvent se mettent à l'étude d'un règne où Leroux fut prince, qu'ils remontent jusqu'au roi : Edgar Poe, qu'ils relisent Double crime dans la Rue Morgue *et soudain, enchantés par un monde qu'ils crurent un demi-monde, ils iront à la découverte des maîtres, en tête de qui Gaston Leroux triomphe de l'indifférence dans laquelle tant d'auteurs « sérieux » firent naufrage.*

Jean Cocteau.

P.-S. — *Nietzsche a donné exemple en opposant aux brumes de la tétralogie l'opéra-comique méditerranéen de Bizet.*

I

OU L'ON COMMENCE A NE PAS COMPRENDRE

Ce n'est pas sans une certaine émotion que je commence à raconter ici les aventures extraordinaires de Joseph Rouletabille. Celui-ci, jusqu'à ce jour, s'y était si formellement opposé que j'avais fini par désespérer de publier jamais l'histoire policière la plus curieuse de ces quinze dernières années. J'imagine même que le public n'aurait jamais connu « toute la vérité » sur la prodigieuse affaire dite de la « Chambre Jaune », génératrice de tant de mystérieux et cruels et sensationnels drames, et à laquelle mon ami fut si intimement mêlé, si, à propos de la nomination récente de l'illustre Stangerson au grade de grand-croix de la Légion d'honneur, un journal du soir, dans un article misérable d'ignorance ou d'audacieuse perfidie, n'avait ressuscité une terrible aventure que Joseph Rouletabille eût voulu savoir, me disait-il, oubliée pour toujours.

La « Chambre Jaune » ! qui donc se souvenait de cette affaire qui fit couler tant d'encre, il y a une quinzaine d'années ? On oublie si vite à Paris. N'a-t-on pas oublié le nom même du procès de Nayves et la tragique histoire de la mort du petit Menaldo ?

Et cependant l'attention publique était à cette époque si tendue vers les débats, qu'une crise ministérielle, qui éclata sur ces entrefaites, passa complètement inaperçue. Or, le procès de la « Chambre Jaune » qui précéda l'affaire de Nayves de quelques années, eut plus de retentissement encore. Le monde entier fut penché pendant des mois sur ce problème obscur, — le plus obscur à ma connaissance qui ait jamais été proposé à la perspicacité de notre police, qui ait jamais été posé à la conscience de nos juges. La solution de ce problème affolant, chacun la chercha. Ce fut comme un dramatique rébus sur lequel s'acharnèrent la vieille Europe et la jeune Amérique. C'est qu'en vérité — il m'est permis de le dire « puisqu'il ne saurait y avoir en tout ceci aucun amour-propre d'auteur » et que je ne fais que transcrire des faits sur lesquels une documentation exceptionnelle me permet d'apporter une lumière nouvelle — c'est qu'en vérité, je ne sache pas que, dans le domaine de la réalité ou de l'imagination, même chez l'auteur du *Double Assassinat, rue Morgue,* même dans les inventions des sous-Edgar Poe et des truculents Conan Doyle, on puisse retenir quelque chose de comparable, QUANT AU MYSTÈRE, « au naturel mystère de la Chambre Jaune ».

Ce que personne ne put découvrir, le jeune Joseph Rouletabille, âgé de dix-huit ans, alors petit reporter dans un grand journal, le trouva ! Mais, lorsqu'en cour d'assises il apporta la clef de toute l'affaire, il ne dit pas toute la vérité. Il n'en laissa apparaître que ce qu'il fallait « pour expliquer l'inexplicable » et pour faire acquitter un innocent. Les raisons qu'il avait de se taire ont disparu aujourd'hui. Bien mieux, mon ami « doit » parler. Vous allez donc tout savoir ; et, sans plus ample préambule, je vais poser devant vos yeux le problème de la « Chambre Jaune », tel qu'il le fut aux yeux du monde entier au lendemain du drame du château du Glandier.

Le 25 octobre 1892, la note suivante paraissait en dernière heure du *Temps :*

« Un crime affreux vient d'être commis au Glandier, sur la lisière de la forêt de Sainte-Geneviève, au-dessus d'Epinay-sur-Orge, chez le professeur Stangerson. Cette nuit, pendant que le maître travaillait dans son laboratoire, on a tenté d'assassiner Mlle Stangerson, qui reposait dans une chambre attenante à ce laboratoire. Les médecins ne répondent pas de la vie de Mlle Stangerson. »

Vous imaginez l'émotion qui s'empara de Paris. Déjà, à cette époque, le monde savant était extrêmement intéressé par les travaux du professeur Stangerson et de sa fille. Ces travaux, les premiers qui furent tentés sur la radiographie, devaient conduire plus tard M. et Mme Curie à la découverte du radium. On était, du reste, dans l'attente d'un mémoire sensationnel que le professeur Stangerson allait lire, à l'Académie des sciences, sur sa nouvelle théorie : *La Dissociation de la Matière.* Théorie destinée à ébranler sur sa base toute la science officielle qui repose depuis si longtemps sur le principe : rien ne se perd, rien ne se crée.

Le lendemain, les journaux du matin étaient pleins de ce drame. *Le Matin,* entre autres, publiait l'article suivant, intitulé : « Un crime surnaturel » :

> Voici les seuls détails — écrit le rédacteur anonyme du *Matin* — que nous ayons pu obtenir sur le crime du château du Glandier. L'état de désespoir dans lequel se trouve le professeur Stangerson, l'impossibilité où l'on est de recueillir un renseignement quelconque de la bouche de la victime ont rendu nos investigations et celles

de la justice tellement difficiles qu'on ne saurait, à cette heure, se faire la moindre idée de ce qui s'est passé dans la « Chambre Jaune », où l'on a trouvé Mlle Stangerson, en toilette de nuit, râlant sur le plancher. Nous avons pu, du moins, interviewer le père Jacques — comme on l'appelle dans le pays — un vieux serviteur de la famille Stangerson. Le père Jacques est entré dans la « Chambre Jaune » en même temps que le professeur. Cette chambre est attenante au laboratoire. Laboratoire et « Chambre Jaune » se trouvent dans un pavillon, au fond du parc, à trois cents mètres environ du château.

— Il était minuit et demi, nous a raconté ce brave homme (?), et je me trouvais dans le laboratoire où travaillait encore M. Stangerson quand l'affaire est arrivée. J'avais rangé, nettoyé des instruments toute la soirée, et j'attendais le départ de M. Stangerson pour aller me coucher. Mlle Mathilde avait travaillé avec son père jusqu'à minuit ; les douze coups de minuit sonnés au coucou du laboratoire, elle s'était levée, avait embrassé M. Stangerson, lui souhaitant une bonne nuit. Elle m'avait dit : « Bonsoir, père Jacques ! » et avait poussé la porte de la « Chambre Jaune ». Nous l'avions entendue qui fermait la porte à clef et poussait le verrou, si bien que je n'avais pu m'empêcher d'en rire et que j'avais dit à monsieur : « Voilà mademoiselle qui s'enferme à double tour. Bien sûr qu'elle a peur de la " Bête du Bon Dieu ! " » Monsieur ne m'avait même pas entendu tant il était absorbé. Mais un miaulement abominable me répondit au-dehors et je reconnus justement le cri de la « Bête du Bon Dieu !... » que ça vous en donnait le frisson... « Est-ce qu'elle va encore nous empêcher de dormir, cette nuit ? » pensai-je, car il faut que je vous dise, monsieur, que, jusqu'à fin octobre, j'habite dans le grenier du pavillon, au-dessus de la « Chambre Jaune », à seule fin que mademoiselle ne reste pas seule toute la nuit au fond du parc. C'est une idée de mademoiselle de passer la bonne saison dans le pavillon ; elle le trouve sans doute plus gai que le château et, depuis quatre ans qu'il est construit, elle ne manque jamais de s'y installer dès le printemps. Quand revient l'hiver, mademoiselle retourne au château, « car dans la Chambre Jaune, il n'y a point de cheminée ».

« Nous étions donc restés, M. Stangerson et moi, dans le pavillon. Nous ne faisions aucun bruit. Il était, lui, à son bureau. Quant à moi, assis sur une chaise, ayant terminé ma besogne, je le regardais et je me disais : " Quel homme ! Quelle intelligence ! Quel savoir ! " J'attache de l'importance à ceci que nous ne faisions aucun bruit, car " à cause de cela, l'assassin a cru certainement que nous étions partis ". Et tout à coup, pendant que le coucou faisait entendre la demie passé minuit, une clameur désespérée partit de la " Chambre Jaune ". C'était la voix de mademoiselle qui criait : " A l'assassin ! A l'assassin ! Au secours ! " Aussitôt des coups de revolver retentirent et il y eut un grand bruit de tables, de meubles renversés, jetés par terre, comme au cours d'une lutte, et encore la voix de mademoiselle qui criait : " A l'assassin !... Au secours !... Papa ! Papa ! "

« Vous pensez si nous avons bondi et si M. Stangerson et moi nous nous sommes rués sur la porte. Mais, hélas ! elle était fermée et bien fermée " à l'intérieur " par les soins de mademoiselle, comme je vous l'ai dit, à clef et au verrou. Nous essayâmes de l'ébranler, mais elle était solide. M. Stangerson était comme fou, et vraiment il y avait de quoi le devenir, car on entendait mademoiselle qui râlait : “ Au secours !... Au secours !... ” Et M. Stangerson frappait des coups terribles contre la porte, et il pleurait de rage et il sanglotait de désespoir et d'impuissance.

« C'est alors que j'ai eu une inspiration. “ L'assassin se sera introduit par la fenêtre, m'écriai-je, je vais à la fenêtre ! ” Et je suis sorti du pavillon courant comme un insensé !

« Le malheur était que la fenêtre de la “ Chambre Jaune ” donne sur la campagne, de sorte que le mur du parc qui vient aboutir au pavillon m'empêchait de parvenir tout de suite à cette fenêtre. Pour y arriver, il fallait d'abord sortir du parc. Je courus du côté de la grille et, en route, je rencontrai Bernier et sa femme, les concierges, qui venaient, attirés par les détonations et par nos cris. Je les mis, en deux mots, au courant de la situation ; je dis au concierge d'aller rejoindre tout de suite M. Stangerson et j'ordonnai à sa femme de venir avec moi pour m'ouvrir la grille du parc. Cinq minutes plus tard, nous étions, la concierge et moi, devant la fenêtre de la “ Chambre Jaune ”. Il faisait un beau clair de lune et je vis bien qu'on n'avait pas touché à la fenêtre. Non seulement les barreaux étaient intacts, mais encore les volets, derrière les barreaux, étaient fermés, comme je les avais fermés moi-même, la veille au soir, comme tous les soirs, bien que mademoiselle, qui me savait très fatigué et surchargé de besogne, m'eût dit de ne point me déranger, qu'elle les fermerait elle-même ; et ils étaient restés tels quels, assujettis, comme j'en avais pris le soin, par un loquet de fer, " à l'intérieur ". L'assassin n'avait donc pas passé par là et ne pouvait se sauver par là ; mais moi non plus, je ne pouvais entrer par là !

« C'était le malheur ! On aurait perdu la tête à moins. La porte de la chambre fermée à clef " à l'intérieur ", les volets de l'unique fenêtre fermés, eux aussi, " à l'intérieur ", et, par-dessus les volets, les barreaux intacts, des barreaux à travers lesquels vous n'auriez pas passé le bras... Et mademoiselle qui appelait au secours !... Ou plutôt non, on ne l'entendait plus... Elle était peut-être morte... Mais j'entendais encore, au fond du pavillon, monsieur qui essayait d'ébranler la porte...

« Nous avons repris notre course, la concierge et moi, et nous sommes revenus au pavillon. La porte tenait toujours, malgré les coups furieux de M. Stangerson et de Bernier. Enfin elle céda sous nos efforts enragés et alors, qu'est-ce que nous avons vu ? Il faut vous dire que, derrière nous, la concierge tenait la lampe du laboratoire, une lampe puissante qui illuminait toute la chambre.

« Il faut vous dire encore, monsieur, que la " Chambre Jaune " est toute petite. Mademoiselle l'avait meublée d'un lit en fer assez large, d'une petite table, d'une table de nuit, d'une toilette et de deux chaises. Aussi, à la clarté de la grande lampe que tenait la concierge, nous avons tout vu du premier coup d'œil. Mademoiselle, dans sa chemise de nuit, était par terre, au milieu d'un désordre incroyable. Tables et chaises avaient été renversées montrant qu'il y avait eu là une sérieuse " batterie ". On avait certainement arraché mademoiselle de son lit ; elle était pleine de sang avec des marques d'ongles terribles au cou

— la chair du cou avait été quasi arrachée par les ongles — et un trou à la tempe droite par lequel coulait un filet de sang qui avait fait une petite mare sur le plancher. Quand M. Stangerson aperçut sa fille dans un pareil état, il se précipita sur elle en poussant un cri de désespoir que ça faisait pitié à entendre. Il constata que la malheureuse respirait encore et ne s'occupa que d'elle. Quant à nous, nous cherchions l'assassin, le misérable qui avait voulu tuer notre maîtresse, et je vous jure, monsieur, que, si nous l'avions trouvé, nous lui aurions fait mauvais parti. Mais comment expliquer qu'il n'était pas là, qu'il s'était déjà enfui ?... Cela dépasse toute imagination. Personne sous le lit, personne derrière les meubles, personne ! Nous n'avons retrouvé que ses traces ; les marques ensanglantées d'une large main d'homme sur les murs, et sur la porte, un grand mouchoir rouge de sang, sans aucune initiale, un vieux béret et la marque fraîche, sur le plancher, de nombreux pas d'homme. L'homme qui avait marché là avait un grand pied et les semelles laissaient derrière elles une espèce de suie noirâtre. Par où cet homme était-il passé ? Par où s'était-il évanoui ? " N'oubliez pas, monsieur, qu'il n'y a pas de cheminée dans la Chambre Jaune. " Il ne pouvait s'être échappé par la porte, qui est très étroite et sur le seuil de laquelle la concierge est entrée avec sa lampe, tandis que le concierge et moi nous cherchions l'assassin dans ce petit carré de chambre où il est impossible de se cacher et où, du reste, nous ne trouvions personne. La porte défoncée et rabattue sur le mur ne pouvait rien dissimuler, et nous nous en sommes assurés. Par la fenêtre restée fermée avec ses volets clos et ses barreaux auxquels on n'avait pas touché, aucune fuite n'avait été possible. Alors ? Alors... je commençais à croire au diable.

« Mais voilà que nous avons découvert, par terre, " mon revolver ". Oui, mon propre revolver... Ça, ça m'a ramené au sentiment de la réalité ! Le diable n'aurait pas eu besoin de me voler mon revolver pour tuer mademoiselle. L'homme qui avait passé là était d'abord monté dans mon grenier, m'avait pris mon revolver dans mon tiroir et s'en était servi pour ses mauvais desseins. C'est alors que nous avons constaté, en examinant les cartouches, que l'assassin avait tiré deux coups de revolver. Tout de même, monsieur, j'ai eu de la veine, dans un pareil malheur, que M. Stangerson se soit trouvé là, dans son laboratoire, quand l'affaire est arrivée et qu'il ait constaté de ses propres yeux que je m'y trouvais moi aussi, car, avec cette histoire de revolver, je ne sais pas où nous serions allés ; pour moi, je serais déjà sous les verrous. Il n'en faut pas davantage à la justice pour faire monter un homme sur l'échafaud ! »

Le rédacteur du *Matin* faisait suivre cette interview des lignes suivantes :

Nous avons laissé, sans l'interrompre, le père Jacques nous raconter grossièrement ce qu'il sait du crime de la « Chambre Jaune ». Nous avons reproduit les termes mêmes dont il s'est servi ; nous avons fait seulement grâce au lecteur des lamentations continuelles dont il émaillait sa narration. C'est entendu, père Jacques ! C'est entendu, vous aimez bien vos maîtres ! Vous avez besoin qu'on le sache, et vous ne cessez de le répéter, surtout depuis la découverte du revolver. C'est votre droit et nous n'y voyons aucun inconvénient ! Nous aurions voulu poser bien des questions encore au père Jacques — Jacques-Louis Moustier — mais on est venu justement le chercher de la part du juge d'instruction qui poursuivait son enquête dans la grande salle du château. Il nous a été impossible de pénétrer au Glandier, — et, quant à la Chênaie, elle est gardée, dans un large cercle, par quelques policiers qui veillent jalousement sur toutes les traces qui peuvent conduire au pavillon et peut-être à la découverte de l'assassin.

Nous aurions voulu également interroger les concierges, mais ils sont invisibles. Enfin nous avons attendu dans une auberge, non loin de la grille du château, la sortie de M. de Marquet, le juge d'instruction de Corbeil. A cinq heures et demie, nous l'avons aperçu avec son greffier. Avant qu'il ne montât en voiture, nous avons pu lui poser la question suivante :

— Pouvez-vous, monsieur de Marquet, nous donner quelque renseignement sur cette affaire, sans que cela gêne votre instruction ?

— Il nous est impossible, nous répondit M. de Marquet, de dire quoi que ce soit. Du reste, c'est bien l'affaire la plus étrange que je connaisse. Plus nous croyons savoir quelque chose, plus nous ne savons rien !

Nous demandâmes à M. de Marquet de bien vouloir nous expliquer ces dernières paroles. Et voici ce qu'il nous dit, dont l'importance n'échappera à personne :

— Si rien ne vient s'ajouter aux constatations matérielles faites aujourd'hui par le parquet, je crains bien que le mystère qui entoure l'abominable attentat dont Mlle Stangerson a été victime ne soit pas près de s'éclaircir ; mais il faut espérer, « pour la raison humaine », que les sondages des murs, du plafond et du plancher de la « Chambre Jaune », sondages auxquels je vais me livrer dès demain avec l'entrepreneur qui a construit le pavillon il y a quatre ans, nous apporteront la preuve qu'il ne faut jamais désespérer de la logique des choses. Car le problème est là : nous savons par où l'assassin s'est introduit, — il est entré par la porte et s'est caché sous le lit en attendant Mlle Stangerson ; — mais par où est-il sorti ? Comment a-t-il pu s'enfuir ? Si l'on ne trouve ni trappe, ni porte secrète, ni réduit, ni ouverture d'aucune sorte, si l'examen des murs et même leur démolition — car je suis décidé, et M. Stangerson est décidé à aller jusqu'à la démolition du pavillon — ne viennent révéler aucun passage praticable, *non seulement pour un être humain, mais encore pour un être quel qu'il soit,* si le plafond n'a pas de trou, si le plancher ne cache pas de souterrain, « il faudra bien croire au diable », comme dit le père Jacques !

Et le rédacteur anonyme fait remarquer, dans cet article — article que j'ai choisi comme étant le plus intéressant de tous ceux qui furent publiés ce jour-là sur la même affaire — que le juge d'instruction semblait mettre une certaine intention dans cette dernière phrase : « " Il faudra bien croire au diable ", comme dit le père Jacques. »

L'article se termine sur ces lignes : « Nous avons voulu savoir ce que le père Jacques entendait par : " le cri de la Bête du Bon Dieu ". On appelle ainsi le cri particulièrement sinistre, nous a expliqué le propriétaire de l'auberge du Donjon, que pousse, quelquefois, la nuit, le chat d'une vieille femme, la mère " Agenoux ", comme on l'appelle dans le pays. La mère " Agenoux " est une sorte de sainte qui habite une cabane, au cœur de la forêt, non loin de la " grotte de Sainte-Geneviève ".

« " La Chambre Jaune, la Bête du Bon Dieu, la mère Agenoux, le diable, sainte Geneviève, le père Jacques ", voilà un crime bien embrouillé, qu'un coup de pioche dans les murs nous débrouillera demain ; espérons-le, du moins, " pour la raison humaine ", comme dit le juge d'instruction. En attendant, on croit que Mlle Stangerson, qui n'a cessé de délirer et qui ne prononce distinctement que ce mot : " Assassin ! Assassin ! Assassin !... " ne passera pas la nuit... »

Enfin, en dernière heure, le même journal annonçait que le chef de la Sûreté avait télégraphié au fameux inspecteur Frédéric Larsan, qui avait été envoyé à Londres pour une affaire de titres volés, de revenir immédiatement à Paris.

II

OU APPARAIT POUR LA PREMIÈRE FOIS JOSEPH ROULETABILLE

Je me souviens, comme si la chose s'était passée hier, de l'entrée du jeune Rouletabille dans ma chambre, ce matin-là. Il était environ huit heures, et j'étais encore au lit, lisant l'article du *Matin*, relatif au crime du Glandier.

Mais, avant toute autre chose, le moment est venu de vous présenter mon ami.

J'ai connu Joseph Rouletabille quand il était petit reporter. A cette époque, je débutais au barreau et j'avais souvent l'occasion de le rencontrer dans les couloirs des juges d'instruction, quand j'allais demander un « permis de communiquer » pour Mazas ou pour Saint-Lazare. Il avait, comme on dit, « une bonne balle ». Sa tête était ronde comme un boulet, et c'est à cause de cela, pensai-je, que mes camarades de la presse lui avaient donné ce surnom qui devait lui rester et qu'il devait illustrer. « Rouletabille ! — As-tu vu Rouletabille ? — Tiens voilà ce " sacré " Rouletabille ! » Il était souvent rouge comme une tomate, tantôt gai comme un pinson, et tantôt sérieux comme un pape. Comment, si jeune — il avait, quand je le vis pour la première fois, seize ans et demi — gagnait-il déjà sa vie dans la presse ? Voilà ce qu'on eût pu se demander si tous ceux qui l'approchaient n'avaient été au courant de ses débuts. Lors de l'affaire de la femme coupée en morceaux de la rue Oberkampf — encore une histoire bien oubliée — il avait apporté au rédacteur en chef de *L'Epoque,* journal qui était alors en rivalité d'informations avec *Le Matin,* le pied gauche qui manquait dans le panier où furent découverts les lugubres débris. Ce pied gauche, la police le cherchait en vain depuis huit jours, et le jeune Rouletabille l'avait trouvé dans un égout où personne n'avait eu l'idée de l'y aller chercher. Il lui avait fallu, pour cela, s'engager dans une équipe d'égoutiers d'occasion que l'administration de la ville de Paris avait réquisitionnée à la suite des dégâts causés par une exceptionnelle crue de la Seine.

Quand le rédacteur en chef fut en possession du précieux pied et qu'il eut compris par quelle suite d'intelligentes déductions un enfant avait été amené à le découvrir, il fut partagé entre l'admiration que lui causait tant d'astuce policière dans un cerveau de seize ans, et l'allégresse de pouvoir exhiber, à la

« morgue-vitrine » du journal, « le pied gauche de la rue Oberkampf ».

— Avec ce pied, s'écria-t-il, je ferai un article de tête.

Puis, quand il eut confié le sinistre colis au médecin légiste attaché à la rédaction de *L'Epoque,* il demanda à celui qui allait être bientôt Rouletabille ce qu'il voulait gagner pour faire partie, en qualité de petit reporter, du service des « faits divers ».

— Deux cents francs par mois, fit modestement le jeune homme, surpris jusqu'à la suffocation d'une pareille proposition.

— Vous en aurez deux cent cinquante, repartit le rédacteur en chef ; seulement vous déclarerez à tout le monde que vous faites partie de la rédaction depuis un mois. Qu'il soit bien entendu que ce n'est pas vous qui avez découvert « le pied gauche de la rue Oberkampf », mais le journal *L'Epoque*. Ici, mon petit ami, l'individu n'est rien ; le journal est tout !

Sur quoi il pria le nouveau rédacteur de se retirer. Sur le seuil de la porte, il le retint cependant pour lui demander son nom. L'autre répondit :

— Joseph Joséphin.

— Ça n'est pas un nom, ça, fit le rédacteur en chef, mais puisque vous ne signez pas, ça n'a pas d'importance...

Tout de suite, le rédacteur imberbe se fit beaucoup d'amis, car il était serviable et doué d'une bonne humeur qui enchantait les plus grognons, et désarma les plus jaloux. Au café du Barreau où les reporters de faits divers se réunissaient alors avant de monter au parquet ou à la préfecture chercher leur crime quotidien, il commença de se faire une réputation de débrouillard qui franchit bientôt les portes mêmes du cabinet du chef de la Sûreté ! Quand une affaire en valait la peine et que Rouletabille — il était déjà en possession de son surnom — avait été lancé sur la piste de guerre par son rédacteur en chef, il lui arrivait souvent de « damer le pion » aux inspecteurs les plus renommés.

C'est au café du Barreau que je fis avec lui plus ample connaissance. Avocats criminels et journalistes ne sont point ennemis, les uns ayant besoin de réclame et les autres de renseignements. Nous causâmes et j'éprouvai tout de suite une grande sympathie pour ce brave petit bonhomme de Rouletabille. Il était d'une intelligence si éveillée et si originale ! et il avait une qualité de pensée que je n'ai jamais retrouvée ailleurs.

A quelque temps de là, je fus chargé de la chronique judiciaire au *Cri du Boulevard.* Mon entrée dans le journalisme ne pouvait que resserrer les liens d'amitié qui, déjà, s'étaient noués entre Rouletabille et moi. Enfin, mon nouvel ami ayant eu l'idée d'une petite correspondance judiciaire qu'on lui faisait signer « Business » à son journal *L'Epoque,* je fus à même de lui fournir souvent les renseignements de droit dont il avait besoin.

Près de deux années se passèrent ainsi, et plus j'apprenais à le connaître, plus je l'aimais, car, sous ses dehors de joyeuse extravagance, je l'avais découvert extraordinairement sérieux pour son âge. Enfin, plusieurs fois, moi qui étais habitué à le voir très gai et souvent trop gai, je le trouvai plongé dans une tristesse profonde. Je voulus le questionner sur la cause de ce changement d'humeur, mais chaque fois il se reprit à rire et ne répondit point. Un jour, l'ayant interrogé sur ses parents, dont il ne parlait jamais, il me quitta, faisant celui qui ne m'avait pas entendu.

Sur ces entrefaites éclata la fameuse affaire de la « Chambre Jaune », qui devait non seulement le classer le premier des reporters, mais encore en faire le premier policier du monde, double qualité qu'on ne saurait s'étonner de trouver chez la même personne, attendu que la presse quotidienne commençait déjà à se transformer et à devenir ce qu'elle est à peu près aujourd'hui : la gazette du crime. Des esprits moroses pourront s'en plaindre ; moi j'estime qu'il faut s'en féliciter. On n'aura jamais assez d'armes, publiques ou privées, contre le criminel. A quoi ces esprits moroses répliquent qu'à force de parler de crimes, la presse finit par les inspirer. Mais il y a des gens, n'est-ce pas, avec lesquels on n'a jamais raison...

Voilà donc Rouletabille dans ma chambre, ce matin-là, 26 octobre 1892. Il était encore plus rouge que de coutume ; les yeux lui sortaient de la tête, comme on dit, et il paraissait en proie à une sérieuse exaltation. Il agitait *Le Matin* d'une main fébrile. Il me cria :

— Eh bien, mon cher Sainclair... Vous avez lu ?...

— Le crime du Glandier ?

— Oui ; la « Chambre Jaune » ! Qu'est-ce que vous en pensez ?

— Dame, je pense que c'est le « diable » ou la « Bête du Bon Dieu » qui a commis le crime.

— Soyez sérieux.

— Eh bien, je vous dirai que je ne crois pas beaucoup aux assassins qui s'enfuient à travers les murs. Le père Jacques, pour moi, a eu tort de laisser derrière lui l'arme du crime et, comme il habite au-dessus de la chambre de Mlle Stangerson, l'opération architecturale à laquelle le juge d'instruction doit se livrer aujourd'hui va nous donner la clef de l'énigme, et nous ne tarderons pas à savoir par quelle trappe naturelle ou par quelle porte secrète le bonhomme a pu se glisser pour revenir immédiatement dans le laboratoire, auprès de M. Stangerson qui ne se sera aperçu de rien. Que vous dirais-je ? C'est une hypothèse !...

Rouletabille s'assit dans un fauteuil, alluma sa pipe, qui ne le quittait jamais, fuma quelques instants en silence, le temps sans doute de calmer cette fièvre qui, visiblement, le dominait, et puis il me méprisa :

— Jeune homme ! fit-il, sur un ton dont je n'essaierai point de rendre la regrettable ironie, jeune homme... Vous êtes avocat, et je ne doute pas de votre talent à faire acquitter les coupables ; mais, si vous êtes un jour magistrat instructeur, combien vous sera-t-il facile de faire condamner les innocents !... Vous êtes vraiment doué, jeune homme.

Sur quoi, il fuma avec énergie, et reprit :

— On ne trouvera aucune trappe, et le mystère de la « Chambre Jaune » deviendra de plus en plus mystérieux. Voilà pourquoi il m'intéresse. Le juge d'instruction a raison : on n'aura jamais vu quelque chose de plus étrange que ce crime-là...

— Avez-vous quelque idée du chemin que l'assassin a pu prendre pour s'enfuir ? demandai-je.

— Aucune, me répondit Rouletabille, aucune pour le moment... Mais j'ai déjà mon idée faite sur le revolver, par exemple... Le revolver n'a pas servi à l'assassin...

— Et à qui donc a-t-il servi, mon Dieu ?...

— Eh bien, mais... « à Mlle Stangerson... ».

— Je ne comprends plus, fis-je... ou mieux je n'ai jamais compris...

Rouletabille haussa les épaules :

— Rien ne vous a particulièrement frappé dans l'article du *Matin ?*

— Ma foi non.. j'ai trouvé tout ce qu'il raconte également bizarre...

— Eh bien, mais... et la porte fermée à clef ?

— C'est la seule chose naturelle du récit...

— Vraiment !... Et le verrou ?

— Le verrou ?

— Le verrou poussé à l'intérieur ?... Voilà bien des précautions prises par Mlle Stangerson... « Mlle Stangerson, quant à moi, savait qu'elle avait à craindre quelqu'un » ; elle avait pris ses précautions ; « elle avait même pris le revolver du père Jacques », sans lui en parler. Sans doute, elle ne voulait effrayer personne ; elle ne voulait surtout pas effrayer son père... « Ce que Mlle Stangerson redoutait est arrivé... » et elle s'est défendue, et il y a eu bataille et elle s'est servi assez adroitement de son revolver pour blesser l'assassin à la main — ainsi s'explique l'impression de la large main d'homme ensanglantée sur le mur et sur la porte, de l'homme qui cherchait presque à tâtons une issue pour fuir — mais elle n'a pas tiré assez vite pour échapper au coup terrible qui venait la frapper à la tempe droite.

— Ce n'est donc point le revolver qui a blessé Mlle Stangerson à la tempe ?

— Le journal ne le dit pas, et, quant à moi, je ne le pense pas ; toujours parce qu'il m'apparaît logique que le revolver ait servi à Mlle Stangerson contre l'assassin. Maintenant, quelle était l'arme de l'assassin ? Ce coup à la tempe semblerait attester que l'assassin a voulu assommer Mlle Stangerson... après avoir vainement essayé de l'étrangler... L'assassin devait savoir que le grenier était habité par le père Jacques, et c'est une des raisons pour lesquelles, je pense, il a voulu opérer avec une « arme de silence », une matraque peut-être, ou un marteau...

— Tout cela ne nous explique pas, fis-je, comment notre assassin est sorti de la « Chambre Jaune » !

— Evidemment, répondit Rouletabille en se levant et, comme il faut l'expliquer, je vais au château du

Glandier, et je viens vous chercher pour que vous y veniez avec moi...

— Moi !

— Oui, cher ami, j'ai besoin de vous. *L'Epoque* m'a chargé définitivement de cette affaire, et il faut que je l'éclaircisse au plus vite.

— Mais en quoi puis-je vous servir ?

— M. Robert Darzac est au château du Glandier.

— C'est vrai... son désespoir doit être sans bornes !

— Il faut que je lui parle...

Rouletabille prononça cette phrase sur un ton qui me surprit :

— Est-ce que... Est-ce que vous croyez à quelque chose d'intéressant de ce côté ?... demandai-je.

— Oui.

Et il ne voulut pas en dire davantage. Il passa dans mon salon en me priant de hâter ma toilette.

Je connaissais M. Robert Darzac pour lui avoir rendu un très gros service judiciaire dans un procès civil, alors que j'étais secrétaire de maître Barbet-Delatour. M. Robert Darzac, qui avait, à cette époque, une quarantaine d'années, était professeur de physique à la Sorbonne. Il était intimement lié avec les Stangerson, puisque après sept ans d'une cour assidue, il se trouvait enfin sur le point de se marier avec Mlle Stangerson, personne d'un certain âge (elle devait avoir dans les trente-cinq ans), mais encore remarquablement jolie.

Pendant que je m'habillais, je criai à Rouletabille qui s'impatientait dans mon salon :

— Est-ce que vous avez une idée sur la condition de l'assassin ?

— Oui, répondit-il, je le crois sinon un homme du monde, du moins d'une classe assez élevée... Ce n'est encore qu'une impression...

— Et qu'est-ce qui vous la donne, cette impression ?

— Eh bien, mais, répliqua le jeune homme, le béret crasseux, le mouchoir vulgaire, et les traces de la chaussure grossière sur le plancher...

— Je comprends, fis-je ; on ne laisse pas tant de traces derrière soi, « quand elles sont l'expression de la vérité » !

— On fera quelque chose de vous, mon cher Sainclair ! conclut Rouletabille.

III

« UN HOMME A PASSÉ COMME UNE OMBRE A TRAVERS LES VOLETS »

Une demi-heure plus tard, nous étions, Rouletabille et moi, sur le quai de la gare d'Orléans, attendant le départ du train qui allait nous déposer à Epinay-sur-Orge. Nous vîmes arriver le parquet de Corbeil, représenté par M. de Marquet et son greffier. M. de Marquet avait passé la nuit à Paris — avec son greffier — pour assister, à la Scala, à la répétition générale d'une revuette dont il était l'auteur masqué et qu'il avait signée simplement : « Castigat Ridendo. »

M. de Marquet commençait d'être un noble vieillard. Il était, à l'ordinaire, plein de politesse et de « galantise », et n'avait eu, toute sa vie, qu'une passion : celle de l'art dramatique. Dans sa carrière de magistrat, il ne s'était véritablement intéressé qu'aux affaires susceptibles de lui fournir au moins la matière d'un acte. Bien que, décemment apparenté, il eût pu aspirer aux plus hautes situations judiciaires, il n'avait jamais travaillé, en réalité, que pour « arriver » à la romantique Porte-Saint-Martin ou à l'Odéon pensif.

Un tel idéal l'avait conduit, sur le tard, à être juge d'instruction à Corbeil, et à signer « Castigat Ridendo » un petit acte indécent à la Scala.

L'affaire de la « Chambre Jaune », par son côté inexplicable, devait séduire un esprit aussi... littéraire. Elle l'intéressa prodigieusement ; et M. de Marquet s'y jeta moins comme un magistrat avide de connaître la vérité que comme un amateur d'imbroglios dramatiques dont toutes les facultés sont tendues vers le mystère de l'intrigue, et qui ne redoute cependant rien tant que d'arriver à la fin du dernier acte, où tout s'explique.

Ainsi, dans le moment que nous le rencontrâmes, j'entendis M. de Marquet dire avec un soupir à son greffier :

— Pourvu, mon cher monsieur Maleine, pourvu que cet entrepreneur, avec sa pioche, ne nous démolisse pas un aussi beau mystère !

— N'ayez crainte, répondit M. Maleine, sa pioche démolira peut-être le pavillon, mais elle laissera notre affaire intacte. J'ai tâté les murs et étudié plafond et plancher, et je m'y connais. On ne me trompe pas. Nous pouvons être tranquilles. Nous ne saurons rien.

Ayant ainsi rassuré son chef, M. Maleine nous désigna d'un mouvement de tête discret à M. de Marquet. La figure de celui-ci se renfrogna et, comme il vit venir à lui Rouletabille qui, déjà, se découvrait, il se précipita sur une portière et sauta dans le train en jetant à mi-voix à son greffier : « Surtout, pas de journalistes ! »

M. Maleine répliqua : « Compris ! », arrêta Rouletabille dans sa course et eut la prétention de l'empêcher de monter dans le compartiment du juge d'instruction.

— Pardon, messieurs ! Ce compartiment est réservé...

— Je suis journaliste, monsieur, rédacteur à *L'Epo-*

que, fit mon jeune ami avec une grande dépense de salutations et de politesses, et j'ai un petit mot à dire à M. de Marquet.

— M. de Marquet est très occupé par son enquête...

— Oh ! son enquête m'est absolument indifférente, veuillez le croire... Je ne suis pas, moi, un rédacteur de chiens écrasés, déclara le jeune Rouletabille dont la lèvre inférieure exprimait alors un mépris infini pour la littérature des « faits diversiers » ; je suis courriériste des théâtres... et comme je dois faire, ce soir, un petit compte rendu de la revue de la Scala...

— Montez, monsieur, je vous en prie..., fit le greffier s'effaçant.

Rouletabille était déjà dans le compartiment. Je l'y suivis. Je m'assis à ses côtés ; le greffier monta et ferma la portière.

M. de Marquet regardait son greffier.

— Oh ! monsieur, débuta Rouletabille, n'en veuillez pas « à ce brave homme » si j'ai forcé la consigne ; ce n'est pas à M. de Marquet que je veux avoir l'honneur de parler : c'est à M. « Castigat Ridendo... » ! Permettez-moi de vous féliciter, en tant que courriériste théâtral à *L'Epoque...*

Et Rouletabille, m'ayant présenté d'abord, se présenta ensuite.

M. de Marquet, d'un geste inquiet, caressait sa barbe en pointe. Il exprima en quelques mots à Rouletabille qu'il était trop modeste auteur pour désirer que le voile de son pseudonyme fût publiquement levé, et il espérait bien que l'enthousiasme du journaliste pour l'œuvre du dramaturge n'irait point jusqu'à apprendre aux populations que M. « Castigat Ridendo » n'était autre que le juge d'instruction de Corbeil.

— L'œuvre de l'auteur dramatique pourrait nuire, ajouta-t-il, après une légère hésitation, à l'œuvre du magistrat... surtout en province où l'on est resté un peu routinier...

— Oh ! comptez sur ma discrétion ! s'écria Rouletabille en levant des mains qui attestaient le Ciel.

Le train s'ébranlait alors...

— Nous partons ! fit le juge d'instruction, surpris de nous voir faire le voyage avec lui.

— Oui, monsieur, la vérité se met en marche... dit en souriant aimablement le reporter... en marche vers le château du Glandier... Belle affaire, monsieur de Marquet, belle affaire !...

— Obscure affaire ! Incroyable, insondable, inexplicable affaire... et je ne crains qu'une chose, monsieur Rouletabille... c'est que les journalistes se mêlent de la vouloir expliquer...

Mon ami sentit le coup droit.

— Oui, fit-il simplement, il faut le craindre... Ils se mêlent de tout.. Quant à moi, je ne vous parle que parce que le hasard, monsieur le juge d'instruction, le pur hasard, m'a mis sur votre chemin et presque dans votre compartiment.

— Où allez-vous donc ? demanda M. de Marquet.

— Au château du Glandier, fit sans broncher Rouletabille.

M. de Marquet sursauta.

— Vous n'y entrerez pas, monsieur Rouletabille !...

— Vous vous y opposerez ? fit mon ami, déjà prêt à la bataille.

— Que non pas ! J'aime trop la presse et les journalistes pour leur être désagréable en quoi que ce soit, mais M. Stangerson a consigné sa porte à tout le monde. Et elle est bien gardée. Pas un journaliste, hier, n'a pu franchir la grille du Glandier.

— Tant mieux, répliqua Rouletabille. J'arrive bien.

M. de Marquet se pinça les lèvres et parut prêt

à conserver un obstiné silence. Il ne se détendit un peu que lorsque Rouletabille ne lui eut pas laissé ignorer plus longtemps que nous nous rendions au Glandier pour y serrer la main « d'un vieil ami intime », déclara-t-il, en parlant de M. Robert Darzac, qu'il avait peut-être vu une fois dans sa vie.

— Ce pauvre Robert ! continua le jeune reporter... Ce pauvre Robert ! il est capable d'en mourir... Il aimait tant Mlle Stangerson...

— La douleur de M. Robert Darzac fait, il est vrai, peine à voir... laissa échapper comme à regret M. de Marquet...

— Mais il faut espérer que Mlle Stangerson sera sauvée...

— Espérons-le... Son père me disait hier que, si elle devait succomber, il ne tarderait point, quant à lui, à l'aller rejoindre dans la tombe... Quelle perte incalculable pour la science !

— La blessure à la tempe est grave, n'est-ce pas ?...

— Evidemment ! Mais c'est une chance inouïe qu'elle n'ait pas été mortelle... Le coup a été donné avec une force !...

— Ce n'est donc pas le revolver qui a blessé Mlle Stangerson, fit Rouletabille... en me jetant un regard de triomphe...

M. de Marquet parut fort embarrassé.

— Je n'ai rien dit, je ne veux rien dire, et je ne dirai rien !

Et il se tourna vers son greffier, comme s'il ne nous connaissait plus...

Mais on ne se débarrassait pas ainsi de Rouletabille. Celui-ci s'approcha du juge d'instruction, et, montrant *Le Matin* qu'il tira de sa poche, lui dit :

— Il y a une chose, monsieur le juge d'instruction, que je puis vous demander sans commettre d'indiscrétion. Vous avez lu le récit du *Matin ?* Il est absurde, n'est-ce pas ?

— Pas le moins du monde, monsieur...

— Eh quoi ! La « Chambre Jaune » n'a qu'une fenêtre grillée « dont les barreaux n'ont pas été descellés, et une porte que l'on défonce... » et l'on n'y trouve pas l'assassin !

— C'est ainsi, monsieur ! C'est ainsi !... C'est ainsi que la question se pose !...

Rouletabille ne dit plus rien et partit pour des pensers inconnus... Un quart d'heure ainsi s'écoula. Quand il revint à nous, il dit, s'adressant encore au juge d'instruction :

— Comment était ce soir-là, la coiffure de Mlle Stangerson ?

— Je ne saisis pas, fit M. de Marquet.

— Ceci est de la dernière importance, répliqua Rouletabille. *Les cheveux en bandeaux, n'est-ce pas ? Je suis sûr qu'elle portait ce soir-là, le soir du drame, les cheveux en bandeaux !*

— Eh bien, monsieur Rouletabille, vous êtes dans l'erreur, répondit le juge d'instruction ; Mlle Stangerson était coiffée, ce soir-là, les cheveux relevés entièrement en torsade sur la tête... Ce doit être sa coiffure habituelle... Le front entièrement découvert..., je puis vous l'affirmer, car nous avons examiné longuement la blessure. Il n'y avait pas de sang aux cheveux... et l'on n'avait pas touché à la coiffure depuis l'attentat.

— Vous êtes sûr ! Vous êtes sûr que Mlle Stangerson, la nuit de l'attentat, n'avait pas « la coiffure en bandeaux » ?...

— Tout à fait certain, continua le juge en souriant... car, justement, j'entends encore le docteur me dire pendant que j'examinais la blessure : « C'est grand dommage que Mlle Stangerson ait l'habitude de se coiffer les cheveux relevés sur le front. Si elle avait porté la coiffure en bandeaux, le coup qu'elle a reçu à la tempe aurait été amorti. » Maintenant, je vous dirai qu'il est étrange que vous attachiez de l'importance...

— Oh ! si elle n'avait pas les cheveux en bandeaux ! gémit Rouletabille, où allons-nous ? où allons-nous ? Il faudra que je me renseigne.

Et il eut un geste désolé.

— Et la blessure à la tempe est terrible ? demanda-t-il encore.

— Terrible.

— Enfin, par quelle arme a-t-elle été faite ?

— Ceci, monsieur, est le secret de l'instruction.

— Avez-vous retrouvé cette arme ?

Le juge d'instruction ne répondit pas.

— Et la blessure à la gorge ?

Ici, le juge d'instruction voulut bien nous confier que la blessure à la gorge était telle que l'on pouvait affirmer, de l'avis même des médecins, que, « si l'assassin avait serré cette gorge quelques secondes de plus, Mlle Stangerson mourait étranglée ».

— L'affaire, telle que la rapporte *Le Matin,* reprit Rouletabille, acharné, me paraît de plus en plus inexplicable. Pouvez-vous me dire, monsieur le juge, quelles sont les ouvertures du pavillon, portes et fenêtres ?

— Il y en a cinq, répondit M. de Marquet, après avoir toussé deux ou trois fois, mais ne résistant plus au désir qu'il avait d'étaler tout l'incroyable mystère de l'affaire qu'il instruisait. Il y en a cinq, dont la porte du vestibule qui est la seule porte d'entrée du pavillon, porte toujours automatiquement fermée et ne pouvant s'ouvrir, soit de l'intérieur, soit de l'extérieur, que par deux clefs spéciales qui ne quittent jamais le père Jacques et M. Stangerson. Mlle Stangerson n'en a pas besoin puisque le père Jacques est à demeure dans le pavillon et que, dans la journée, elle ne quitte point son père. Quand « ils » se sont précipités tous les quatre dans la « Chambre Jaune » dont ils avaient enfin défoncé la porte, la porte d'entrée du vestibule, elle, était restée fermée comme toujours, et les deux clefs de cette porte étaient l'une dans la poche de M. Stangerson, l'autre dans la poche du père Jacques. Quant aux fenêtres du pavillon, elles sont quatre : « l'unique fenêtre de la Chambre Jaune », les deux fenêtres du laboratoire et la fenêtre du vestibule. La fenêtre de la « Chambre Jaune » et celles du laboratoire donnent sur la campagne ; seule la fenêtre du vestibule donne dans le parc.

— *C'est par cette fenêtre-là qu'il s'est sauvé du pavillon !* s'écria Rouletabille.

— Comment le savez-vous ? fit M. de Marquet en fixant sur mon ami un étrange regard.

— Nous verrons plus tard comment l'assassin s'est enfui de la « Chambre Jaune », répliqua Rouletabille, mais il a dû quitter le pavillon par la fenêtre du vestibule...

— Encore une fois, comment le savez-vous ?

— Eh ! mon Dieu ! c'est bien simple. Du moment qu'« il » ne peut s'enfuir par la porte du pavillon, il faut bien qu'il passe par une fenêtre, et il faut qu'il y ait au moins, pour qu'il passe, une fenêtre qui ne soit pas grillée. La fenêtre de la « Chambre Jaune » est grillée, parce qu'elle donne sur la campagne ! les deux fenêtres du laboratoire doivent l'être certainement pour la même raison. « Puisque l'assassin s'est enfui », j'imagine qu'il a trouvé une fenêtre sans barreaux, et ce sera celle du vestibule qui donne sur le parc, c'est-à-dire à l'intérieur de la propriété. Cela n'est pas sorcier !...

— Oui, fit M. de Marquet, mais ce que vous ne pourriez deviner, c'est que cette fenêtre du vestibule, qui est la seule, en effet, à n'avoir point de barreaux, possède de solides volets de fer. *Or, ces volets de fer sont restés fermés à l'intérieur par leur loquet de fer, et cependant nous avons la preuve que l'assassin s'est, en effet, enfui du pavillon par cette même fenêtre !* Des traces de sang sur le mur à l'intérieur et sur les volets et des pas sur la terre, des pas entièrement semblables à ceux dont j'ai relevé la mesure dans la « Chambre Jaune », attestent bien que l'assassin s'est enfui par là ! Mais alors ! Comment a-t-il fait, *puisque les volets sont restés fermés à l'intérieur ?* Il a passé comme une ombre *à travers les volets*. Et, enfin, le plus affolant de tout, n'est-ce point la trace retrouvée de l'assassin au moment où il fuit du pavillon, quand il est impossible de se faire la moindre idée de la façon dont l'assassin est sorti de la « Chambre Jaune », ni *comment il a traversé forcément le laboratoire pour arriver au vestibule !* Ah ! oui, monsieur Rouletabille, cette affaire est hallucinante... C'est une belle affaire, allez ! Et dont on ne trouvera pas la clef d'ici longtemps, je l'espère bien !...

— Vous espérez quoi, monsieur le juge d'instruction ?...

M. de Marquet rectifia :

— ... Je ne l'espère pas... Je le crois...

— On aurait donc refermé la fenêtre, à l'intérieur, après la fuite de l'assassin ? demanda Rouletabille...

— Evidemment, voilà ce qui me semble, pour le moment, naturel quoique inexplicable... car il faudrait un complice ou des complices... et je ne les vois pas...

Après un silence, il ajouta :

— Ah ! si Mlle Stangerson pouvait aller assez bien aujourd'hui pour qu'on l'interrogeât...

Rouletabille, poursuivant sa pensée, demanda :

— Et le grenier ? Il doit y avoir une ouverture au grenier ?

— Oui, je ne l'avais pas comptée, en effet ; cela

fait six ouvertures ; il y a là-haut une petite fenêtre, plutôt une lucarne, et, comme elle donne sur l'extérieur de la propriété, M. Stangerson l'a fait également garnir de barreaux. A cette lucarne, comme aux fenêtres du rez-de-chaussée, les barreaux sont restés intacts et les volets, qui s'ouvrent naturellement en dedans, sont restés fermés en dedans. Du reste, nous n'avons rien découvert qui puisse nous faire soupçonner le passage de l'assassin dans le grenier.

— Pour vous, donc, il n'est point douteux, monsieur le juge d'instruction, que l'assassin s'est enfui — sans que l'on sache comment — par la fenêtre du vestibule !

— Tout le prouve...

— Je le crois aussi, obtempéra gravement Rouletabille.

Puis un silence, et il reprit :

— Si vous n'avez trouvé aucune trace de l'assassin dans le grenier, comme, par exemple, ces pas noirâtres que l'on relève sur le parquet de la « Chambre Jaune », vous devez être amené à croire que ce n'est point lui qui a volé le revolver du père Jacques...

— Il n'y a de traces, au grenier, que celles du père Jacques, fit le juge avec un haussement de tête significatif...

Et il se décida à compléter sa pensée :

— Le père Jacques était avec M. Stangerson... C'est heureux pour lui...

— Alors, *quid* du rôle du revolver du père Jacques dans le drame ? Il semble bien démontré que cette arme a moins blessé Mlle Stangerson qu'elle n'a blessé l'assassin..

Sans répondre à cette question, qui sans doute l'embarrassait, M. de Marquet nous apprit qu'on avait retrouvé les deux balles dans la « Chambre Jaune », l'une dans un mur, le mur où s'étalait la main rouge — une main rouge d'homme — l'autre dans le plafond.

— Oh ! oh ! dans le plafond ! répéta à mi-voix Rouletabille... Vraiment... dans le plafond ! Voilà qui est fort curieux... dans le plafond !...

Il se mit à fumer en silence, s'entourant de tabagie. Quand nous arrivâmes à Epinay-sur-Orge, je dus lui donner un coup sur l'épaule pour le faire descendre de son rêve et sur le quai.

Là, le magistrat et le greffier nous saluèrent, nous faisant comprendre qu'ils nous avaient assez vus ; puis ils montèrent rapidement dans un cabriolet qui les attendait.

— Combien de temps faut-il pour aller à pied d'ici au château du Glandier ? demanda Rouletabille à un employé de chemin de fer.

— Une heure et demie, une heure trois quarts sans se presser, répondit l'homme.

Rouletabille regarda le ciel, le trouva à sa convenance et, sans doute, à la mienne, car il me prit sous le bras et me dit :

— Allons !... J'ai besoin de marcher.

— Eh bien, lui demandai-je. Ça se débrouille ?...

— Oh ! fit-il, oh ! il n'y a rien de débrouillé du tout !... *C'est encore plus embrouillé qu'avant !* Il est vrai que j'ai une idée.

— Dites-la.

— Oh ! je ne peux rien dire pour le moment... Mon idée est une question de vie ou de mort pour deux personnes au moins.

— Croyez-vous à des complices ?

— Je n'y crois pas...

Nous gardâmes un instant le silence, puis il reprit :

— C'est une veine d'avoir rencontré ce juge d'instruction et son greffier... Hein ! que vous avais-je dit pour le revolver ?...

Il avait le front penché vers la route, les mains dans les poches, et il sifflotait. Au bout d'un instant, je l'entendis murmurer :

— Pauvre femme !...

— C'est Mlle Stangerson que vous plaignez ?...

— Oui, c'est une très noble femme, et tout à fait digne de pitié !... C'est un très grand, un très grand caractère... j'imagine... j'imagine...

— Vous connaissez donc Mlle Stangerson ?

— Moi, pas du tout... Je ne l'ai vue qu'une fois...

— Pourquoi dites-vous : c'est un grand caractère ?...

— Parce qu'elle a su tenir tête à l'assassin, parce qu'elle s'est défendue avec courage, *et surtout, surtout, à cause de la balle dans le plafond.*

Je regardai Rouletabille, me demandant *in petto* s'il ne se moquait pas tout à fait de moi ou s'il n'était pas devenu subitement fou. Mais je vis bien que le jeune homme n'avait jamais eu moins envie de rire, et l'éclat intelligent de ses petits yeux ronds me rassura sur l'état de sa raison. Et puis j'étais un peu habitué à ses propos rompus... rompus pour moi qui n'y trouvais souvent qu'incohérence et mystère jusqu'au moment où, en quelques phrases rapides et nettes, il me livrait le fil de sa pensée. Alors tout s'éclairait soudain : les mots qu'il avait dits et qui m'avaient paru vides de sens se reliaient avec une facilité et une logique telles « que je ne pouvais comprendre comment je n'avais pas compris plus tôt ».

IV

« AU SEIN D'UNE NATURE SAUVAGE »

Le château du Glandier est un des plus vieux châteaux de ce pays d'Ile-de-France, où se dressent encore tant d'illustres pierres de l'époque féodale. Bâti au cœur des forêts, sous Philippe le Bel, il apparaît à quelques centaines de mètres de la route qui conduit du village de Sainte-Geneviève-des-Bois à Montlhéry. Amas de constructions disparates, il est dominé par un donjon. Quand le visiteur a gravi les marches branlantes de cet antique donjon et qu'il débouche sur la petite plate-forme où, au XVIIe siècle, Georges-Philibert de Séquigny, seigneur du Glandier, Maisons-Neuves et autres lieux, a fait édifier la lanterne actuelle, d'un abominable style rococo, on aperçoit, à trois lieues de là au-dessous de la vallée et de la plaine, l'orgueilleuse tour de Montlhéry. Donjon et tour se regardent encore, après tant de siècles, et semblent se raconter, au-dessus des forêts verdoyantes ou des bois morts, les plus vieilles légendes de l'histoire de France. On dit que le donjon du Glandier veille sur une ombre héroïque et sainte, celle de la bonne patronne de Paris, devant qui recula Attila. Sainte Geneviève dort là son dernier sommeil dans les vieilles douves du château. L'été, les amoureux, balançant d'une main distraite le panier des déjeuners sur l'herbe, viennent rêver ou échanger des serments devant la tombe de la sainte, pieusement fleurie de myosotis. Non loin de cette tombe est un puits qui contient, dit-on, une eau miraculeuse. La reconnaissance des mères a élevé en cet endroit une statue à sainte Geneviève et suspendu sous ses pieds les petits chaussons ou les bonnets des enfants sauvés par cette onde sacrée.

C'est dans ce lieu qui semblait devoir appartenir tout entier au passé que le professeur Stangerson et sa fille étaient venus s'installer pour préparer la science de l'avenir. Sa solitude au fond des bois leur avait plu tout de suite. Ils n'auraient là, comme témoins de leurs travaux et de leurs espoirs, que de vieilles pierres et de grands chênes. Le Glandier, autrefois « Glandierum », s'appelait ainsi du grand nombre de glands que, de tout temps, on avait recueillis en cet endroit. Cette terre, aujourd'hui tristement célèbre, avait reconquis, grâce à la négligence ou à l'abandon des propriétaires, l'aspect sauvage d'une nature primitive ; seuls, les bâtiments qui s'y cachaient avaient conservé la trace d'étranges métamorphoses. Chaque siècle y avait laissé son empreinte : un morceau d'architecture auquel se reliait le souvenir de quelque événement terrible, de quelque rouge aventure ; et, tel quel, ce château, où allait se réfugier la science, semblait tout désigné à servir de théâtre à des mystères d'épouvante et de mort.

Ceci dit, je ne puis me défendre d'une réflexion. La voici :

Si je me suis attardé quelque peu à cette triste peinture du Glandier, ce n'est point que j'aie trouvé ici l'occasion dramatique de « créer » l'atmosphère nécessaire aux drames qui vont se dérouler sous les yeux du lecteur et, en vérité, mon premier soin, dans toute cette affaire sera d'être aussi simple que possible. Je n'ai point la prétention d'être un auteur. Qui dit : auteur, dit toujours un peu : romancier, et, Dieu merci, le mystère de la « Chambre Jaune » est assez plein de tragique horreur réelle pour se passer de littérature. Je ne suis et je ne veux être qu'un fidèle « rapporteur ». Je dois rapporter l'événement ; je situe cet événement dans son cadre, voilà tout. Il est tout naturel que vous sachiez où les choses se passent.

Je reviens à M. Stangerson. Quand il acheta le domaine, une quinzaine d'années environ avant le drame qui nous occupe, le Glandier n'était plus habité depuis longtemps. Un autre vieux château, dans les environs, construit au XIVe siècle par Jean de Belmont, était également abandonné, de telle sorte que le pays était à peu près inhabité. Quelques maisonnettes au bord de la route qui conduit à Corbeil, une auberge, l'auberge du « Donjon », qui offrait une passagère hospitalité aux rouliers ; c'était là à peu près tout ce qui rappelait la civilisation dans cet endroit délaissé qu'on ne s'attendait guère à rencontrer à quelques lieues de la capitale. Mais ce parfait délaissement avait été la raison déterminante du choix de M. Stangerson et de sa fille. M. Stangerson était déjà célèbre ; il revenait d'Amérique où ses travaux avaient eu un retentissement considérable. Le livre qu'il avait publié à Philadelphie sur la « Dissociation de la matière par les actions électriques » avait soulevé la protestation de tout le monde savant. M. Stangerson était Français, mais d'origine américaine. De très importantes affaires d'héritage l'avaient fixé pendant plusieurs années aux Etats-Unis. Il avait continué, là-bas, une œuvre commencée en France, et il était revenu en France l'y acheter, après avoir réalisé une grosse fortune, tous ses procès s'étant heureusement terminés soit par des jugements qui lui donnaient gain de cause, soit par des transactions. Cette fortune fut la bienvenue. M. Stangerson qui eût pu, s'il l'avait voulu, gagner des millions de dollars en exploitant ou en faisant exploiter deux ou trois de ses découvertes chimiques relatives à de nouveaux procédés de teinture, avait toujours répugné à faire servir à son intérêt propre le don merveilleux d'« inventer » qu'il avait reçu de la nature ; mais il ne pensait point que son génie lui appartînt. Il le devait aux hommes, et tout ce que son génie mettait au monde tombait, de par cette volonté philanthropique, dans le domaine public. S'il n'essaya point de dissimuler la satisfaction que lui causait la mise en possession de cette fortune inespérée qui allait lui permettre de se livrer jusqu'à sa dernière heure à sa passion pour la science pure, le professeur dut s'en réjouir également, « semblait-il », pour une autre cause. Mlle Stangerson avait, au moment où son père revint d'Amérique et acheta le Glandier, vingt ans. Elle était plus jolie qu'on ne saurait l'imaginer, tenant à la fois toute la grâce parisienne de sa mère, morte en lui donnant le jour, et toute la splendeur, toute la richesse du jeune sang américain de son grand-père paternel, William Stangerson. Celui-ci, citoyen de Philadelphie, avait dû se faire naturaliser Français pour obéir à des exigences de famille, au moment de son mariage avec une Française, celle qui devait être la mère de l'illustre Stangerson. Ainsi s'explique la nationalité française du professeur Stangerson.

Vingt ans, adorablement blonde, des yeux bleus, un teint de lait, rayonnante, d'une santé divine, Mathilde Stangerson était une des plus belles filles à marier de l'ancien et du nouveau continent. Il était du devoir de son père, malgré la douleur prévue d'une inévitable séparation, de songer à ce mariage, et il ne dut pas être fâché de voir arriver la dot. Quoi qu'il en soit, il ne s'en terra pas moins, avec son enfant, au Glandier, dans le moment où ses amis s'attendaient à ce qu'il produisît Mlle Mathilde dans le monde. Certains vinrent le voir et manifestèrent leur étonnement. Aux questions qui lui furent posées, le professeur répondit : « C'est la volonté de ma fille. Je ne sais rien lui refuser. C'est elle qui a choisi le Glandier. » Interrogée à son tour, la jeune fille répliqua avec sérénité : « Où aurions-nous mieux travaillé que dans cette solitude ? » Car Mlle Mathilde Stangerson collaborait déjà à l'œuvre de son père, mais on ne pouvait alors imaginer que sa passion pour la science irait jusqu'à lui faire repousser tous les partis qui se présenteraient à elle, pendant plus de quinze ans. Si retirés vivaient-ils, le père et la fille durent se montrer dans quelques réceptions officielles, et, à certaines époques de l'année, dans deux ou trois salons amis où la gloire du professeur et la beauté de Mathilde firent sensation. L'extrême froideur de la jeune fille ne découragea pas tout d'abord les soupirants ; mais, au bout de quelques années, ils se lassèrent. Un seul persista avec une douce ténacité et mérita ce nom d' « éternel fiancé », qu'il accepta avec mélancolie : c'était M. Robert Darzac. Maintenant Mlle Stangerson n'était plus jeune, et il semblait bien que, n'ayant point trouvé de raisons pour se marier, jusqu'à l'âge de trente-cinq ans, elle n'en découvrirait jamais. Un tel argument apparaissait sans valeur, évidemment, à M. Robert Darzac puisque celui-ci ne cessait point sa cour, si tant est qu'on peut encore appeler « cour » les soins délicats et tendres dont on ne cesse d'entourer une femme de trente-cinq ans, restée fille et qui a déclaré qu'elle ne se marierait point.

Soudain, quelques semaines avant les événements qui nous occupent, un bruit auquel on n'attacha d'abord pas d'importance — tant on le trouvait incroyable — se répandit dans Paris ; Mlle Stangerson consentait enfin à « couronner l'inextinguible flamme de M. Robert Darzac ! » Il fallut que M. Robert Darzac lui-même ne démentît point ces propos matrimoniaux pour qu'on se dît enfin qu'il pouvait y avoir un peu de vérité dans une rumeur aussi invraisemblable. Enfin, M. Stangerson voulut bien annoncer, en sortant un jour de l'Académie des sciences, que le mariage de sa fille et de M. Robert Darzac serait célébré dans l'intimité au château du Glandier, aussitôt que sa fille et lui auraient mis la dernière main au rapport qui allait résumer tous leurs travaux sur la « Dissociation de la matière », c'est-à-dire le retour de la matière à l'éther. Le nouveau ménage s'installerait au Glandier et le gendre apporterait sa collaboration à l'œuvre à laquelle le père et la fille avaient consacré leur vie.

Le monde scientifique n'avait pas encore eu le temps de se remettre de cette nouvelle que l'on apprenait l'assassinat de Mlle Stangerson dans les conditions fantastiques que nous avons énumérées et que notre visite au château va nous permettre de préciser davantage encore.

Je n'ai point hésité à fournir au lecteur tous ces détails rétrospectifs que je connaissais par suite de mes rapports d'affaires avec M. Robert Darzac pour qu'en franchissant le seuil de la « Chambre Jaune », il fût aussi documenté que moi.

V

OU JOSEPH ROULETABILLE ADRESSE A M. ROBERT DARZAC UNE PHRASE QUI PRODUIT SON PETIT EFFET

Nous marchions depuis quelques minutes, Rouletabille et moi, le long d'un mur qui bordait la vaste propriété de M. Stangerson, et nous apercevions déjà la grille d'entrée, quand notre attention fut attirée par un personnage qui, à demi courbé sur la terre, semblait tellement préoccupé qu'il ne nous vit pas venir. Tantôt il se penchait, se couchait presque sur le sol, tantôt il se redressait et considérait attentivement le mur ; tantôt il regardait dans le creux de sa main, puis faisait de grands pas, puis se mettait à courir et regardait encore dans le creux de sa main droite. Rouletabille m'avait arrêté d'un geste :

— Chut ! Frédéric Larsan qui travaille !... Ne le dérangeons pas.

Joseph Rouletabille avait une grande admiration pour le célèbre policier. Je n'avais jamais vu, moi, Frédéric Larsan, mais je le connaissais beaucoup de réputation.

L'affaire des lingots d'or de l'hôtel de la Monnaie, qu'il débrouilla quand tout le monde jetait sa langue aux chiens, et l'arrestation des forceurs de coffres-forts du Crédit universel avaient rendu son nom presque populaire. Il passait alors, à cette époque où Joseph Rouletabille n'avait pas encore donné les preuves admirables d'un talent unique, pour l'esprit le plus apte à démêler l'écheveau embrouillé des plus mystérieux et plus obscurs crimes. Sa réputation s'était étendue dans le monde entier et souvent les polices de Londres ou de Berlin, ou même d'Amérique l'appelaient à l'aide quand les inspecteurs et les détectives nationaux s'avouaient à bout d'imagination et de ressources. On ne s'étonnera donc point que, dès le début du mystère de la « Chambre Jaune », le chef de la Sûreté ait songé à télégraphier à son précieux subordonné à Londres, où Frédéric Larsan avait été envoyé pour une grosse affaire de titres volés : « Revenez vite. » Frédéric, que l'on appelait à la Sûreté le grand Fred, avait fait, pensions-nous, diligence, sachant sans doute par expérience que, si on le dérangeait, c'est qu'on avait bien besoin de ses services, et, c'est ainsi que Rouletabille et moi, ce matin-là, nous le trouvions déjà à la besogne. Nous comprîmes bientôt en quoi elle consistait.

Ce qu'il ne cessait de regarder dans le creux de sa main droite n'était autre chose que sa montre et il paraissait fort occupé à compter des minutes. Puis il rebroussa chemin, reprit une fois encore sa course, ne l'arrêta qu'à la grille du parc, reconsulta sa montre, la mit dans sa poche, haussa les épaules d'un geste découragé, poussa la grille, pénétra dans le parc, referma la grille à clef, leva la tête et, à travers les barreaux, nous aperçut. Rouletabille courut et je le suivis. Frédéric Larsan nous attendait.

— Monsieur Fred, dit Rouletabille, en se découvrant et en montrant les marques d'un profond respect basé sur la réelle admiration que le jeune reporter avait pour le célèbre policier, pourriez-vous nous dire si M. Robert Darzac est au château en ce moment ? Voici un de ses amis, du bureau de Paris, qui désirerait lui parler.

— Je n'en sais rien, monsieur Rouletabille, répliqua Fred en serrant la main de mon ami, car il avait eu l'occasion de le rencontrer plusieurs fois au cours de ses enquêtes les plus difficiles... Je ne l'ai pas vu.

— Les concierges nous renseigneront sans doute ? fit Rouletabille en désignant une maisonnette de briques dont porte et fenêtres étaient closes et qui devait inévitablement abriter ces fidèles gardiens de la propriété.

— Les concierges ne vous renseigneront point, monsieur Rouletabille.

— Et pourquoi donc ?

— Parce que, depuis une demi-heure, ils sont arrêtés !...

— Arrêtés ! s'écria Rouletabille... Ce sont eux les assassins !...

Frédéric Larsan haussa les épaules.

— Quand on ne peut pas, dit-il, d'un air de suprême

ironie, arrêter l'assassin, on peut toujours se payer le luxe de découvrir les complices !

— C'est vous qui les avez fait arrêter, monsieur Fred ?

— Ah ! non ! par exemple ! je ne les ai pas fait arrêter, d'abord parce que je suis à peu près sûr qu'ils ne sont pour rien dans l'affaire, et puis parce que...

— Parce que quoi ? interrogea anxieusement Rouletabille.

— Parce que... rien... fit Larsan en secouant la tête.

— « Parce qu'il n'y a pas de complices » souffla Rouletabille.

Frédéric Larsan s'arrêta net, regardant le reporter avec intérêt.

— Ah ! Ah ! vous avez donc une idée sur l'affaire... Pourtant vous n'avez rien vu, jeune homme... vous n'avez pas encore pénétré ici...

— J'y pénétrerai.

— J'en doute... La consigne est formelle.

— J'y pénétrerai si vous me faites voir M. Robert Darzac... Faites cela pour moi... Vous savez que nous sommes de vieux amis.. Monsieur Fred.. je vous en prie... Rappelez-vous le bel article que je vous ai fait à propos des « Lingots d'or ». Un petit mot à M. Robert Darzac, s'il vous plaît ?

La figure de Rouletabille était vraiment comique à voir en ce moment. Elle reflétait un désir si irrésistible de franchir ce seuil au-delà duquel il se passait quelque prodigieux mystère ; elle suppliait avec une telle éloquence non seulement de la bouche et des yeux, mais encore de tous les traits, que je ne pus m'empêcher d'éclater de rire. Frédéric Larsan, pas plus que moi, ne garda son sérieux.

Cependant, derrière la grille, Frédéric Larsan remettait tranquillement la clef dans sa poche. Je l'examinai.

C'était un homme qui pouvait avoir une cinquantaine d'années. Sa tête était belle, aux cheveux grisonnants, au teint mat, au profil dur ; le front était proéminent ; le menton et les joues étaient rasés avec soin ; la lèvre, sans moustache, était finement dessinée ; les yeux, un peu petits et ronds, fixaient les gens bien en face d'un regard fouilleur qui étonnait et inquiétait. Il était de taille moyenne et bien prise ; l'allure générale était élégante et sympathique. Rien du policier vulgaire. C'était un grand artiste en son genre, et il le savait, et l'on sentait qu'il avait une haute idée de lui-même. Le ton de sa conversation était d'un sceptique et d'un désabusé. Son étrange profession lui avait fait côtoyer tant de crimes et de vilenies qu'il eût été inexplicable qu'elle ne lui eût point un peu « durci les sentiments », selon la curieuse expression de Rouletabille.

Larsan tourna la tête au bruit d'une voiture qui arrivait derrière lui. Nous reconnûmes le cabriolet qui, en gare d'Epinay, avait emporté le juge d'instruction et son greffier.

— Tenez ! fit Frédéric Larsan, vous vouliez parler à M. Robert Darzac ; le voilà !

Le cabriolet était déjà à la grille et Robert Darzac priait Frédéric Larsan de lui ouvrir l'entrée du parc, lui disant qu'il était très pressé et qu'il n'avait que le temps d'arriver à Epinay pour prendre le prochain train pour Paris, quand il me reconnut. Pendant que Larsan ouvrait la grille, M. Darzac me demanda ce qui pouvait m'amener au Glandier dans un moment aussi tragique. Je remarquai alors qu'il était atrocement pâle et qu'une douleur infinie était peinte sur son visage.

— Mlle Stangerson va-t-elle mieux ? demandai-je immédiatement.

— Oui, fit-il. On la sauvera peut-être. Il faut qu'on la sauve.

Il n'ajouta pas « ou j'en mourrai », mais on sentait trembler la fin de la phrase au bout de ses lèvres exsangues.

Rouletabille intervint alors :

— Monsieur, vous êtes pressé. Il faut cependant que je vous parle. J'ai quelque chose de la dernière importance à vous dire.

Frédéric Larsan interrompit :

— Je peux vous laisser ? demanda-t-il à Robert Darzac. Vous avez une clef ou voulez-vous que je vous donne celle-ci ?

— Oui, merci, j'ai une clef. Je fermerai la grille.

Larsan s'éloigna rapidement dans la direction du château dont on apercevait, à quelques centaines de mètres, la masse imposante.

Robert Darzac, le sourcil froncé, montrait déjà de l'impatience. Je présentai Rouletabille comme un excellent ami ; mais, dès qu'il sut que ce jeune homme était journaliste, M. Darzac me regarda d'un air de grand reproche, s'excusa sur la nécessité où il était d'atteindre Epinay en vingt minutes, salua et fouetta son cheval. Mais déjà Rouletabille avait saisi, à ma profonde stupéfaction, la bride, arrêté le petit équipage d'un poing vigoureux, cependant qu'il prononçait cette phrase dépourvue pour moi du moindre sens :

— *Le presbytère n'a rien perdu de son charme ni le jardin de son éclat.*

Ces mots ne furent pas plus tôt sortis de la bouche de Rouletabille que je vis Robert Darzac chanceler ; si pâle qu'il fût, il pâlit encore ; ses yeux fixèrent le jeune homme avec épouvante et il descendit immédiatement de sa voiture dans un désordre d'esprit inexprimable.

— Allons ! Allons ! dit-il en balbutiant.

Et puis, tout à coup, il reprit avec une sorte de fureur :

— Allons ! monsieur ! Allons !

Et il refit le chemin qui conduisait au château, sans plus dire un mot, cependant que Rouletabille suivait, tenant toujours le cheval. J'adressai quelques paroles à M. Darzac... mais il ne me répondit pas. J'interrogeai de l'œil Rouletabille, qui ne me vit pas.

VI

AU FOND DE LA CHÊNAIE

Nous arrivâmes au château. Le vieux donjon se reliait à la partie du bâtiment entièrement refaite sous Louis XIV par un autre corps de bâtiment moderne, style Viollet-le-Duc, où se trouvait l'entrée principale. Je n'avais encore rien vu d'aussi original, ni peut-être d'aussi laid, ni surtout d'aussi étrange en architecture que cet assemblage bizarre de styles disparates. C'était monstrueux et captivant. En approchant, nous vîmes deux gendarmes qui se promenaient devant une petite porte ouvrant sur le rez-de-chaussée du donjon. Nous apprîmes bientôt que, dans ce rez-de-chaussée, qui était autrefois une prison et qui servait maintenant de chambre de débarras, on avait enfermé les concierges, M. et Mme Bernier.

M. Robert Darzac nous fit entrer dans la partie moderne du château par une vaste porte que protégeait une « marquise ». Rouletabille, qui avait abandonné le cheval et le cabriolet aux soins d'un domestique, ne quittait pas des yeux M. Darzac ; je suivis son regard et je m'aperçus que celui-ci était uniquement dirigé vers les mains gantées du professeur de la Sorbonne. Quand nous fûmes dans un petit salonet garni de meubles vieillots, M. Darzac se tourna vers Rouletabille et assez brusquement lui demanda :

— Parlez ! Que me voulez-vous ?

Le reporter répondit avec la même brusquerie :

— Vous serrer la main !

Darzac se recula :

— Que signifie ?

Evidemment, il avait compris ce que je comprenais alors : que mon ami le soupçonnait de l'abominable attentat. La trace de la main ensanglantée sur les murs de la « Chambre Jaune » lui apparut... Je regardai cet homme à la physionomie si hautaine, au regard si droit d'ordinaire et qui se troublait en ce moment si étrangement. Il tendit sa main droite, et, me désignant :

— Vous êtes l'ami de M. Sainclair qui m'a rendu un grand service inespéré dans une juste cause, monsieur, et je ne vois pas pourquoi je vous refuserais la main...

Rouletabille ne prit pas cette main. Il dit, mentant avec une audace sans pareille :

— Monsieur, j'ai vécu quelques années en Russie d'où j'ai rapporté cet usage de ne jamais serrer la main à quiconque ne se dégante pas.

Je crus que le professeur en Sorbonne allait donner un libre cours à la fureur qui commençait à l'agiter, mais au contraire, d'un violent effort visible, il se calma, se déganta et présenta ses mains. Elles étaient nettes de toute cicatrice.

— Etes-vous satisfait ?

— Non ! répliqua Rouletabille. Mon cher ami, fit-il en se tournant vers moi, je suis obligé de vous demander de nous laisser seuls un instant.

Je saluai et me retirai, stupéfait de ce que je venais de voir et d'entendre, et ne comprenant pas que M. Robert Darzac n'eût pas jeté à la porte mon impertinent, mon injurieux, mon stupide ami... Car, à cette minute, j'en voulais à Rouletabille de ses soupçons qui avaient abouti à cette scène inouïe des gants...

Je me promenai environ vingt minutes devant le château, essayant de relier entre eux les différents événements de cette matinée, et n'y parvenant pas. Quelle était l'idée de Rouletabille ? Etait-il possible que M. Robert Darzac lui apparût comme l'assassin ? Comment penser que cet homme, qui devait se marier dans quelques jours avec Mlle Stangerson, s'était introduit dans la « Chambre Jaune » pour assassiner sa fiancée ? Enfin, rien n'était venu m'apprendre comment l'assassin avait pu sortir de la « Chambre Jaune » ; et, tant que ce mystère qui me paraissait inexplicable ne me serait pas expliqué, j'estimais, moi, qu'il était du devoir de tous de ne soupçonner personne. Enfin, que signifiait cette phrase insensée qui sonnait encore à mes oreilles : *Le presbytère n'a rien perdu de son charme ni le jardin de son éclat !* J'avais hâte de me retrouver seul avec Rouletabille pour le lui demander.

A ce moment, le jeune homme sortit du château avec M. Robert Darzac. Chose extraordinaire, je vis au premier coup d'œil qu'ils étaient les meilleurs amis du monde.

— Nous allons à la « Chambre Jaune », me dit Rouletabille, venez avec nous. Dites donc, cher ami, vous savez que je vous garde toute la journée. Nous déjeunons ensemble dans le pays...

— Vous déjeunerez avec moi, ici, messieurs...

— Non, merci, répliqua le jeune homme. Nous déjeunerons à l'auberge du « Donjon »...

— Vous y serez très mal... Vous n'y trouverez rien.

— Croyez-vous ?... Moi j'espère y trouver quelque chose, répliqua Rouletabille. Après déjeuner, nous retravaillerons, je ferai mon article, vous serez assez aimable pour me le porter à la rédaction...

— Et vous ? Vous ne revenez pas avec moi ?

— Non ; je couche ici...

Je me retournai vers Rouletabille. Il parlait sérieusement, et M. Robert Darzac ne parut nullement étonné...

Nous passions alors devant le donjon et nous entendîmes des gémissements. Rouletabille demanda :

— Pourquoi a-t-on arrêté ces gens-là ?

— C'est un peu ma faute, dit M. Darzac. J'ai fait remarquer hier au juge d'instruction qu'il est inexplicable que les concierges aient eu le temps d'entendre les coups de revolver, « de s'habiller », de parcourir l'espace assez grand qui sépare leur loge du pavillon, tout cela en deux minutes ; car il ne s'est pas écoulé plus de deux minutes entre les coups de revolver et le moment où ils ont été rencontrés par le père Jacques.

— Evidemment, c'est louche, acquiesça Rouletabille... Et ils étaient habillés... ?

— Voilà ce qui est incroyable... ils étaient habillés. « entièrement », solidement et chaudement... Il ne manquait aucune pièce à leur costume. La femme était en sabots, mais l'homme avait « ses souliers lacés ». Or, ils ont déclaré s'être couchés comme tous les soirs à neuf heures. En arrivant, ce matin, le juge d'instruction, qui s'était muni, à Paris, d'un revolver de même calibre que celui du crime (car il ne veut pas toucher au revolver-pièce à conviction), a fait tirer deux coups de revolver par son greffier dans la « Chambre Jaune » fenêtre et porte fermées. Nous étions avec lui dans la loge des concierges ; nous n'avons rien entendu... on ne peut rien entendre. Les concierges ont donc menti, cela ne fait point de doute... Ils étaient prêts ; ils étaient déjà dehors non loin du pavillon ; ils attendaient quelque chose. Certes, on ne les accuse point d'être les auteurs de l'attentat, mais leur complicité n'est pas improbable... M. de Marquet les a fait arrêter aussitôt.

— S'ils avaient été complices, dit Rouletabille, *ils seraient arrivés débraillés,* ou plutôt ils ne seraient pas arrivés du tout. Quand on se précipite dans les bras de la justice, avec sur soi tant de preuves de complicité c'est qu'on n'est pas complice. Je ne crois pas aux complices dans cette affaire.

— Alors, pourquoi étaient-ils dehors à minuit ? Qu'ils le disent !

— Ils ont certainement un intérêt à se taire. Il s'agit de savoir lequel !... Même s'ils ne sont pas complices, cela peut avoir quelque importance. *Tout est important de ce qui se passe dans une nuit pareille...*

Nous venions de traverser un vieux pont jeté sur la Douve et nous entrions dans cette partie du parc appelée « La Chênaie ». Il y avait là des chênes centenaires. L'automne avait déjà recroquevillé leurs feuilles jaunies et leurs hautes branches noires et serpentines semblaient d'affreuses chevelures, des nœuds de reptiles géants entremêlés comme le sculpteur antique en a tordu sur sa tête de Méduse. Ce lieu, que Mlle Stangerson habitait l'été parce qu'elle le trouvait gai, nous apparut en cette saison, triste et funèbre. Le sol était noir, tout fangeux des pluies récentes et de la bourbe des feuilles mortes ; les troncs des arbres étaient noirs, le ciel lui-même, au-dessus de nos têtes, était en deuil, charriant de gros nuages lourds. Et, dans cette retraite sombre et désolée, nous aperçûmes les murs blancs du pavillon. Etrange bâtisse, sans une fenêtre visible du point où elle nous apparaissait. Seule une petite porte en marquait l'entrée. On eût dit un tombeau, un vaste mausolée au fond d'une forêt abandonnée... A mesure que nous approchions, nous en devinions la disposition. Ce bâtiment prenait toute la lumière dont il avait besoin, au midi, c'est-à-dire de l'autre côté de la propriété, du côté de la campagne. La petite porte refermée sur le parc, M. et Mlle Stangerson devaient trouver là une prison idéale pour y vivre avec leurs travaux et leur rêve.

Je vais donner tout de suite, du reste, le plan de ce pavillon. Il n'avait qu'un rez-de-chaussée, où l'on accédait par quelques marches, et un grenier assez élevé « qui ne nous occupera en aucune façon ». C'est donc le plan du rez-de-chaussée dans toute sa simplicité que je soumets au lecteur (page 65).

Il a été tracé par Rouletabille lui-même, et j'ai constaté qu'il n'y manquait pas une ligne, pas une indication susceptible d'aider à la solution du problème qui se posait alors devant la justice. Avec la légende et le plan, les lecteurs en sauront tout autant pour arriver à la vérité qu'en savait Rouletabille quand il pénétra dans le pavillon pour la première fois et que chacun se demandait : « Par où l'assassin a-t-il pu fuir de la Chambre Jaune ? »

Avant de gravir les trois marches de la porte du pavillon, Rouletabille nous arrêta et demanda à brûle-pourpoint à M. Darzac :

— Eh bien, et le mobile du crime ?

— Pour moi, monsieur, il n'y a aucun doute à avoir à ce sujet, fit le fiancé de Mlle Stangerson avec une grande tristesse. Les traces de doigts, les profondes écorchures sur la poitrine et au cou de Mlle Stangerson attestent que le misérable qui était là avait essayé un affreux attentat. Les médecins experts, qui ont examiné hier ces traces, affirment qu'elles ont été faites par la même main dont l'image ensanglantée est restée sur le mur ; une main énorme, monsieur, et qui ne tiendrait point dans mon gant, ajouta-t-il avec un amer et indéfinissable sourire...

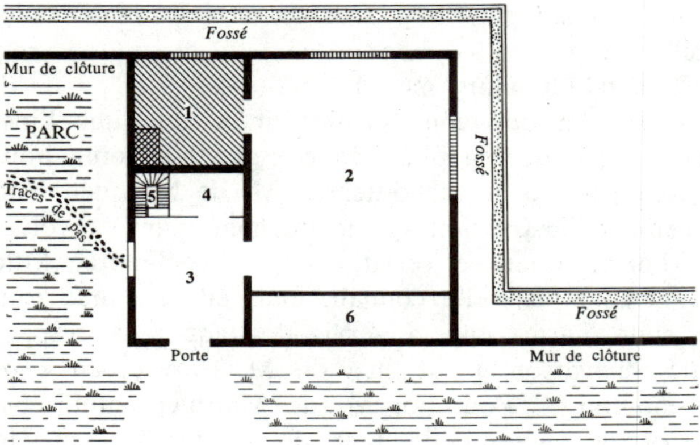

1. *Chambre Jaune,* avec son unique fenêtre grillée et son unique porte donnant sur le laboratoire.
2. *Laboratoire,* avec ses deux grandes fenêtres grillées et ses portes donnant l'une sur le vestibule, l'autre sur la *Chambre Jaune.*
3. *Vestibule,* avec sa fenêtre non grillée et sa porte d'entrée donnant sur le parc.
4. Lavatory.
5. Escalier conduisant au grenier.
6. Vaste et unique cheminée du pavillon servant aux expériences de laboratoire.

— Cette main rouge, interrompis-je, ne pourrait donc pas être la trace des doigts ensanglantés de Mlle Stangerson, qui, au moment de s'abattre, auraient rencontré le mur et y auraient laissé, en glissant, une image élargie de la main pleine de sang ?

— Il n'y avait pas une goutte de sang aux mains de Mlle Stangerson quand on l'a relevée, répondit M. Darzac.

— On est donc sûr, maintenant, fis-je, que c'est

bien Mlle Stangerson qui s'était armée du revolver du père Jacques, puisqu'elle a blessé la main de l'assassin. *Elle redoutait donc quelque chose ou quelqu'un.*

— C'est probable...

— Vous ne soupçonnez personne ?

— Non..., répondit M. Darzac, en regardant Rouletabille.

Rouletabille, alors, me dit :

— Il faut que vous sachiez, mon ami, que l'instruction est un peu plus avancée que n'a voulu nous le confier ce petit cachottier de M. de Marquet. Non seulement l'instruction sait maintenant que le revolver fut l'arme dont se servit, pour se défendre, Mlle Stangerson, mais elle connaît, mais elle a connu tout de suite l'arme qui a servi à attaquer, à frapper Mlle Stangerson. C'est, m'a dit M. Darzac, un « os de mouton ». Pourquoi M. de Marquet entoure-t-il cet os de mouton de tant de mystère ? Dans le dessein de faciliter les recherches des agents de la Sûreté. Sans doute. Il imagine peut-être qu'on va retrouver son propriétaire parmi ceux qui sont bien connus, dans la basse pègre de Paris, pour se servir de cet instrument de crime, le plus terrible que la nature ait inventé... Et puis, est-ce qu'on sait jamais ce qui peut se passer dans une cervelle de juge d'instruction ? ajouta Rouletabille avec une ironie méprisante.

J'interrogeai :

— On a donc trouvé « un os de mouton » dans la « Chambre Jaune » ?

— Oui, monsieur, fit Robert Darzac, au pied du lit, mais je vous en prie : n'en parlez point. M. de Marquet nous a demandé le secret. (Je fis un geste de protestation.) C'est un énorme os de mouton dont la tête, ou, pour mieux dire, dont l'articulation était encore toute rouge du sang de l'affreuse blessure qu'il avait faite à Mlle Stangerson. C'est un vieil os de mouton *qui a dû servir déjà à quelques crimes,* suivant les apparences. Ainsi pense M. de Marquet, qui l'a fait porter à Paris, au laboratoire municipal, pour qu'il fût analysé. Il croit, en effet, avoir relevé sur cet os non seulement le sang frais de la dernière victime, mais encore des taches de sang séché, témoignages de crimes antérieurs.

— Un os de mouton, dans la main d'un « assassin exercé », est une arme effroyable, dit Rouletabille, une arme « plus utile » et plus sûre qu'un lourd marteau.

— « Le misérable » l'a d'ailleurs prouvé, fit douloureusement M. Robert Darzac. L'os de mouton a terriblement frappé Mlle Stangerson au front. L'articulation de l'os de mouton s'adapte parfaitement à la blessure. Pour moi, cette blessure eût été mortelle si l'assassin n'avait été à demi arrêté, dans le coup qu'il donnait, par le revolver de Mlle Stangerson. Blessé à la main, il lâchait son os de mouton et s'enfuyait. Malheureusement, le coup de l'os de mouton *était parti et était déjà arrivé...* et Mlle Stangerson était quasi assommée, après avoir failli être étranglée. Si Mlle Stangerson avait réussi à blesser l'homme de son premier coup de revolver, elle eût, sans doute, échappé à l'os de mouton... Mais elle a saisi certainement son revolver trop tard ; puis, le premier coup, dans la lutte, a dévié, et la balle est allée se loger dans le plafond ; ce n'est que le second coup qui a porté...

Ayant ainsi parlé, M. Darzac frappa à la porte du pavillon. Vous avouerai-je mon impatience de pénétrer dans le lieu même du crime ? J'en tremblais, et, malgré tout l'immense intérêt que comportait l'histoire de l'os de mouton, je bouillais de voir que notre conversation se prolongeait et que la porte du pavillon ne s'ouvrait pas.

Enfin, elle s'ouvrit.

Un homme, que je reconnus pour être le père Jacques, était sur le seuil.

Il me parut avoir la soixantaine bien sonnée. Une longue barbe blanche, des cheveux blancs sur lesquels il avait posé un béret basque, un complet de velours marron à côtes usé, des sabots ; l'air bougon, une figure assez rébarbative qui s'éclaira cependant dès qu'il eut aperçu M. Robert Darzac.

— Des amis, fit simplement notre guide. Il n'y a personne au pavillon, père Jacques ?

— Je ne dois laisser entrer personne, monsieur Robert, mais bien sûr la consigne n'est pas pour vous... Et pourquoi ? Ils ont vu tout ce qu'il y avait à voir, ces messieurs de la justice. Ils en ont fait assez des dessins et des procès-verbaux.

— Pardon, monsieur Jacques, une question avant toute autre chose, fit Rouletabille.

— Dites, jeune homme, et, si je puis y répondre...

— Votre maîtresse portait-elle, *ce soir-là,* les cheveux en bandeaux, vous savez bien, les cheveux en bandeaux sur le front ?

— Non, mon p'tit monsieur. Ma maîtresse n'a jamais porté les cheveux en bandeaux comme vous dites, ni ce soir-là, ni les autres jours. Elle avait, comme toujours, les cheveux relevés de façon à ce qu'on pouvait voir son beau front, pur comme celui de l'enfant qui vient de naître !...

Rouletabille grogna, et se mit aussitôt à inspecter la porte. Il se rendit compte de la fermeture automatique. Il constata que cette porte ne pouvait jamais rester ouverte et qu'il fallait une clef pour l'ouvrir. Puis nous entrâmes dans le vestibule, petite pièce assez claire, pavée de carreaux rouges.

— Ah ! voici la fenêtre, dit Rouletabille, par laquelle l'assassin s'est sauvé.

— Qu'ils disent ! monsieur, qu'ils disent ! Mais, s'il s'était sauvé par là, nous l'aurions bien vu, pour sûr ! Sommes pas aveugles ! ni M. Stangerson, ni moi, ni les concierges qui-z-ont mis en prison ! Pourquoi qui ne m'y mettent pas en prison, moi aussi, à cause de mon revolver ?

Rouletabille avait déjà ouvert la fenêtre et examiné les volets.

— Ils étaient fermés à l'heure du crime ?

— Au loquet de fer, en dedans, fit le père Jacques... et moi j'suis bien sûr que l'assassin a passé au travers...

Il y a des taches de sang ?...

— Oui, tenez, là, sur la pierre, en dehors... Mais du sang de quoi ?

— Ah ! fit Rouletabille, on voit les pas... là, sur le chemin... la terre était très détrempée... nous examinerons cela tout à l'heure.

— Des bêtises, interrompit le père Jacques... L'assassin n'a pas passé par là !...

— Eh bien, par où ?...

— Est-ce que je sais !...

Rouletabille voyait tout, flairait tout. Il se mit à genoux et passa rapidement en revue les carreaux maculés du vestibule. Le père Jacques continuait :

— Ah ! vous ne trouverez rien, mon p'tit monsieur. Y n'ont rien trouvé... Et puis maintenant, c'est trop sale... Il est entré trop de gens ! Ils veulent point que je lave le carreau... mais, le jour du crime, j'avais lavé tout ça à grande eau, moi, père Jacques... et, si l'assassin avait passé par là avec ses « ripatons », on l'aurait bien vu ; il a assez laissé la marque de ses godillots dans la chambre de mademoiselle !...

Rouletabille se releva et demanda :

— Quand avez-vous lavé ces dalles pour la dernière fois ?

Et il fixait le père Jacques d'un œil auquel rien n'échappe.

— Mais dans la journée même du crime, j'vous dis ! Vers les cinq heures et demie... pendant que mademoiselle et son père faisaient un tour de promenade avant de dîner ici même, car ils ont dîné dans le laboratoire. Le lendemain, quand le juge est venu, il a pu voir toutes les traces des pas par terre comme qui dirait de l'encre sur du papier blanc... Eh bien, ni dans le laboratoire, ni dans le vestibule qu'étaient propres comme un sou neuf, on n'a retrouvé ses pas... à l'homme !... Puisqu'on les retrouve auprès de la fenêtre, *dehors,* il faudrait donc qu'il ait troué le plafond de la « Chambre Jaune », qu'il ait passé par le grenier, qu'il ait troué le toit, et qu'il soit redescendu juste à la fenêtre du vestibule, en se laissant tomber... Eh bien, mais y n'y a pas de trou au plafond de la « Chambre Jaune »... ni dans mon grenier, bien sûr !... Alors, vous voyez bien qu'on ne sait rien... mais rien de rien !... et qu'on ne saura, ma foi, jamais rien !... C'est un mystère du diable !

Rouletabille se rejetait soudain à genoux, presque en face de la porte d'un petit lavatory qui s'ouvrait au fond du vestibule. Il resta dans cette position au moins une minute.

— Eh bien ? lui demandai-je quand il se releva.

— Oh ! rien de bien important ; une goutte de sang.

Le jeune homme se retourna vers le père Jacques.

— Quand vous vous êtes mis à laver le laboratoire et le vestibule, la fenêtre du vestibule était-elle ouverte ?

— Je venais de l'ouvrir parce que j'avais allumé du charbon de bois pour monsieur, sur le fourneau du laboratoire ; et, comme je l'avais allumé avec des journaux, il y a eu de la fumée ; j'ai ouvert les fenêtres du laboratoire et celle du vestibule pour faire courant d'air ; puis j'ai refermé celles du laboratoire et laissé ouverte celle du vestibule, et puis je suis sorti un instant pour aller chercher une lavette au château et c'est en rentrant, comme je vous ai dit, vers cinq heures et demie que je me suis mis à laver les dalles ; après avoir lavé, je suis reparti, laissant toujours la fenêtre du vestibule ouverte. Enfin, pour la dernière fois, quand je suis rentré au pavillon, *la fenêtre était fermée* et monsieur et mademoiselle travaillaient déjà dans le laboratoire.

— M. et Mlle Stangerson avaient sans doute fermé la fenêtre en entrant ?

— Sans doute.

— Vous ne leur avez pas demandé ?

— Non !...

Après un coup d'œil assidu au petit lavatory et à la cage de l'escalier qui conduisait au grenier, Rouletabille pour qui nous semblions ne plus exister, pénétra dans le laboratoire. C'est, je l'avoue, avec une forte émotion que je l'y suivis. Robert Darzac ne perdait pas un geste de mon ami... Quant à moi, mes yeux allèrent tout de suite à la porte de la « Chambre Jaune ». Elle était refermée, ou plutôt poussée sur le laboratoire, car je constatai immédiatement qu'elle était à moitié défoncée et hors d'usage... les efforts de ceux qui s'étaient rués sur elle, au moment du drame, l'avaient brisée...

Mon jeune ami, qui menait sa besogne avec méthode, considérait, sans dire un mot, la pièce dans laquelle nous nous trouvions... Elle était vaste et bien éclairée. Deux grandes fenêtres, presque des baies, garnies de barreaux, prenaient jour sur l'immense campagne. Une trouée dans la forêt ; une vue merveilleuse sur toute la vallée, sur la plaine, jusqu'à la grande ville qui devait apparaître, là-bas, tout au bout, les jours de soleil. Mais, aujourd'hui, il n'y a que de la boue sur la terre, de la suie au ciel... et du sang dans cette chambre...

Tout un côté du laboratoire était occupé par une vaste cheminée, par des creusets, par des fours propres à toutes expériences de chimie. Des cornues, des instruments de physique un peu partout ; des tables surchargées de fioles, de papiers, de dossiers, une machine électrique... des piles... un appareil, me dit M. Robert Darzac, employé par le professeur Stangerson « pour démontrer la dissociation de la matière sous l'action de la lumière solaire », etc.

Et tout le long des murs, des armoires, armoires pleines ou armoires-vitrines, laissant apercevoir des microscopes, des appareils photographiques spéciaux, une quantité incroyable de cristaux.

Rouletabille avait le nez fourré dans la cheminée. Du bout des doigts il fouillait dans les creusets... Tout d'un coup, il se redressa, tenant un petit morceau de papier à moitié consumé... Il vint à nous qui causions auprès d'une fenêtre, et il dit :

— Conservez-nous cela, monsieur Darzac.

Je me penchai sur le bout de papier roussi que M. Darzac venait de prendre des mains de Rouletabille. Et je lus, distinctement, ces seuls mots qui restaient lisibles :

presbytère rien perdu charme,
ni le jar de son éclat.

Et au-dessous : « 23 octobre. »

Deux fois, depuis ce matin, ces mêmes mots insensés venaient me frapper, et, pour la deuxième fois, je vis qu'ils produisaient sur le professeur en Sorbonne le même effet foudroyant. Le premier soin de M. Darzac fut de regarder du côté du père Jacques. Mais celui-ci ne nous avait pas vus, occupé qu'il était à l'autre fenêtre... Alors, le fiancé de Mlle Stangerson ouvrit son portefeuille en tremblant, y serra le papier, et soupira : « Mon Dieu ! »

Pendant ce temps, Rouletabille était monté dans la cheminée ; c'est-à-dire que, debout sur les briques d'un fourneau, il considérait attentivement cette cheminée qui allait se rétrécissant, et qui, à cinquante centimètres au-dessus de sa tête, se fermait entièrement par des plaques de fer scellées dans la brique, laissant passer trois tuyaux d'une quinzaine de centimètres de diamètre chacun.

— Impossible de passer par là, énonça le jeune homme en sautant dans le laboratoire. Du reste, s' « il » l'avait même tenté, toute cette ferraille serait par terre. Non ! Non ! ce n'est pas de ce côté qu'il faut chercher...

Rouletabille examina ensuite les meubles et ouvrit des portes d'armoires. Puis, ce fut le tour des fenêtres qu'il déclara infranchissables et « infranchies ». A la seconde fenêtre, il trouva le père Jacques en contemplation.

— Eh bien, père Jacques, qu'est-ce que vous regardez par là ?

— Je r'garde l'homme de la police qui ne cesse point de faire le tour de l'étang... Encore un malin qui n'en verra pas plus long qu'les autres !

— Vous ne connaissez pas Frédéric Larsan, père Jacques ! dit Rouletabille, en secouant la tête avec mélancolie, sans cela vous ne parleriez pas comme ça... S'il y en a un ici qui trouve l'assassin, ce sera lui, faut croire !

Et Rouletabille poussa un soupir.

— Avant qu'on le retrouve, faudrait savoir comment on l'a perdu... répliqua le père Jacques, têtu.

Enfin, nous arrivâmes à la porte de la « Chambre Jaune ».

— Voilà la porte derrière laquelle il se passait quelque chose ! fit Rouletabille avec une solennité qui, en toute autre circonstance, eût été comique.

VII

OU ROULETABILLE PART EN EXPÉDITION SOUS LE LIT

Rouletabille ayant poussé la porte de la « Chambre Jaune » s'arrêta sur le seuil, disant avec une émotion que je ne devais comprendre que plus tard : « Oh ! le parfum de la dame en noir ! » La chambre était obscure ; le père Jacques voulut ouvrir les volets, mais Rouletabille l'arrêta :

— Est-ce que, dit-il, le drame s'est passé en pleine obscurité ?

— Non, jeune homme, je ne pense point. Mam'zelle tenait beaucoup à avoir une veilleuse sur sa table, et c'est moi qui la lui allumais tous les soirs avant qu'elle aille se coucher... J'étais quasi sa femme de chambre, quoi ! quand v'nait le soir ! La vraie femme de chambre ne v'nait guère que le matin. Mam'zelle travaille si tard... la nuit !

— Où était cette table qui supportait la veilleuse ? Loin du lit ?

— Loin du lit.

— Pouvez-vous, maintenant, allumer la veilleuse ?

— La veilleuse est brisée, et l'huile s'en est répandue quand la table est tombée. Du reste tout est resté dans le même état. Je n'ai qu'à ouvrir les volets et vous allez voir...

— Attendez !

Rouletabille, rentrant dans le laboratoire, alla fermer les volets des deux fenêtres et la porte du vestibule. Quand nous fûmes dans la nuit noire, il alluma une allumette bougie, la donna au père Jacques, dit à celui-ci de se diriger avec son allumette vers le milieu de la « Chambre Jaune », à l'endroit où brûlait, cette nuit-là, la veilleuse.

Le père Jacques, qui était en chaussons (il laissait à l'ordinaire ses sabots dans le vestibule), entra dans la « Chambre Jaune » avec son bout d'allumette, et nous distinguâmes vaguement, mal éclairés par la petite flamme mourante, des objets renversés sur le carreau, un lit dans le coin, et, en face de nous, à gauche, le reflet d'une glace pendue au mur, près du lit. Ce fut rapide.

Rouletabille dit :

— C'est assez ! Vous pouvez ouvrir les volets.

— Surtout n'avancez pas, pria le père Jacques ; vous pourriez faire des marques avec vos souliers... et il ne faut rien déranger... C'est une idée du juge, une idée comme ça, bien que son affaire soit déjà faite...

Et il poussa les volets. Le jour livide du dehors entra, éclairant un désordre sinistre, entre des murs de safran. Le plancher — car si le vestibule et le laboratoire étaient carrelés, la « Chambre Jaune » était planchéiée — était recouvert d'une natte jaune, d'un seul morceau, qui tenait presque toute la pièce, allant sous le lit et sous la table-toilette, seuls meubles qui, avec le lit, fussent encore sur leurs pieds. La table ronde du milieu, la table de nuit et deux chaises étaient renversées. Elles n'empêchaient point de voir, sur la natte, une large tache de sang qui provenait, nous dit le père Jacques, de la blessure au front de Mlle Stangerson. En outre, des gouttelettes de sang étaient répandues un peu partout et suivaient, en quelque sorte, la trace très visible des pas, des larges pas noirs, de l'assassin. Tout faisait présumer que ces gouttes de sang venaient de la blessure de l'homme qui avait, un moment, imprimé sa main rouge sur le mur. Il y avait d'autres traces de cette main sur le mur, mais beaucoup moins distinctes. C'est bien là la trace d'une rude main d'homme ensanglantée.

Je ne pus m'empêcher de m'écrier :

— Voyez !... Voyez ce sang sur le mur... L'homme qui a appliqué si fermement sa main ici était alors dans l'obscurité et croyait certainement tenir une porte. Il croyait la pousser ! C'est pourquoi il a fortement appuyé, laissant sur le papier jaune un dessin terriblement accusateur, car je ne sache point qu'il y ait beaucoup de mains au monde de cette sorte-là. Elle est grande et forte, et les doigts sont presque aussi longs les uns que les autres ! Quant au pouce, il manque ! Nous n'avons que la marque de la paume. Et si nous suivons la « trace » de cette main, continuai-je, nous la voyons, qui, après s'être appuyée au mur, le tâte, cherche la porte, la trouve, cherche la serrure...

— Sans doute, interrompit Rouletabille en ricanant, *mais il n'y a pas de sang à la serrure, ni au verrou !...*

— Qu'est-ce que cela prouve ? répliquai-je avec un bon sens dont j'étais fier, « il » aura ouvert serrure et verrou de la main gauche, ce qui est tout naturel puisque la main droite est blessée...

— Il n'a rien ouvert du tout ! s'exclama encore le père Jacques. Nous ne sommes pas fous, peut-être ! Et nous étions quatre quand nous avons fait sauter la porte !

Je repris :

— Quelle drôle de main ! Regardez-moi cette drôle de main !

— C'est une main fort naturelle, répliqua Rouletabille, dont le dessin a été déformé *par le glissement sur le mur*. L'homme *a essuyé sa main blessée sur le mur !* Cet homme doit mesurer un mètre quatre-vingts.

— A quoi voyez-vous cela ?

— A la hauteur de la main sur le mur...

Mon ami s'occupa ensuite de la trace de la balle dans le mur. Cette trace était un trou rond.

— La balle, dit Rouletabille, est arrivée de « face » : ni d'en haut, par conséquent, ni d'en bas.

Et il nous fit observer encore qu'elle était de quelques centimètres plus bas sur le mur que le stigmate laissé par la main.

Rouletabille, retournant à la porte, avait le nez, maintenant, sur la serrure et le verrou. Il constata « qu'on avait bien fait sauter la porte, du dehors, serrure et verrou étant encore, sur cette porte défoncée, l'une fermée, l'autre poussé, et, sur le mur, les deux gâches étant quasi arrachées », pendantes, retenues encore par une vis.

Le jeune rédacteur de *L'Epoque* les considéra avec attention, reprit la porte, la regarda des deux côtés, s'assura qu'il n'y avait aucune possibilité de fermeture ou d'ouverture du verrou « de l'extérieur », et s'assura qu'on avait retrouvé la clef dans la serrure, « à l'intérieur ». Il s'assura encore qu'une fois la clef dans la serrure à l'intérieur, on ne pouvait ouvrir cette serrure de l'extérieur avec une autre clef. Enfin, ayant constaté qu'il n'y avait, à cette porte, « aucune fermeture automatique, bref, qu'elle était la plus naturelle de toutes les portes, munie d'une serrure et d'un verrou très solides qui étaient restés fermés », il laissa tomber ces mots : « Ça va mieux ! » Puis, s'asseyant par terre, il se déchaussa hâtivement.

Et, sur ses chaussettes, il s'avança dans la chambre. La première chose qu'il fit fut de se pencher sur les meubles renversés et de les examiner avec un soin extrême. Nous le regardions en silence. Le père Jacques lui disait de plus en plus ironique :

— Oh ! mon p'tit ! Oh ! mon p'tit ! Vous vous donnez bien du mal !...

Mais Rouletabille redressa la tête :

— Vous avez dit la pure vérité, père Jacques, votre maîtresse n'avait pas, ce soir-là, ses cheveux en bandeaux ; c'est moi qui étais une vieille bête de croire cela !...

Et, souple comme un serpent, il se glissa sous le lit.

Et le père Jacques reprit :

— Et dire, monsieur, et dire que l'assassin était caché là-dessous ! Il y était quand je suis entré à dix heures, pour fermer les volets et allumer la veilleuse, puisque ni M. Stangerson, ni Mlle Mathilde, ni moi, n'avons plus quitté le laboratoire jusqu'au moment du crime.

On entendait la voix de Rouletabille, sous le lit :

— A quelle heure, monsieur Jacques, M. et Mlle Stangerson sont-ils arrivés dans le laboratoire pour ne plus le quitter ?

— A six heures !

La voix de Rouletabille continuait :

— Oui, il est venu là-dessous... c'est certain... Du reste, il n'y a que là qu'il pouvait se cacher... Quand vous êtes entrés, tous les quatre, vous avez regardé sous le lit ?

— Tout de suite... Nous avons même entièrement bousculé le lit avant de le remettre à sa place.

— Et entre les matelas ?

— Il n'y avait, à ce lit, qu'un matelas sur lequel on a posé Mlle Mathilde. Et le concierge et M. Stangerson ont transporté ce matelas immédiatement dans le laboratoire. Sous le matelas, il n'y avait que le sommier métallique qui ne saurait dissimuler rien, ni personne. Enfin, monsieur, songez que nous étions quatre, et que rien ne pouvait nous échapper, la chambre étant si petite, dégarnie de meubles, et tout étant fermé derrière nous, dans le pavillon.

J'osai une hypothèse :

— Il est peut-être sorti avec le matelas ! Dans le matelas, peut-être... Tout est possible devant un pareil mystère ! Dans leur trouble, M. Stangerson et le concierge ne se seront pas aperçus qu'ils transportaient double poids... *Et puis, si le concierge est complice !...* Je vous donne cette hypothèse pour ce qu'elle vaut, mais voilà qui expliquerait bien des choses... et, particulièrement, le fait que le laboratoire et le vestibule sont restés vierges des traces de pas qui se trouvent dans la chambre. Quand on a transporté mademoiselle du laboratoire au château, le matelas, arrêté un instant près de la fenêtre, aurait pu permettre à l'homme de se sauver...

— Et puis quoi encore ? Et puis quoi encore ? Et puis quoi encore ? me lança Rouletabille, en riant délibérément, sous le lit...

J'étais un peu vexé :

— Vraiment on ne sait plus... Tout paraît possible...

Le père Jacques fit :

— C'est une idée qu'a eue le juge d'instruction, monsieur, et il a fait examiner sérieusement le matelas. Il a été obligé de rire de son idée, monsieur, comme votre ami rit en ce moment, car ça n'était bien sûr pas un matelas à double fond !... Et puis, quoi ! s'il y avait eu un homme dans le matelas on l'aurait vu !...

Je dus rire moi-même, et, en effet, j'eus la preuve, depuis, que j'avais dit quelque chose d'absurde. Mais où commençait, où finissait l'absurde dans une affaire pareille !

Mon ami, seul, était capable de le dire, et encore !...

— Dites donc ! s'écria le reporter, toujours sous le lit, elle a été bien remuée cette carpette-là ?

— Par nous, monsieur, expliqua le père Jacques. Quand nous n'avons pas trouvé l'assassin, nous nous sommes demandé s'il n'y avait pas un trou dans le plancher...

— Il n'y en a pas, répondit Rouletabille. Avez-vous une cave ?

— Non, il n'y a pas de cave... Mais cela n'a pas arrêté nos recherches et ça n'a pas empêché M. le juge d'instruction, et surtout son greffier, d'étudier le plancher planche à planche, comme s'il y avait eu une cave dessous...

Le reporter, alors, réapparut. Ses yeux brillaient, ses narines palpitaient ; on eût dit un jeune animal au retour d'un heureux affût... Il resta à quatre pattes. En vérité, je ne pouvais mieux le comparer dans ma pensée qu'à une admirable bête de chasse sur la piste de quelque surprenant gibier... Et il flaira les pas de l'homme, de l'homme qu'il s'était juré de rapporter à son maître, M. le directeur de *L'Epoque,* car il ne faut pas oublier que notre Joseph Rouletabille était journaliste !

Ainsi, à quatre pattes, il s'en fut aux quatre coins de la pièce, reniflant tout, faisant le tour de tout, de tout ce que nous voyions, ce qui était peu de chose, et de tout ce que nous ne voyions pas et qui était, paraît-il, immense.

La table-toilette était une simple tablette sur quatre pieds ; impossible de la transformer en une cachette passagère... Pas une armoire... Mlle Stangerson avait sa garde-robe au château.

Le nez, les mains de Rouletabille montaient le long des murs, *qui étaient partout de brique épaisse.* Quand il eut fini avec les murs et passé ses doigts agiles sur toute la surface du papier jaune, atteignant ainsi le plafond auquel il put toucher, en montant sur une chaise qu'il avait placée sur la table-toilette, et en faisant glisser autour de la pièce cet ingénieux escabeau ; quand il eut fini avec le plafond où il examina soigneusement la trace de l'autre balle, il s'approcha de la fenêtre et ce fut encore le tour des barreaux et celui des volets, tous bien solides et intacts. Enfin, il poussa un ouf ! « de satisfaction » et déclara que, « maintenant, il était tranquille ! »

— Eh bien, croyez-vous qu'elle était enfermée, la pauvre chère mademoiselle quand on nous l'assassinait ! quand elle nous appelait à son secours !... gémit le père Jacques.

— Oui, fit le jeune reporter, en s'essuyant le front... la *Chambre Jaune était, ma foi, fermée comme un coffre-fort...*

— De fait, observai-je, voilà bien pourquoi ce mystère est le plus surprenant que je connaisse, *même dans le domaine de l'imagination.* Dans *Double Assassinat, rue Morgue*, Edgar Poe n'a rien inventé de semblable. Le lieu du crime était assez fermé pour ne pas laisser échapper un homme, mais il y avait encore cette fenêtre par laquelle pouvait se glisser l'auteur des assassinats qui était un singe [1] !... Mais ici, il ne saurait être question d'aucune ouverture d'aucune sorte. La porte close et les volets fermés comme ils l'étaient, et la fenêtre fermée comme elle l'était, *une mouche ne pouvait entrer ni sortir !*

— En vérité ! En vérité ! acquiesça Rouletabille, qui s'épongeait toujours le front, semblant suer moins

1. Conan Doyle aborde le même genre de mystère, si j'ose dire, dans la nouvelle intitulée *La Bande mouchetée.* Dans une chambre close, un terrible assassinat est accompli. Qu'en est devenu l'auteur ? Sherlock Holmes ne tarde pas à le découvrir, car, dans la chambre, il se trouvait une prise d'air, large comme une pièce de cent sous, suffisante cependant pour laisser passer *La Bande mouchetée* ou le serpent assassin.

de son récent effort corporel que de l'agitation de ses pensées. En vérité ! c'est un très grand et très beau et très curieux mystère !...

— La « Bête du Bon Dieu », bougonna le père Jacques, la « Bête du Bon Dieu » elle-même, si elle avait commis le crime, n'aurait pas pu s'échapper... Ecoutez !... L'entendez-vous ?... Silence !

Le père Jacques nous faisait signe de nous taire et, le bras tendu vers le mur, vers la prochaine forêt, écoutait quelque chose que nous n'entendions point.

— Elle est partie, finit-il par dire. Il faudra que je la tue... Elle est trop sinistre, cette bête-là..., mais c'est la « Bête du Bon Dieu » ; elle va prier toutes les nuits sur la tombe de sainte Geneviève, et personne n'ose y toucher de peur que la mère Agenoux jette un mauvais sort...

— Comment est-elle grosse, la « Bête du Bon Dieu » ?

— Quasiment comme un gros chien basset... c'est un monstre que je vous dis. Ah ! je me suis demandé plus d'une fois si ça n'était pas elle qui avait pris de ses griffes notre pauvre mademoiselle à la gorge... Mais la « Bête du Bon Dieu » ne porte pas de godillots, ne tire pas des coups de revolver, n'a pas une main pareille !... s'exclama le père Jacques en nous montrant encore la main rouge sur le mur. Et puis, on l'aurait vue aussi bien qu'un homme, et elle aurait été enfermée dans la chambre et dans le pavillon, aussi bien qu'un homme !...

— Evidemment, fis-je. De loin, avant d'avoir vu la « Chambre Jaune », je m'étais, moi aussi, demandé si le chat de la mère Agenoux...

— Vous aussi ! s'écria Rouletabille.

— Et vous ? demandai-je.

— Moi non, pas une minute... Depuis que j'ai lu l'article du *Matin, je sais qu'il ne s'agit pas d'une bête !* Maintenant, je jure qu'il s'est passé là une tragédie effroyable... Mais vous ne parlez pas du béret retrouvé, ni du mouchoir, père Jacques ?

— Le magistrat les a pris, bien entendu, fit l'autre avec hésitation.

Le reporter lui dit, très grave :

— Je n'ai vu, moi, ni le mouchoir, ni le béret, mais je peux cependant vous dire comment ils sont faits.

— Ah ! vous êtes bien malin..., et le père Jacques toussa, embarrassé.

— Le mouchoir est un gros mouchoir bleu à raies rouges, et le béret est un vieux béret basque, comme celui-là, ajouta Rouletabille en montrant la coiffure de l'homme.

— C'est pourtant vrai... vous êtes sorcier...

Et le père Jacques essaya de rire, mais n'y parvint pas.

— Comment qu'vous savez que le mouchoir est bleu à raies rouges ?

— Parce que, s'il n'avait pas été bleu à raies rouges, on n'aurait pas trouvé de mouchoir du tout !

Sans plus s'occuper du père Jacques, mon ami prit dans sa poche un morceau de papier blanc, ouvrit une paire de ciseaux, se pencha sur les traces de pas, appliqua son papier sur l'une des traces et commença à découper. Il eut ainsi une semelle de papier d'un contour très net, et me la donna en me priant de ne pas la perdre.

Il se retourna ensuite vers la fenêtre et, montrant au père Jacques Frédéric Larsan qui n'avait pas quitté les bords de l'étang, il s'inquiéta de savoir si le policier n'était point venu, lui aussi, « travailler dans la Chambre Jaune ».

— Non ! répondit M. Robert Darzac qui, depuis que Rouletabille lui avait passé le petit bout de papier roussi, n'avait pas prononcé un mot. Il prétend qu'il n'a pas besoin de voir la « Chambre Jaune », que l'assassin est sorti de la « Chambre Jaune » d'une façon très naturelle, et qu'il s'en expliquera ce soir !

En entendant M. Robert Darzac parler ainsi, Rouletabille — chose extraordinaire — pâlit.

— Frédéric Larsan posséderait-il la vérité que je ne fais que pressentir ! murmura-t-il. Frédéric Larsan est très fort... très fort... et je l'admire... Mais aujourd'hui il s'agit de faire mieux qu'une œuvre de policier... *mieux que ce qu'enseigne l'expérience !... Il s'agit d'être logique,* mais logique, entendez-moi bien, comme le bon Dieu a été logique quand il a dit : 2 + 2 = 4 !... IL S'AGIT DE PRENDRE LA RAISON PAR LE BON BOUT !

Et le reporter se précipita dehors, éperdu à cette idée que le grand, le fameux Fred, pouvait apporter avant lui la solution du problème de la « Chambre Jaune » !

Je parvins à le rejoindre sur le seuil du pavillon.

— Allons ! lui dis-je, calmez-vous... Vous n'êtes donc pas content ?

— Oui, m'avoua-t-il avec un grand soupir. *Je suis très content*. J'ai découvert bien des choses...

— De l'ordre moral ou de l'ordre matériel ?

— Quelques-unes de l'ordre moral et une de l'ordre matériel. Tenez, ceci, par exemple.

Et, rapidement il sortit de la poche de son gilet une feuille de papier qu'il avait dû y serrer pendant son expédition sous le lit, et dans le pli de laquelle il avait déposé *un cheveu blond de femme.*

VIII

LE JUGE D'INSTRUCTION INTERROGE Mlle STANGERSON

Cinq minutes plus tard, Joseph Rouletabille se penchait sur les empreintes de pas découvertes dans le parc, sous la fenêtre même du vestibule, quand un homme, qui devait être un serviteur du château, vint à nous à grandes enjambées, et cria à M. Robert Darzac qui descendait du pavillon :

— Vous savez, monsieur Robert, que le juge d'instruction est en train d'interroger mademoiselle ?

M. Robert Darzac nous jeta aussitôt une vague excuse et se prit à courir dans la direction du château ; l'homme courut derrière lui.

— Si le cadavre parle, fis-je, cela va devenir intéressant.

— Il faut savoir, dit mon ami. Allons au château.

Et il m'entraîna. Mais, au château, un gendarme placé dans le vestibule nous interdit l'accès de l'escalier du premier étage. Nous dûmes attendre.

Pendant ce temps-là, voici ce qui se passait dans la chambre de la victime. Le médecin de la famille, trouvant que Mlle Stangerson allait beaucoup mieux, mais craignant une rechute fatale qui ne permettrait plus de l'interroger, avait cru de son devoir d'avertir le juge d'instruction... et celui-ci avait résolu de procéder immédiatement à un bref interrogatoire. A cet interrogatoire assistèrent M. de Marquet, le greffier, M. Stangerson, le médecin. Je me suis procuré plus tard, au moment du procès, le texte de cet interrogatoire. Le voici, dans toute sa sécheresse juridique :

DEMANDE : Sans trop vous fatiguer, êtes-vous capable, mademoiselle, de nous donner quelques détails nécessaires sur l'affreux attentat dont vous avez été victime ?

RÉPONSE : Je me sens beaucoup mieux, monsieur, et je vais vous dire ce que je sais. Quand j'ai pénétré dans ma chambre, je ne me suis aperçue de rien d'anormal.

D. : Pardon, mademoiselle, si vous me le permettez, je vais vous poser des questions et vous y répondrez. Cela vous fatiguera moins qu'un long récit.

R. : Faites, monsieur.

D. : Quel fut ce jour-là l'emploi de votre journée ? Je le désirerais aussi précis, aussi méticuleux que possible. Je voudrais, mademoiselle, suivre tous vos gestes, ce jour-là, si ce n'est point trop vous demander.

R. : Je me suis levée tard, à dix heures, car mon père et moi nous étions rentrés tard dans la nuit, ayant assisté au dîner et à la réception offerts par le président de la République, en l'honneur des délégués de l'Académie des sciences de Philadelphie. Quand je suis sortie de ma chambre, à dix heures et demie, mon père était déjà au travail dans le laboratoire. Nous avons travaillé ensemble jusqu'à midi ; nous avons fait une promenade d'une demi-heure dans le parc ; nous avons déjeuné au château. Une demi-heure de promenade, jusqu'à une heure et demie, comme tous les jours. Puis, mon père et moi, nous retournons au laboratoire. Là, nous trouvons ma femme de chambre qui vient de faire ma chambre. J'entre dans la « Chambre Jaune » pour donner quelques ordres sans importance à cette domestique qui quitte le pavillon aussitôt et je me remets au travail avec mon père. A cinq heures, nous quittons le pavillon pour une nouvelle promenade et le thé.

D. : Au moment de sortir, à cinq heures, êtes-vous entrée dans votre chambre ?

R. : Non, monsieur, c'est mon père qui est entré dans ma chambre, pour y chercher, sur ma prière, mon chapeau.

D. : Et il n'y a rien vu de suspect ?

M. STANGERSON : Evidemment non, monsieur.

D. : Du reste, il est à peu près sûr que l'assassin n'était pas encore sous le lit, à ce moment-là. Quand vous êtes partie, la porte de la chambre n'avait pas été fermée à clef ?

Mlle STANGERSON : Non. Nous n'avions aucune raison pour cela...

D. : Vous avez été combien de temps partis du pavillon à ce moment-là, M. Stangerson et vous ?

R. : Une heure environ.

D. : C'est pendant cette heure-là, sans doute, que l'assassin s'est introduit dans le pavillon. Mais comment ? On ne le sait pas. On trouve bien, dans le parc, des traces de pas *qui s'en vont* de la fenêtre du vestibule, on n'en trouve point qui *y viennent*. Aviez-vous remarqué que la fenêtre du vestibule fut ouverte quand vous êtes sortie avec votre père ?

R. : Je ne m'en souviens pas.

M. STANGERSON : Elle était fermée.

D. : Et quand vous êtes rentrés ?

Mlle STANGERSON : Je n'ai pas fait attention.

M. STANGERSON : Elle était encore fermée... je m'en souviens très bien, car, en rentrant, j'ai dit tout haut : « Vraiment, pendant notre absence, le père Jacques aurait pu ouvrir !... »

D. : Etrange ! Etrange ! Rappelez-vous, monsieur Stangerson, que le père Jacques, en votre absence, et avant de sortir, l'avait ouverte. Vous êtes donc rentrés à six heures dans le laboratoire et vous vous êtes remis au travail ?

Mlle STANGERSON : Oui, monsieur.

D. : Et vous n'avez plus quitté le laboratoire depuis cette heure-là jusqu'au moment où vous êtes entrée dans votre chambre ?

M. STANGERSON : Ni ma fille, ni moi, monsieur. Nous avions un travail tellement pressé que nous ne perdions pas une minute. C'est à ce point que nous négligions toute autre chose.

D. : Vous avez dîné dans le laboratoire ?

R. : Oui, pour la même raison.

D. : Avez-vous coutume de dîner dans le laboratoire ?

R. : Nous y dînons rarement.

D. : L'assassin ne pouvait pas savoir que vous dîneriez, ce soir-là, dans le laboratoire ?

M. STANGERSON : Mon Dieu, monsieur, je ne pense pas... C'est dans le temps que nous revenions vers six heures, au pavillon, que je pris cette résolution de dîner dans le laboratoire, ma fille et moi. A ce moment, nous fûmes abordés par mon garde qui me retint un instant pour me demander de l'accompagner dans une tournée urgente du côté des bois dont j'avais décidé la coupe. Je ne le pouvais point et remis au lendemain cette besogne, et je priai alors le garde, puisqu'il passait par le château, d'avertir le maître d'hôtel que nous dînerions dans le laboratoire. Le garde me quitta, allant faire ma commission, et je rejoignis ma fille à laquelle j'avais remis la clef du pavillon et qui l'avait laissée sur la porte à l'extérieur. Ma fille était déjà au travail.

D. : A quelle heure, mademoiselle, avez-vous pénétré dans votre chambre pendant que votre père continuait à travailler ?

Mlle STANGERSON : A minuit.

D. : Le père Jacques était entré dans le courant de la soirée dans la « Chambre Jaune » ?

R. : Pour fermer les volets et allumer la veilleuse, comme chaque soir...

D. : Il n'a rien remarqué de suspect ?

R. : Il nous l'aurait dit. Le père Jacques est un brave homme qui m'aime beaucoup.

D. : Vous affirmez, monsieur Stangerson, que le père Jacques, ensuite, n'a pas quitté le laboratoire ? Qu'il est resté tout le temps avec vous ?

M. STANGERSON : J'en suis sûr. Je n'ai aucun soupçon de ce côté.

D. : Mademoiselle, quand vous avez pénétré dans votre chambre, vous avez immédiatement fermé votre porte à clef et au verrou ? Voilà bien des précautions, sachant que votre père et votre serviteur sont là. Vous craigniez donc quelque chose ?

R. : Mon père n'allait pas tarder à rentrer au château, et le père Jacques à aller se coucher. Et puis, en effet, je craignais quelque chose.

D. : Vous craigniez si bien quelque chose que vous avez emprunté le revolver du père Jacques sans le lui dire ?

R. : C'est vrai, je ne voulais effrayer personne, d'autant plus que mes craintes pouvaient être tout à fait puériles.

D. : Et que craigniez-vous donc ?

R. : Je ne saurais au juste vous le dire ; depuis plusieurs nuits, il me semblait entendre dans le parc et hors du parc, autour du pavillon, des bruits insolites, quelquefois des pas, des craquements de branches. La nuit qui a précédé l'attentat, nuit où je ne me suis pas couchée avant trois heures du matin, à notre retour de l'Elysée, je suis restée un instant à ma fenêtre et j'ai bien cru voir des ombres...

D. : Combien d'ombres ?

R. : Deux ombres qui tournaient autour de l'étang... puis la lune s'est cachée et je n'ai plus rien vu. A cette époque de la saison, tous les ans, j'ai déjà réintégré mon appartement du château où je reprends mes habitudes d'hiver ; mais, cette année, je m'étais dit que je ne quitterais le pavillon que lorsque mon père aurait terminé, pour l'Académie des sciences, le résumé de ses travaux sur « la Dissociation de la matière ». Je ne voulais pas que cette œuvre considérable, qui allait être achevée dans quelques jours, fût troublée par un changement quelconque dans nos habitudes immédiates. Vous comprendrez que je n'aie point voulu parler à mon père de mes craintes enfantines et que je les aie tues au père Jacques qui n'aurait pu tenir sa langue. Quoi qu'il en soit, comme je savais que le père Jacques avait un revolver dans le tiroir de sa table de nuit, je profitai d'un moment où le bonhomme s'absenta dans la journée pour monter rapidement dans son grenier et emporter son arme que je glissai dans le tiroir de ma table de nuit, à moi.

D. : Vous ne vous connaissez pas d'ennemis ?

R. : Aucun.

D. : Vous comprendrez, mademoiselle, que ces précautions exceptionnelles sont faites pour surprendre.

M. STANGERSON : Evidemment, mon enfant, voilà des précautions bien surprenantes.

R. : Non ; je vous dis que, depuis deux nuits, je n'étais pas tranquille, mais pas tranquille du tout.

M. STANGERSON : Tu aurais dû me parler de cela. Tu es impardonnable. Nous aurions évité un malheur !

D : La porte de la « Chambre Jaune » fermée, mademoiselle, vous vous couchez ?

R. : Oui, et, très fatiguée, je dors tout de suite.

D. : La veilleuse était restée allumée ?

R. : Oui ; mais elle répand une très faible clarté...

D. : Alors, mademoiselle, dites ce qui est arrivé ?

R. : Je ne sais s'il y avait longtemps que je dormais, mais soudain je me réveille... Je pousse un grand cri...

M. STANGERSON : Oui, un cri horrible... A l'assassin !... Je l'ai encore dans les oreilles...

D. : Vous poussez un grand cri ?

R. : Un homme était dans ma chambre. Il se précipitait sur moi, me mettait la main à la gorge, essayait de m'étrangler. J'étouffais déjà ; tout à coup, ma main, dans le tiroir entrouvert de ma table de nuit parvint à saisir le revolver que j'y avais déposé et qui était prêt à tirer. A ce moment, l'homme me fit rouler à bas de mon lit et brandit sur ma tête une espèce de masse. Mais j'avais tiré. Aussitôt, je me sentis frappée par un grand coup, un coup terrible à la tête. Tout ceci, monsieur le juge, fut plus rapide que je ne le pourrais dire, et je ne sais plus rien.

D. : Plus rien !... Vous n'avez pas une idée de la façon dont l'assassin a pu s'échapper de votre chambre ?

R. : Aucune idée... Je ne sais plus rien. On ne sait pas ce qui se passe autour de soi quand on est morte !

D. : Cet homme était-il grand ou petit ?

R. : Je n'ai vu qu'une ombre qui m'a paru formidable...

D. : Vous ne pouvez nous donner aucune indication ?

R. : Monsieur, je ne sais plus rien ; un homme s'est rué sur moi, j'ai tiré sur lui... Je ne sais plus rien...

Ici se termine l'interrogatoire de Mlle Stangerson. Joseph Rouletabille attendit patiemment M. Robert Darzac. Celui-ci ne tarda pas à apparaître.

Dans une pièce voisine de la chambre de Mlle Stangerson, il avait écouté l'interrogatoire et venait le rapporter à notre ami avec une grande exactitude, une grande mémoire, et une docilité qui me surprit encore. Grâce aux notes hâtives qu'il avait prises au crayon, il put reproduire presque textuellement les demandes et les réponses.

En vérité, M. Darzac avait l'air d'être le secrétaire de mon jeune ami et agissait en tout comme quelqu'un qui n'a rien à lui refuser ; mieux encore, quelqu'un « qui aurait travaillé pour lui ».

Le fait de la « fenêtre fermée » frappa beaucoup le reporter comme il avait frappé le juge d'instruction. En outre, Rouletabille demanda à M. Darzac de lui répéter encore l'emploi du temps de M. et Mlle Stangerson le jour du drame, tel que Mlle Stangerson et M. Stangerson l'avaient établi devant le juge. La circonstance du dîner dans le laboratoire sembla l'intéresser au plus haut point et il se fit redire deux fois, pour en être plus sûr, que, seul, le garde savait que le professeur et sa fille dînaient dans le laboratoire, et de quelle sorte le garde l'avait su.

Quand M. Darzac se fut tu, je dis :

— Voilà un interrogatoire qui ne fait pas avancer beaucoup le problème.

— Il le recule, obtempéra M. Darzac.

— Il l'éclaire, fit, pensif, Rouletabille.

IX

REPORTER ET POLICIER

Nous retournâmes tous trois du côté du pavillon. A une centaine de mètres du bâtiment, le reporter nous arrêta et, nous montrant un petit bosquet sur notre droite, il nous dit :

— Voilà d'où est parti l'assassin pour entrer dans le pavillon.

Comme il y avait d'autres bosquets de cette sorte

entre les grands chênes, je demandai pourquoi l'assassin avait choisi celui-ci plutôt que les autres ; Rouletabille me répondit en me désignant le sentier qui passait tout près de ce bosquet et qui conduisait à la porte du pavillon.

— Ce sentier est garni de graviers, comme vous voyez, fit-il. *Il faut* que l'homme ait passé par là pour aller au pavillon, puisqu'on ne trouve pas la trace de ses pas du *voyage aller* sur la terre molle. Cet homme n'a point d'ailes. Il a marché ; mais il a marché sur le gravier qui a roulé sous sa chaussure sans en conserver l'empreinte : ce gravier, en effet, a été roulé par beaucoup d'autres pieds puisque le sentier est le plus direct qui aille du pavillon au château. Quant au bosquet, formé de ces sortes de plantes qui ne meurent point pendant la mauvaise saison — lauriers et fusains — il a fourni à l'assassin un abri suffisant en attendant que le moment fût venu, pour celui-ci, de se diriger vers le pavillon. C'est, caché dans ce bosquet, que l'homme a vu sortir M. et Mlle Stangerson, puis le père Jacques. On a répandu du gravier jusqu'à la fenêtre — presque — du vestibule. Une empreinte des pas de l'homme, *parallèle* au mur, empreinte que nous remarquions tout à l'heure, et que j'ai déjà vue, prouve qu'« il » n'a eu à faire qu'une enjambée pour se trouver en face de la fenêtre du vestibule, laissée ouverte par le père Jacques. L'homme se hissa alors sur les poignets et pénétra dans le vestibule.

— Après tout, c'est bien possible ! fis-je...

— Après tout, quoi ? Après tout, quoi ?... s'écria Rouletabille, soudain pris d'une colère que j'avais bien innocemment déchaînée... Pourquoi dites-vous : après tout, c'est bien possible !...

Je le suppliai de ne point se fâcher, mais il l'était déjà beaucoup trop pour m'écouter, et il déclara qu'il admirait le doute prudent avec lequel certaines gens (moi) abordaient de loin les problèmes les plus simples, ne se risquant jamais à dire : « ceci est » ou « ceci n'est pas », de telle sorte que leur intelligence aboutissait tout juste au même résultat qui aurait été obtenu si la nature avait oublié de garnir leur boîte crânienne d'un peu de matière grise. Comme je paraissais vexé, mon jeune ami me prit par le bras et m'accorda « qu'il n'avait point dit cela pour moi, attendu qu'il m'avait en particulière estime ».

— Mais enfin, reprit-il, il est quelquefois criminel de ne point, *quand on le peut,* raisonner à coup sûr !... Si je ne raisonne point, comme je le fais, avec ce gravier, il me faudra raisonner avec un ballon ! Mon cher, la science de l'aérostation dirigeable n'est point encore assez développée pour que je puisse faire entrer dans le jeu de mes cogitations l'assassin qui tombe du ciel ! Ne dites donc point qu'une chose est possible, quand il est impossible qu'elle soit autrement. Nous savons, maintenant, comment l'homme est entré par la fenêtre, et nous savons aussi à quel moment il est entré. Il y est entré pendant la promenade de cinq heures. Le fait de la présence de la femme de chambre *qui vient de faire la Chambre Jaune,* dans le laboratoire, au moment du retour du professeur et de sa fille, à une heure et demie, nous permet d'affirmer qu'à une heure et demie, l'assassin n'était pas dans la chambre, sous le lit, à moins qu'il n'y ait complicité de la femme de chambre. Qu'en dites-vous, monsieur Robert Darzac ?

M. Darzac secoua la tête, déclara qu'il était sûr de la fidélité de la femme de chambre de Mlle Stangerson et que c'était une fort honnête et fort dévouée domestique.

— Et puis, à cinq heures, M. Stangerson est entré

dans la chambre pour chercher le chapeau de sa fille ! ajouta-t-il...

— Il y a encore cela, fit Rouletabille.

— L'homme est donc entré, dans le moment que vous dites, par cette fenêtre, fis-je, je l'admets, mais pourquoi a-t-il refermé la fenêtre, ce qui devait, nécessairement, attirer l'attention de ceux qui l'avaient ouverte ?

— Il se peut que la fenêtre n'ait point été refermée « tout de suite », me répondit le jeune reporter. *Mais s'il a refermé la fenêtre, il l'a refermée à cause du coude que fait le sentier garni de gravier, à vingt-cinq mètres du pavillon, et à cause des trois chênes qui s'élèvent à cet endroit.*

— Que voulez-vous dire ? demanda M. Robert Darzac qui nous avait suivis, et qui écoutait Rouletabille avec une attention presque haletante.

— Je vous l'expliquerai plus tard, monsieur, quand j'en jugerai le moment venu ; mais je ne crois point avoir prononcé de paroles plus importantes sur cette affaire, *si mon hypothèse se justifie.*

— Et quelle est votre hypothèse ?

— Vous ne la saurez jamais si elle ne se révèle point être la vérité. C'est une hypothèse beaucoup trop grave, voyez-vous, pour que je la livre tant qu'elle ne sera qu'hypothèse.

— Avez-vous, au moins, quelque idée de l'assassin ?

— Non, monsieur, je ne sais pas qui est l'assassin, mais ne craignez rien, monsieur Robert Darzac, *je le saurai.*

Je dus constater que M. Robert Darzac était très ému ; et je soupçonnai que l'affirmation de Rouletabille n'était point pour lui plaire. Alors, pourquoi, s'il craignait réellement qu'on découvrît l'assassin (je questionnais ici ma propre pensée), pourquoi aidait-il le reporter à le retrouver ? Mon jeune ami sembla avoir reçu la même impression que moi, et il dit brutalement :

— Cela ne vous déplaît pas, monsieur Robert Darzac, que je découvre l'assassin ?

— Ah ! je voudrais le tuer de ma main ! s'écria le fiancé de Mlle Stangerson avec un élan qui me stupéfia.

— Je vous crois ! fit gravement Rouletabille, mais vous n'avez pas répondu à ma question.

Nous passions près du bosquet, dont le jeune reporter nous avait parlé à l'instant ; j'y entrai et lui montrai les traces évidentes du passage d'un homme qui s'était caché là. Rouletabille, une fois de plus, avait raison.

— Mais oui ! fit-il, mais oui !... Nous avons affaire à un individu en chair et en os, qui ne dispose pas d'autres moyens que les nôtres, et il faudra bien que tout s'arrange !

Ce disant, il me demanda la semelle de papier qu'il m'avait confiée et l'appliqua sur une empreinte très nette derrière le bosquet. Puis il se releva en disant : « Parbleu ! »

Je croyais qu'il allait, maintenant, suivre à la piste « les pas de la fuite de l'assassin », depuis la fenêtre du vestibule, mais il nous entraîna assez loin vers la gauche, en nous déclarant que c'était inutile de mettre le nez sur cette fange, et qu'il était sûr, maintenant, de tout le chemin de la fuite de l'assassin.

— Il est allé jusqu'au bout du mur, à cinquante mètres de là, et puis il a sauté la haie et le fossé ; tenez, juste en face de ce petit sentier qui conduit à l'étang. C'est le chemin le plus rapide pour sortir de la propriété et aller à l'étang.

— Comment savez-vous qu'il est allé à l'étang ?

— Parce que Frédéric Larsan n'en a pas quitté les

bords depuis ce matin. Il doit y avoir là de fort curieux indices.

Quelques minutes plus tard, nous étions près de l'étang.

C'était une petite nappe d'eau marécageuse entourée de roseaux, et sur laquelle flottaient encore quelques pauvres feuilles mortes de nénuphar. Le grand Fred nous vit peut-être venir, mais il est probable que nous l'intéressions peu, car il ne prit guère attention à nous et continua de remuer, du bout de sa canne, quelque chose que nous ne voyions pas.

— Tenez, fit Rouletabille, voilà à nouveau *les pas de la fuite de l'homme ;* ils tournent l'étang ici, reviennent et disparaissent enfin, près de l'étang, juste devant ce sentier qui conduit à la grande route d'Epinay. L'homme a continué sa fuite vers Paris...

— Qui vous le fait croire, interrompis-je, puisqu'il n'y a plus les pas de l'homme sur le sentier ?...

— Ce qui me le fait croire ? Mais ces pas-là, ces pas que j'attendais ! s'écria-t-il, en désignant l'empreinte très nette d'une « chaussure élégante »... Voyez !...

Et il interpella Frédéric Larsan.

— Monsieur Fred, cria-t-il... « ces pas élégants » sur la route sont bien là depuis la découverte du crime ?

— Oui, jeune homme ; oui, ils ont été relevés soigneusement, répondit Fred sans lever la tête. Vous voyez, il y a les pas qui viennent, et les pas qui repartent...

— Et cet homme avait une bicyclette ! s'écria le reporter...

Ici, après avoir regardé les empreintes de la bicyclette qui suivaient, aller et retour, les pas élégants, je crus pouvoir intervenir.

— La bicyclette explique la disparition des pas

grossiers de l'assasssin, fis-je. L'assassin, aux pas grossiers, est monté à bicyclette... Son complice, « l'homme aux pas élégants », était venu l'attendre au bord de l'étang, avec la bicyclette. On peut supposer que l'assassin agissait pour le compte de l'homme aux pas élégants ?

— Non ! non ! répliqua Rouletabille avec un étrange sourire... J'attendais ces pas-là depuis le commencement de l'affaire. Je les ai, je ne vous les abandonne pas. Ce sont les pas de l'assassin !

— Et les autres pas, les pas grossiers, qu'en faites-vous ?

— Ce sont encore les pas de l'assassin.

— Alors, il y en a deux ?

— Non ! il n'y en a qu'un et il n'a pas eu de complice...

— Très fort ! très fort ! cria de sa place Frédéric Larsan.

— Tenez, continua le jeune reporter, en nous montrant la terre remuée par des talons grossiers ; l'homme s'est assis là et a enlevé les godillots qu'il avait mis pour tromper la justice, et puis, les emportant sans doute avec lui, *il s'est relevé avec ses pieds à lui* et, tranquillement, a regagné, au pas, la grande route, en tenant sa bicyclette à la main. Il ne pouvait se risquer, sur ce très mauvais sentier, à courir à bicyclette. Du reste, ce qui le prouve, c'est la marque légère et hésitante de la bécane sur le sentier, malgré la mollesse du sol. S'il y avait eu un homme sur cette bicyclette, les roues fussent entrées profondément dans le sol... Non, non, il n'y avait là qu'un seul homme : l'assassin, à pied !

— Bravo ! Bravo ! fit encore le grand Fred...

Et, tout à coup, celui-ci vint à nous, se planta devant M. Robert Darzac et lui dit :

— Si nous avions une bicyclette ici... Nous pourrions démontrer la justesse du raisonnement de ce jeune homme, monsieur Robert Darzac... *Vous ne savez pas* s'il s'en trouve une au château ?

— Non, répondit Darzac, il n'y en a pas ; j'ai emporté la mienne, il y a quatre jours, à Paris, la dernière fois que je suis venu au château avant le crime.

— C'est dommage ! répliqua Fred sur le ton d'une extrême froideur.

Et, se retournant vers Rouletabille :

— Si cela continue, dit-il, vous verrez que nous aboutirons tous les deux aux mêmes conclusions. Avez-vous une idée sur la façon dont l'assassin est sorti de la « Chambre Jaune » ?

— Oui, fit mon ami, une idée...

— Moi aussi, continua Fred, et ce doit être la même. Il n'y a pas deux façons de raisonner dans cette affaire. J'attends, pour m'expliquer devant le juge, l'arrivée de mon chef.

— Ah ! le chef de la Sûreté va venir ?

— Oui, cet après-midi, pour la confrontation dans le laboratoire, devant le juge d'instruction, de tous ceux qui ont joué ou pu jouer un rôle dans le drame. Ce sera très intéressant. Il est malheureux que vous ne puissiez y assister.

— J'y assisterai, affirma Rouletabille.

— Vraiment... vous êtes extraordinaire... pour votre âge ! répliqua le policier sur un ton non dénué d'une certaine ironie... Vous feriez un merveilleux policier... si vous aviez un peu plus de méthode... si vous obéissiez moins à votre instinct et aux bosses de votre front. C'est une chose que j'ai déjà observée plusieurs fois, monsieur Rouletabille : vous raisonnez trop... Vous ne vous laissez pas assez conduire par votre observation... Que dites-vous du mouchoir plein de sang et de la main rouge sur le mur ? Vous avez vu, vous, la main rouge sur le mur ; moi, je n'ai vu que le mouchoir... Dites...

— Bah ! fit Rouletabille, un peu interloqué, *l'assassin a été blessé à la main* par le revolver de Mlle Stangerson !

— Ah ! observation brutale, instinctive... Prenez garde, vous êtes trop « directement » logique, monsieur Rouletabille ; la logique vous jouera un mauvais tour si vous la brutalisez ainsi. Il est de nombreuses circonstances dans lesquelles il faut la traiter en douceur, « la prendre de loin »... Monsieur Rouletabille, vous avez raison quand vous parlez du revolver de Mlle Stangerson. Il est certain que « la victime » a tiré. Mais vous avez tort quand vous dites qu'elle a blessé l'assassin à la main...

— Je suis sûr ! s'écria Rouletabille.

Fred, imperturbable, l'interrompit :

— Défaut d'observation !... défaut d'observation !... L'examen du mouchoir, les innombrables petites taches rondes, écarlates, impressions de gouttes que je retrouve sur la trace des pas, *au moment même où le pas pose à terre,* me prouvent que l'assassin n'a pas été blessé. *L'assassin, monsieur Rouletabille, a saigné du nez !...*

Le grand Fred était sérieux. Je ne pus retenir, cependant, une exclamation.

Le reporter regardait Fred qui regardait sérieusement le reporter. Et Fred tira aussitôt une conclusion :

— L'homme qui saignait dans sa main et dans son mouchoir a essuyé sa main sur le mur. La chose est fort importante, ajouta-t-il, *car l'assassin n'a pas besoin d'être blessé à la main pour être l'assassin !*

Rouletabille sembla réfléchir profondément, et dit :

— Il y a quelque chose, monsieur Frédéric Larsan, qui est beaucoup plus grave que le fait de brutaliser la logique, c'est cette disposition d'esprit propre à certains policiers qui leur fait, en toute bonne foi, « plier en douceur cette logique aux nécessités de leurs conceptions ». Vous avez votre idée, déjà, sur l'assassin, monsieur Fred, ne le niez pas... et il ne faut pas que votre assassin ait été blessé à la main, sans quoi votre idée tomberait d'elle-même... Et vous avez cherché, et vous avez trouvé autre chose. C'est un système bien dangereux, monsieur Fred, bien dangereux, que celui qui consiste à partir de l'idée que l'on se fait de l'assassin pour arriver aux preuves dont on a besoin !... Cela pourrait vous mener loin... Prenez garde à l'erreur judiciaire, monsieur Fred ; elle vous guette !...

Et, ricanant un peu, les mains dans les poches, légèrement goguenard, Rouletabille, de ses petits yeux malins, fixa le grand Fred.

Frédéric Larsan considéra en silence ce gamin qui prétendait être plus fort que lui ; il haussa les épaules, nous salua, et s'en alla, à grandes enjambées, frappant la pierre du chemin *de sa grande canne*. . .

Rouletabille le regardait s'éloigner ; puis le jeune reporter se tourna vers nous, la figure joyeuse et déjà triomphante :

— Je le battrai ! nous jeta-t-il... Je battrai le grand Fred, si fort soit-il ; je les battrai tous... Rouletabille est plus fort qu'eux tous ! Et le grand Fred, l'illustre, le fameux, l'immense Fred... l'unique Fred raisonne comme une savate !... comme une savate !... comme une savate !

Et il esquissa un entrechat ; mais il s'arrêta subitement dans sa chorégraphie... Mes yeux allèrent où allaient ses yeux ; ils étaient attachés sur M. Robert Darzac qui, la face décomposée, regardait sur le sentier la marque de ses pas, à côté de la marque « du pas élégant ». IL N'Y AVAIT PAS DE DIFFÉRENCE !

Nous crûmes qu'il allait défaillir ; ses yeux, agrandis par l'épouvante, nous fuirent un instant, cependant que sa main droite tiraillait d'un mouvement spasmodique le collier de barbe qui entourait son honnête et douce et désespérée figure. Enfin, il se ressaisit, nous salua, nous dit d'une voix changée, qu'il était dans la nécessité de rentrer au château et partit.

— Diable ! fit Rouletabille.

Le reporter, lui aussi, avait l'air consterné. Il tira de son portefeuille un morceau de papier blanc, comme je lui avais vu faire précédemment, et découpa avec ses ciseaux les contours de « pieds élégants » de l'assassin, dont le modèle était là, sur la terre. Et puis il transporta cette nouvelle semelle de papier sur les empreintes de la bottine de M. Darzac. L'adaptation était parfaite et Rouletabille se releva en répétant : « Diable ! »

Je n'osais pas prononcer une parole, tant j'imaginais que ce qui se passait, dans ce moment, dans les bosses de Rouletabille, était grave.

Il dit :

— Je crois pourtant que M. Robert Darzac est un honnête homme...

Et il m'entraîna vers l'auberge du « Donjon », que nous apercevions à un kilomètre de là, sur la route, à côté d'un petit bouquet d'arbres.

X

« MAINTENANT, IL VA FALLOIR MANGER DU SAIGNANT »

L'auberge du « Donjon » n'avait pas grande apparence, mais j'aime ces masures aux poutres noircies par le temps et la fumée de l'âtre, ces auberges de l'époque des diligences, bâtisses branlantes qui ne seront bientôt plus qu'un souvenir. Elles tiennent au passé, elles se rattachent à l'histoire, elles continuent quelque chose et elles font penser aux vieux contes de la Route, quand il y avait, sur la route, des aventures.

Je vis tout de suite que l'auberge du « Donjon » avait bien ses deux siècles et même peut-être davantage. Pierraille et plâtras s'étaient détachés çà et là de la forte armature de bois dont les X et les V supportaient encore gaillardement le toit vétuste. Celui-ci avait glissé légèrement sur ses appuis, comme glisse la casquette sur le front d'un ivrogne. Au-dessus de la porte d'entrée, une enseigne de fer gémissait sous le vent d'automne. Un artiste de l'endroit y avait peint une sorte de tour surmontée d'un toit pointu et d'une lanterne comme on en voyait au château du Glandier. Sous cette enseigne, sur le seuil, un homme, de mine assez rébarbative, semblait plongé dans des pensées assez sombres, s'il fallait en croire les plis de son front et le méchant rapprochement de ses sourcils touffus.

Quand nous fûmes tout près de lui, il daigna nous voir et nous demanda d'une façon peu engageante si nous avions besoin de quelque chose. C'était, à n'en pas douter, l'hôte peu aimable de cette charmante demeure. Comme nous manifestions l'espoir qu'il voudrait bien nous servir à déjeuner, il nous avoua qu'il n'avait aucune provision et qu'il serait fort embarrassé de nous satisfaire ; et, ce disant, il nous regardait d'un œil dont je ne parvenais pas à m'expliquer la méfiance.

— Vous pouvez nous faire accueil, lui dit Rouletabille, nous ne sommes pas de la police.

— Je ne crains pas la police, répondit l'homme ; je ne crains personne.

Déjà je faisais comprendre par un signe à mon ami que nous serions bien inspirés de ne pas insister, mais mon ami, qui tenait évidemment à entrer dans cette auberge, se glissa sous l'épaule de l'homme et fut dans la salle.

— Venez, dit-il, il fait très bon ici.

De fait, un grand feu de bois flambait dans la cheminée. Nous nous en approchâmes et tendîmes nos mains à la chaleur du foyer, car, ce matin-là, on sentait déjà venir l'hiver. La pièce était assez grande ; deux épaisses tables de bois, quelques escabeaux, un comptoir, où s'alignaient des bouteilles de sirop et d'alcool, la garnissaient. Trois fenêtres donnaient sur la route. Une chromo-réclame, sur le mur, vantait sous les traits d'une jeune Parisienne levant effrontément son verre, les vertus apéritives d'un nouveau vermouth. Sur la tablette de la haute cheminée, l'aubergiste avait disposé un grand nombre de pots et de cruches en grès et en faïence.

— Voilà une belle cheminée pour faire rôtir un poulet, dit Rouletabille.

— Nous n'avons point de poulet, fit l'hôte ; pas même un méchant lapin.

— Je sais, répliqua mon ami, d'une voix goguenarde qui me surprit, *je sais que maintenant, il va falloir manger du saignant*.

J'avoue que je ne comprenais rien à la phrase de Rouletabille. Pourquoi disait-il à cet homme : « Maintenant, il va falloir manger du saignant... » ? Et pourquoi l'aubergiste, aussitôt qu'il eut entendu cette phrase, laissa-t-il échapper un juron qu'il étouffa aussitôt et se mit-il à notre disposition aussi docilement que M. Robert Darzac lui-même quand il eut entendu ces mots fatidiques : « Le presbytère n'a rien perdu de son charme, ni le jardin de son éclat... » ? Décidément mon ami avait le don de se faire comprendre des gens avec des phrases tout à fait incompréhensibles. Je lui en fis l'observation et il voulut bien sourire. J'eusse préféré qu'il daignât me donner quelque explication, mais il avait mis un doigt sur sa bouche, ce qui signifiait évidemment que non seulement il s'interdisait de parler, mais encore qu'il me recommandait le silence. Entre-temps, l'homme poussant une petite porte, avait crié qu'on lui apportât une demi-douzaine d'œufs et « le morceau de faux filet ». La commission fut bientôt faite par une jeune femme fort accorte, aux admirables cheveux blonds, et dont les beaux grands yeux doux nous regardèrent avec curiosité.

L'aubergiste lui dit d'une voix rude :

— Va-t'en ! Et si l'homme vert s'en vient, que je ne te voie pas !

Et elle disparut. Rouletabille s'empara des œufs qu'on lui apporta dans un bol et de la viande qu'on lui servit sur un plat, plaça le tout précautionneusement à côté de lui, dans la cheminée, décrocha une poêle et un gril pendus dans l'âtre et commença de battre notre omelette en attendant qu'il fît griller notre bifteck. Il commanda encore à l'homme deux bonnes bouteilles de cidre et semblait s'occuper aussi peu de son hôte que son hôte s'occupait de lui. L'homme tantôt le couvait des yeux et tantôt me regardait avec un air d'anxiété qu'il essayait en vain de dissimuler. Il nous laissa faire notre cuisine et mit notre couvert auprès d'une fenêtre.

Tout à coup, je l'entendis qui murmurait :

— Ah ! le voilà !

Et, la figure changée, n'exprimant plus qu'une haine atroce, il alla se coller contre la fenêtre, regardant la route. Je n'eus point besoin d'avertir Rouletabille. Le jeune homme avait déjà lâché son omelette et rejoignait l'hôte à la fenêtre. J'y fus avec lui.

Un homme, tout habillé de velours vert, la tête prise dans une casquette ronde de même couleur, s'avançait, à pas tranquilles, sur la route, en fumant sa pipe. Il portait un fusil en bandoulière et montrait dans ses mouvements une aisance presque aristocratique. Cet homme pouvait avoir quarante-cinq ans. Les cheveux et la moustache étaient gris sel. Il était remarquablement beau. Il portait binocle. Quand il passa près de l'auberge, il parut hésiter, se demandant s'il entrerait, jeta un regard de notre côté, lâcha quelques bouffées de sa pipe et d'un même pas nonchalant reprit sa promenade.

Rouletabille et moi nous regardâmes l'hôte. Ses yeux fulgurants, ses poings fermés, sa bouche frémissante, nous renseignaient sur les sentiments tumultueux qui l'agitaient.

— Il a bien fait de ne pas entrer aujourd'hui ! siffla-t-il.

— Quel est cet homme ? demanda Rouletabille, en retournant son omelette.

— « L'homme vert ! » gronda l'aubergiste... Vous ne le connaissez pas ? Tant mieux pour vous. C'est pas une connaissance à faire... Eh ben, c'est l'garde à M. Stangerson.

— Vous ne paraissez pas l'aimer beaucoup ? demanda le reporter en versant son omelette dans la poêle.

— Personne ne l'aime dans le pays, monsieur ; et puis c'est un fier, qui a dû avoir de la fortune autrefois ; et il ne pardonne à personne de s'être vu forcé, pour vivre, de devenir domestique. Car un garde, c'est un larbin comme un autre ! n'est-ce pas ? Ma parole ! on dirait que c'est lui qui est le maître du Glandier, que toutes les terres et tous les bois lui appartiennent. Il ne permettrait pas à un pauvre de déjeuner d'un morceau de pain sur l'herbe, « sur son herbe » !

— Il vient quelquefois ici ?

— Il vient trop. Mais je lui ferai bien comprendre que sa figure ne me revient pas. Il y a seulement un mois, il ne m'embêtait pas ! L'auberge du « Donjon » n'avait jamais existé pour lui !... Il n'avait pas le temps ! Fallait-il pas qu'il fasse sa cour à l'hôtesse des « Trois Lys », à Saint-Michel. Maintenant qu'il y a eu de la brouille dans les amours, il cherche à passer le temps ailleurs... Coureur de filles, trousseur de jupes, mauvais gars... Y a pas un honnête homme qui puisse le supporter, cet homme-là... Tenez, les concierges du château ne pouvaient pas le voir en peinture, « l'homme vert » !...

— Les concierges du château sont donc d'honnêtes gens, monsieur l'aubergiste ?

— Appelez-moi donc père Mathieu ; c'est mon nom... Eh ben, aussi vrai que je m'appelle Mathieu, oui, m'sieur, j'les crois honnêtes.

— On les a pourtant arrêtés.

— Què-que ça prouve ? Mais je ne veux pas me mêler des affaires du prochain...

— Et qu'est-ce que vous pensez de l'assassinat ?

— De l'assassinat de cette pauvre mademoiselle ? Une brave fille, allez, et qu'on aimait bien dans le pays. C'que j'en pense ?

— Oui, ce que vous en pensez.

— Rien... et bien des choses... Mais ça ne regarde personne.

— Pas même moi ? insista Rouletabille.

L'aubergiste le regarda de côté, grogna, et dit :

— Pas même vous...

L'omelette était prête ; nous nous mîmes à table et nous mangions en silence quand la porte d'entrée fut poussée et une vieille femme, habillée de haillons, appuyée sur un bâton, la tête branlante, les cheveux blancs qui pendaient en mèches folles sur le front encrassé, se montra sur le seuil.

— Ah ! vous v'là, la mère Agenoux ! Y a longtemps qu'on ne vous a vue, fit notre hôte.

— J'ai été bien malade, toute prête à mourir, dit la vieille. Si quelquefois vous aviez des restes pour la « Bête du Bon Dieu... » ?

Et elle pénétra dans l'auberge, suivie d'un chat si énorme que je ne soupçonnais pas qu'il pût en exister de cette taille. La bête nous regarda et fit entendre un miaulement si désespéré que je me sentis frissonner. Je n'avais jamais entendu un cri aussi lugubre.

Comme s'il avait été attiré par ce cri, un homme entra, derrière la vieille. C'était « l'homme vert ». Il nous salua d'un geste de la main à sa casquette et s'assit à la table voisine de la nôtre.

— Donnez-moi un verre de cidre, père Mathieu.

Quand « l'homme vert » était entré le père Mathieu avait eu un mouvement violent de tout son être vers le nouveau venu : mais, visiblement, il se dompta et répondit :

— Y a plus de cidre, j'ai donné les dernières bouteilles à ces messieurs.

— Alors donnez-moi un verre de vin blanc, fit « l'homme vert » sans marquer le moindre étonnement.

— Y a plus de vin blanc, y a plus rien !

Le père Mathieu répéta, d'une voix sourde :

— Y a plus rien !

— Comment va Mme Mathieu ?

L'aubergiste, à cette question de « l'homme vert », serra les poings, se retourna vers lui, la figure si mauvaise que je crus qu'il allait frapper, et puis il dit :

— Elle va bien, merci.

Ainsi, la jeune femme aux grands yeux doux que nous avions vue tout à l'heure était l'épouse de ce rustre répugnant et brutal, et dont tous les défauts physiques semblaient dominés par ce défaut moral : la jalousie.

Claquant la porte, l'aubergiste quitta la pièce. La mère Agenoux était toujours là debout, appuyée sur son bâton et le chat au bas de ses jupes.

« L'homme vert » lui demanda :

— Vous avez été malade, mère Agenoux, qu'on ne vous a pas vue depuis bientôt huit jours ?

— Oui, m'sieur le garde. Je ne me suis levée que trois fois pour aller prier sainte Geneviève, notre bonne patronne, et l'reste du temps, j'ai été étendue sur mon grabat. Il n'y a eu pour me soigner que la « Bête du Bon Dieu ! »

— Elle ne vous a pas quittée ?

— Ni jour ni nuit.

— Vous en êtes sûre ?

— Comme du paradis.

— Alors, comment se fait-il, mère Agenoux, qu'on n'ait entendu que le cri de la « Bête du Bon Dieu » toute la nuit du crime ?

La mère Agenoux alla se planter face au garde, et frappa le plancher de son bâton :

— Je n'en sais rien de rien. Mais, voulez-vous que je vous dise ? Il n'y a pas deux bêtes au monde qui ont ce cri-là... Eh bien, moi aussi, la nuit du crime, j'ai entendu, au-dehors, le cri de la « Bête du Bon Dieu » ; et pourtant elle était sur mes genoux m'sieur le garde et elle n'a pas miaulé une seule fois, je vous le jure. Je m'suis signée, quand j'ai entendu ça, comme si j'entendais l'diable !

Je regardais le garde pendant qu'il posait cette dernière question, et je me trompe fort si je n'ai pas surpris sur ses lèvres un mauvais sourire goguenard.

A ce moment, le bruit d'une querelle aiguë parvint jusqu'à nous. Nous crûmes même percevoir des coups sourds, comme si l'on battait, comme si l'on assommait quelqu'un. « L'homme vert » se leva et courut résolument à la porte, à côté de l'âtre, mais celle-ci s'ouvrit et l'aubergiste, apparaissant, dit au garde :

— Ne vous effrayez pas, m'sieur le garde ; c'est ma femme qu'a mal aux dents !

Et il ricana.

— Tenez, mère Agenoux, v'là du mou pour vot' chat.

Il tendit à la vieille un paquet ; la vieille s'en empara avidement et sortit, toujours suivie de son chat. « L'homme vert » lui demanda :

— Vous ne voulez rien me servir ?

Le père Mathieu ne retint plus l'expression de sa haine :

— Y a rien pour vous ! Y a rien pour vous ! Allez-vous en !...

« L'homme vert », tranquillement, bourra sa pipe, l'alluma, nous salua et sortit. Il n'était pas plus tôt sur le seuil que Mathieu lui claquait la porte dans le dos et, se retournant vers nous, les yeux injectés de sang, la bouche écumante, nous sifflait, le poing tendu vers cette porte qui venait de se fermer sur l'homme qu'il détestait :

— Je ne sais pas qui vous êtes, vous qui venez me dire : « Maintenant va falloir manger du saignant. » Mais si ça vous intéresse : l'assassin, le v'là !

Aussitôt qu'il eut ainsi parlé, le père Mathieu nous quitta. Rouletabille retourna vers l'âtre, et dit :

— Maintenant, nous allons griller notre bifteck. Comment trouvez-vous le cidre ? Un peu dur, comme je l'aime.

Ce jour-là, nous ne revîmes plus Mathieu et un grand silence régnait dans l'auberge quand nous la quittâmes, après avoir laissé cinq francs sur notre table, en paiement de notre festin.

Rouletabille me fit aussitôt faire près d'une lieue autour de la propriété du professeur Stangerson. Il s'arrêta dix minutes, au coin d'un petit chemin tout noir de suie, auprès des cabanes de charbonniers qui se trouvent dans la partie de la forêt de Sainte-Geneviève qui touche à la route allant d'Epinay à Corbeil, et me confia que l'assassin avait certainement passé par là, « vu l'état des chaussures grossières », avant de pénétrer dans la propriété et d'aller se cacher dans le bosquet.

— Vous ne croyez donc pas que le garde a été dans l'affaire ? interrompis-je.

— Nous verrons cela plus tard, me répondit-il. Pour le moment, ce que l'aubergiste a dit de cet homme ne m'occupe pas. Il en a parlé avec sa haine. Ce n'est pas pour l'« homme vert » que je vous ai emmené déjeuner au « Donjon ».

Ayant ainsi parlé, Rouletabille, avec de grandes précautions, se glissa — et je me glissai derrière lui — jusqu'à la bâtisse, qui, près de la grille, servait de logement aux concierges, arrêtés le matin même. Il s'introduisit, avec une acrobatie que j'admirai, dans la maisonnette, par une lucarne de derrière restée ouverte, et en ressortit dix minutes plus tard en disant ce mot qui signifiait, dans sa bouche, tant de choses : « Parbleu ! »

Dans le moment que nous allions reprendre le chemin du château, il y eut un grand mouvement à la grille. Une voiture arrivait, et, du château, on venait au-devant d'elle. Rouletabille me montra un homme qui en descendait :

— Voici le chef de la Sûreté ; nous allons voir

ce que Frédéric Larsan a dans le ventre, et s'il est plus malin qu'un autre...

Derrière la voiture du chef de la Sûreté, trois autres voitures suivaient, remplies de reporters qui voulurent, eux aussi, entrer dans le parc. Mais on mit à la grille deux gendarmes, avec défense de laisser passer. Le chef de la Sûreté calma leur impatience en prenant l'engagement de donner, le soir même, à la presse, le plus de renseignements qu'il pourrait, sans gêner le cours de l'instruction...

XI

OU FRÉDÉRIC LARSAN EXPLIQUE COMMENT L'ASSASSIN A PU SORTIR DE LA « CHAMBRE JAUNE »

Dans la masse de papiers, documents, mémoires, extraits de journaux, pièces de justice dont je dispose relativement au mystère de la « Chambre Jaune », se trouve un morceau des plus intéressants. C'est la narration du fameux interrogatoire des intéressés qui eut lieu, cet après-midi-là, dans le laboratoire du professeur Stangerson, devant le chef de la Sûreté. Cette narration est due à la plume de M. Maleine, le greffier, qui, tout comme le juge d'instruction, faisait, à ses moments perdus, de la littérature. Ce morceau devait faire partie d'un livre qui n'a jamais paru et qui devait s'intituler *Mes interrogatoires*. Il m'a été donné par le greffier lui-même, quelque temps après le « dénouement inouï » de ce procès unique dans les fastes juridiques.

Le voici. Ce n'est plus une sèche transcription de demandes et de réponses. Le greffier y relate souvent ses impressions personnelles.

La narration du greffier.

Depuis une heure, raconte le greffier, le juge d'instruction et moi, nous nous trouvions dans la « Chambre Jaune », avec l'entrepreneur qui avait construit, sur les plans du professeur Stangerson, le pavillon. L'entrepreneur était venu avec un ouvrier. M. de Marquet avait fait nettoyer entièrement les murs, c'est-à-dire qu'il avait fait enlever par l'ouvrier tout le papier qui les décorait. Des coups de pioches et de pics, çà et là, nous avaient démontré l'inexistence d'une ouverture quelconque. Le plancher et le plafond avaient été longuement sondés. Nous n'avions rien découvert. Il n'y avait rien à découvrir. M. de Marquet paraissait enchanté et ne cessait de répéter :

— Quelle affaire ! monsieur l'entrepreneur, quelle affaire ! Vous verrez que nous ne saurons jamais comment l'assassin a pu sortir de cette chambre-là !

Tout à coup, M. de Marquet, la figure rayonnante, parce qu'il ne comprenait pas, voulut bien se souvenir que son devoir était de chercher à comprendre, et il appela le brigadier de gendarmerie.

— Brigadier, fit-il, allez donc au château et priez M. Stangerson et M. Robert Darzac de venir me rejoindre dans le laboratoire, ainsi que le père Jacques, et faites-moi amener aussi, par vos hommes, les deux concierges.

Cinq minutes plus tard, tout ce monde fut réuni dans le laboratoire. Le chef de la Sûreté, qui venait d'arriver au Glandier, nous rejoignit aussi dans ce moment. J'étais assis au bureau de M. Stangerson, prêt au travail, quand M. de Marquet nous tint ce petit discours, aussi original qu'inattendu :

— Si vous le voulez, messieurs, disait-il, puisque

les interrogatoires ne donnent rien, nous allons abandonner, pour une fois, le vieux système des interrogatoires. Je ne vous ferai point venir devant moi à tour de rôle ; non. Nous resterons tous ici : M. Stangerson, M. Robert Darzac, le père Jacques, les deux concierges, M. le chef de la Sûreté, M. le greffier et moi ! Et nous serons là, tous, « au même titre » ; les concierges voudront bien oublier un instant qu'ils sont arrêtés. « Nous allons causer ! » Je vous ai fait venir « pour causer ». Nous sommes sur les lieux du crime ; eh bien, de quoi causerions-nous si nous ne causions pas du crime ? Parlons-en donc ! Parlons-en ! Avec abondance, avec intelligence, ou avec stupidité. Disons tout ce qui nous passera par la tête ! Parlons sans méthode, puisque la méthode ne nous réussit point. J'adresse une fervente prière au dieu Hasard, le hasard de nos conceptions ! Commençons !...

Sur quoi, en passant devant moi, il me dit, à voix basse :

— Hein ! croyez-vous, quelle scène ! Auriez-vous imaginé ça, vous ! J'en ferai un petit acte pour le Vaudeville.

Et il se frottait les mains avec jubilation.

Je portai les yeux sur M. Stangerson. L'espoir que devait faire naître en lui le dernier bulletin des médecins qui avaient déclaré que Mlle Stangerson pourrait survivre à ses blessures, n'avait pas effacé de ce noble visage les marques de la plus grande douleur.

Cet homme avait cru sa fille morte, et il en était encore tout ravagé. Ses yeux bleus si doux et si clairs étaient alors d'une infinie tristesse. J'avais eu l'occasion, plusieurs fois, dans des cérémonies publiques, de voir M. Stangerson. J'avais été, dès l'abord, frappé par son regard, si pur qu'il semblait celui d'un enfant : regard de rêve, regard sublime et immatériel de l'inventeur ou du fou.

Dans ces cérémonies, derrière lui ou à ses côtés, on voyait toujours sa fille, car ils ne se quittaient jamais, disait-on, partageant les mêmes travaux depuis de longues années. Cette vierge, qui avait alors trente-cinq ans et qui en paraissait à peine trente, consacrée tout entière à la science, soulevait encore l'admiration par son impériale beauté, restée intacte, sans une ride, victorieuse du temps et de l'amour. Qui m'eût dit alors que je me trouverais, un jour prochain, au chevet de son lit, avec mes paperasses, et que je la verrais, presque expirante, nous raconter, avec effort, le plus monstrueux et le plus mystérieux attentat que j'aie ouï de ma carrière ? Qui m'eût dit que je me trouverais, comme cet après-midi-là, en face d'un père désespéré cherchant en vain comment l'assassin de sa fille avait pu lui échapper ? A quoi sert donc le travail silencieux, au fond de la retraite obscure des bois, s'il ne vous garantit point de ces grandes catastrophes de la vie et de la mort, réservées d'ordinaire à ceux d'entre les hommes qui fréquentent les passions de la ville[1] ?

— Voyons ! monsieur Stangerson, fit M. de Marquet, avec un peu d'importance, placez-vous exactement à l'endroit où vous étiez quand Mlle Stangerson vous a quitté pour entrer dans sa chambre.

M. Stangerson se leva et, se plaçant à cinquante centimètres de la porte de la « Chambre Jaune », il dit d'une voix sans accent, sans couleur, d'une voix que je qualifierai de morte :

— Je me trouvais ici. Vers onze heures, après avoir procédé, sur les fourneaux du laboratoire, à

1. Je rappelle au lecteur que je ne fais que transcrire la prose du greffier et que je n'ai rien voulu lui enlever de son ampleur ni de sa majesté.

une courte expérience de chimie, j'avais fait glisser mon bureau jusqu'ici, car le père Jacques, qui passa la soirée à nettoyer quelques-uns de mes appareils, avait besoin de toute la place qui se trouvait derrière moi. Ma fille travaillait au même bureau que moi. Quand elle se leva, après m'avoir embrassé et souhaité le bonsoir au père Jacques, elle dut, pour entrer dans sa chambre, se glisser assez difficilement entre mon bureau et la porte. C'est vous dire que j'étais bien près du lieu où le crime allait se commettre.

— Et ce bureau ? interrompis-je, obéissant, en me mêlant à cette « conversation », aux désirs exprimés par mon chef... et ce bureau, aussitôt que vous eûtes, monsieur Stangerson, entendu crier : « A l'assassin ! » et qu'eurent éclaté les coups de revolver... ce bureau, qu'est-il devenu ?

Le père Jacques répondit :

— Nous l'avons rejeté contre le mur, ici, à peu près où il est en ce moment, pour pouvoir nous précipiter à l'aise sur la porte, m'sieur le greffier...

Je suivis mon raisonnement, auquel, du reste, je n'attachais qu'une importance de faible hypothèse :

— Le bureau était si près de la chambre qu'un homme, sortant, courbé, de la chambre et se glissant sous le bureau aurait pu passer inaperçu ?

— Vous oubliez toujours, interrompit M. Stangerson, avec lassitude, que ma fille avait fermé sa porte à clef et au verrou, *que la porte est restée fermée*, que nous sommes restés à lutter contre cette porte dès l'instant où l'assassinat commençait, *que nous étions déjà sur la porte alors que la lutte de l'assassin et de ma pauvre enfant continuait, que les bruits de cette lutte nous parvenaient encore et que nous entendions râler ma malheureuse fille sous l'étreinte des doigts dont son cou a conservé la marque sanglante*. Si rapide qu'ait été l'attaque, nous avons été aussi rapides qu'elle et nous nous sommes trouvés immédiatement derrière cette porte qui nous séparait du drame.

Je me levai et allai à la porte que j'examinai à nouveau avec le plus grand soin. Puis je me relevai et fis un geste de découragement.

— Imaginez, dis-je, que le panneau inférieur de cette porte ait pu être ouvert *sans que la porte ait été dans la nécessité de s'ouvrir*, et le problème serait résolu ! Mais, malheureusement, cette dernière hypothèse est inadmissible, après l'examen de la porte. C'est une solide et épaisse porte de chêne constituée de telle sorte qu'elle forme un bloc inséparable... C'est très visible, malgré les dégâts qui ont été causés par ceux qui l'ont enfoncée...

— Oh ! fit le père Jacques... c'est une vieille et solide porte du château qu'on a transportée ici... une porte comme on n'en fait plus maintenant. Il nous a fallu cette barre de fer pour en avoir raison, à quatre... car la concierge s'y était mise aussi, comme une brave femme qu'elle est, m'sieur l'juge ! C'est tout de même malheureux de les voir en prison, à c't'heure !

Le père Jacques n'eut pas plus tôt prononcé cette phrase de pitié et de protestation que les pleurs et les jérémiades des deux concierges recommencèrent. Je n'ai jamais vu de prévenus aussi larmoyants. J'en étais profondément dégoûté[1]. Même en admettant leur innocence, je ne comprenais pas que deux êtres pussent à ce point manquer de caractère devant le malheur. Une nette attitude, dans de pareils moments, vaut mieux que toutes les larmes et que tous les

1. Textuel.

désespoirs, lesquels, le plus souvent, sont feints et hypocrites.

— Eh ! s'écria M. de Marquet, encore une fois, assez de piailler comme ça ! et dites-nous, dans votre intérêt, ce que vous faisiez à l'heure où l'on assassinait votre maîtresse, sous les fenêtres du pavillon ! Car vous étiez tout près du pavillon quand le père Jacques vous a rencontrés...

— Nous venions au secours ! gémirent-ils.

Et la femme, entre deux hoquets, glapit :

— Ah ! si nous le tenions, l'assassin, nous lui ferions passer le goût du pain !...

— Et nous ne pûmes, une fois de plus, leur tirer deux phrases sensées de suite. Ils continuèrent de nier avec acharnement, d'attester le bon Dieu et tous les saints qu'ils étaient dans leur lit quand ils avaient entendu un coup de revolver.

— Ce n'est pas un, mais deux coups qui ont été tirés. Vous voyez bien que vous mentez. Si vous avez entendu l'un, vous devez avoir entendu l'autre !

— Mon dieu ! m'sieur le juge, nous n'avons entendu que le second. Nous dormions encore bien sûr quand on a tiré le premier...

— Pour ça, on en a tiré deux ! fit le père Jacques. Je suis sûr, moi, que toutes les cartouches de mon revolver étaient intactes ; nous avons retrouvé deux cartouches brûlées, deux balles, et nous avons entendu deux coups de revolver, derrière la porte. N'est-ce pas, monsieur Stangerson ?

— Oui, fit le professeur, deux coups de revolver, un coup sourd d'abord, puis un coup éclatant.

— Pourquoi continuez-vous à mentir ? s'écria M. de Marquet, se retournant vers les concierges. Croyez-vous la police aussi bête que vous ! Tout prouve que vous étiez dehors, près du pavillon, au moment du drame. Qu'y faisiez-vous ? Vous ne voulez pas le dire ? Votre silence atteste votre complicité ! Et, quant à moi, fit-il en se tournant vers M. Stangerson... quant à moi, je ne puis m'expliquer la fuite de l'assassin que par l'aide apportée par ces deux complices. Aussitôt que la porte a été défoncée, pendant que vous, monsieur Stangerson, vous vous occupiez de votre malheureuse enfant, le concierge et sa femme facilitaient la fuite du misérable qui se glissait derrière eux, parvenait jusqu'à la fenêtre du vestibule et sautait dans le parc. Le concierge refermait la fenêtre et les volets derrière lui. *Car, enfin, ces volets ne se sont pas fermés tout seuls !* Voilà ce que j'ai trouvé... Si quelqu'un a imaginé autre chose qu'il le dise !...

M. Stangerson intervint :

— C'est impossible ! Je ne crois pas à la culpabilité ni à la complicité de mes concierges, bien que je ne comprenne pas ce qu'ils faisaient dans le parc à cette heure avancée de la nuit. Je dis : c'est impossible ! parce que la concierge tenait la lampe et n'a pas bougé du seuil de la chambre ; parce que, moi, sitôt la porte défoncée, je me suis mis à genoux près du corps de mon enfant, *et qu'il était impossible que l'on sortît ou que l'on entrât de cette chambre par cette porte sans enjamber le corps de ma fille et sans me bousculer, moi !* C'est impossible, parce que le père Jacques et le concierge n'ont eu qu'à jeter un regard dans cette chambre et sous le lit, comme je l'ai fait en entrant, pour voir qu'il n'y avait plus personne dans la chambre, que ma fille à l'agonie.

— Que pensez-vous, vous, monsieur Darzac, qui n'avez encore rien dit ? demanda le juge.

M. Darzac répondit qu'il ne pensait rien.

— Et vous, monsieur le chef de la Sûreté ?

M. Dax, le chef de la Sûreté, avait jusqu'alors uniquement écouté et examiné les lieux. Il daigna enfin desserrer les dents :

— Il faudrait, en attendant que l'on trouve le criminel, découvrir le mobile du crime. Cela nous avancerait un peu, fit-il.

— Monsieur le chef de la Sûreté, le crime apparaît bassement passionnel, répliqua M. de Marquet. Les traces laissées par l'assassin, le mouchoir grossier et le béret ignoble nous portent à croire que l'assassin n'appartenait point à une classe de la société très élevée. Les concierges pourraient peut-être nous renseigner là-dessus...

Le chef de la Sûreté continua, se tournant vers M. Stangerson et sur ce ton froid qui est la marque, selon moi, des solides intelligences, et des caractères fortement trempés.

— Mlle Stangerson ne devait-elle pas prochainement se marier ?

Le professeur regarda douloureusement M. Robert Darzac.

— Avec mon ami que j'eusse été heureux d'appeler mon fils... avec M. Robert Darzac...

— Mlle Stangerson va beaucoup mieux et se remettra rapidement de ses blessures. C'est un mariage simplement retardé, n'est-ce pas, monsieur ? insista le chef de la Sûreté.

— Je l'espère.

— Comment ! Vous n'en êtes pas sûr ?

M. Stangerson se tut. M. Robert Darzac parut agité, ce que je vis à un tremblement de sa main sur sa chaîne de montre, car rien ne m'échappe. M. Dax toussota comme faisait M. de Marquet quand il était embarrassé.

— Vous comprendrez, monsieur Stangerson, dit-il, que dans une affaire aussi embrouillée, nous ne pouvons rien négliger ; que nous devons tout savoir, même la plus petite, la plus futile chose se rapportant à la victime... le renseignement, en apparence, le plus insignifiant... Qu'est-ce donc qui vous a fait croire que, dans la quasi-certitude, où nous sommes maintenant, que Mlle Stangerson vivra, ce mariage pourra ne pas avoir lieu ? Vous avez dit : « J'espère. » Cette espérance m'apparaît comme un doute. Pourquoi doutez-vous ?

M. Stangerson fit un visible effort sur lui-même :

— Oui, monsieur, finit-il par dire. Vous avez raison. Il vaut mieux que vous sachiez une chose qui semblerait avoir de l'importance si je vous la cachais. M. Robert Darzac sera, du reste, de mon avis.

M. Darzac, dont la pâleur, à ce moment, me parut tout à fait anormale, fit signe qu'il était de l'avis du professeur. Pour moi, si M. Darzac ne répondait que par signe, c'est qu'il était incapable de prononcer un mot.

— Sachez donc, monsieur le chef de la Sûreté, continua M. Stangerson, que ma fille avait juré de ne jamais me quitter et tenait son serment malgré toutes mes prières, car j'essayai plusieurs fois de la décider au mariage, comme c'était mon devoir. Nous connûmes M. Robert Darzac de longues années. M. Robert Darzac aime ma fille. Je pus croire, un moment, qu'il en était aimé, puisque j'eus la joie récente d'apprendre de la bouche même de ma fille qu'elle consentait enfin à un mariage que j'appelais de tous mes vœux. Je suis d'un grand âge, monsieur, et ce fut une heure bénie que celle où je connus enfin qu'après moi Mlle Stangerson aurait à ses côtés, pour l'aimer et continuer nos travaux communs, un être que j'aime et que j'estime pour son grand cœur et pour sa science. Or, monsieur le chef de la Sûreté, deux jours avant le crime, par je ne sais quel retour de sa volonté, ma fille m'a déclaré qu'elle n'épouserait pas M. Robert Darzac.

Il y eut ici un silence pesant. La minute était grave. M. Dax reprit :

— Et Mlle Stangerson ne vous a donné aucune explication, ne vous a point dit pour quel motif ?...

— Elle m'a dit qu'elle était trop vieille maintenant pour se marier... qu'elle avait attendu trop longtemps... qu'elle avait bien réfléchi... qu'elle estimait et même qu'elle aimait M. Robert Darzac... mais qu'il valait mieux que les choses en restassent là... que l'on continuerait le passé... qu'elle serait heureuse même de voir les liens de pure amitié qui nous attachaient à M. Robert Darzac nous unir d'une façon encore plus étroite, mais qu'il fût bien entendu qu'on ne lui parlerait jamais plus de mariage.

— Voilà qui est étrange ! murmura M. Dax.

— Etrange, répéta M. de Marquet.

M. Stangerson, avec un pâle et glacé sourire, dit :

— Ce n'est point de ce côté, monsieur, que vous trouverez le mobile du crime.

M. Dax :

— En tout cas, fit-il d'une voix impatiente, le mobile n'est pas le vol !

— Oh ! nous en sommes sûrs ! s'écria le juge d'instruction.

A ce moment la porte du laboratoire s'ouvrit et le brigadier de gendarmerie apporta une carte au juge d'instruction. M. de Marquet lut et poussa une sourde exclamation ; puis :

— Ah ! voilà qui est trop fort !

— Qu'est-ce ? demanda le chef de la Sûreté.

— La carte d'un petit reporter de *L'Epoque,* M. Joseph Rouletabille, et ces mots : « L'un des mobiles du crime a été le vol ! »

Le chef de la Sûreté sourit :

— Ah ! Ah ! le jeune Rouletabille... j'en ai déjà entendu parler... il passe pour ingénieux... Faites-le donc entrer, monsieur le juge d'instruction.

Et l'on fit entrer M. Joseph Rouletabille. J'avais fait sa connaissance dans le train qui nous avait amenés, ce matin-là, à Epinay-sur-Orge. Il s'était introduit, presque malgré moi, dans notre compartiment et j'aime mieux dire tout de suite que ses manières et sa désinvolture et la prétention qu'il semblait avoir de comprendre quelque chose dans une affaire où la justice ne comprenait rien, me l'avaient fait prendre en grippe. Je n'aime point les journalistes. Ce sont des esprits brouillons et entreprenants qu'il faut fuir comme la peste. Cette sorte de gens se croit tout permis et ne respecte rien. Quand on a eu le malheur de leur accorder quoi que ce soit et de se laisser approcher par eux, on est tout de suite débordé et il n'est point d'ennuis que l'on ne doive redouter. Celui-ci paraissait une vingtaine d'années à peine, et le toupet avec lequel il avait osé nous interroger et discuter avec nous me l'avait rendu particulièrement odieux. Du reste, il avait une façon de s'exprimer qui attestait qu'il se moquait outrageusement de nous. Je sais bien que le journal *L'Epoque* est un organe influent avec lequel il faut savoir « composer », mais encore ce journal ferait bien de ne point prendre ses rédacteurs à la mamelle.

M. Joseph Rouletabille entra donc dans le laboratoire, nous salua et attendit que M. de Marquet lui demandât de s'expliquer.

— Vous prétendez, monsieur, dit celui-ci, que vous connaissez le mobile du crime, et que ce mobile, contre toute évidence, serait le vol ?

— Non, monsieur le juge d'instruction, je n'ai

point prétendu cela. Je ne dis pas que le mobile du crime a été le vol *et je ne le crois pas.*

— Alors, que signifie cette carte ?

— Elle signifie que *l'un des mobiles* du crime a été le vol.

— Qu'est-ce qui vous a renseigné ?

— Ceci ! Si vous voulez bien m'accompagner.

Et le jeune homme nous pria de le suivre dans le vestibule, ce que nous fîmes. Là, il se dirigea du côté du lavatory et pria M. le juge d'instruction de se mettre à genoux à côté de lui. Ce lavatory recevait du jour par sa porte vitrée et, quand la porte était ouverte, la lumière qui y pénétrait était suffisante pour l'éclairer parfaitement. M. de Marquet et M. Joseph Rouletabille s'agenouillèrent sur le seuil. Le jeune homme montrait un endroit de la dalle.

— Les dalles du lavatory n'ont point été lavées par le père Jacques, fit-il, depuis un certain temps ; cela se voit à la couche de poussière qui les recouvre. Or, voyez, à cet endroit, la marque de deux larges semelles et de cette cendre noire qui accompagne partout les pas de l'assassin. Cette cendre n'est point autre chose que de la poussière de charbon qui couvre le sentier que l'on doit traverser pour venir directement, à travers la forêt, d'Epinay au Glandier. Vous savez qu'à cet endroit il y a un petit hameau de charbonniers et qu'on y fabrique du charbon de bois en grande quantité. Voilà ce qu'a dû faire l'assassin : il a pénétré ici l'après-midi quand il n'y eut plus personne au pavillon, et il a perpétré son vol.

— Mais quel vol ? Où voyez-vous le vol ? Qui vous prouve le vol ? nous écriâmes-nous tous en même temps.

— Ce qui m'a mis sur la trace du vol, continua le journaliste...

— C'est ceci ! interrompit M. de Marquet, toujours à genoux.

— Evidemment, fit M. Rouletabille.

Et M. de Marquet expliqua qu'il y avait, en effet, sur la poussière des dalles, à côté de la trace des deux semelles, l'empreinte fraîche d'un lourd paquet rectangulaire, et qu'il était facile de distinguer la marque des ficelles qui l'enserraient...

— Mais vous êtes donc venu ici, monsieur Rouletabille ; j'avais pourtant ordonné au père Jacques de ne laisser entrer personne ; il avait la garde du pavillon.

— Ne grondez pas le père Jacques, je suis venu ici avec M. Robert Darzac.

— Ah ! vraiment... s'exclama M. de Marquet mécontent, et jetant un regard de côté à M Darzac, lequel restait toujours silencieux.

— Quand j'ai vu la trace du paquet à côté de l'empreinte des semelles, je n'ai plus douté du vol, reprit M. Rouletabille. Le voleur n'était pas venu avec un paquet... Il avait fait, ici, ce paquet, avec les objets volés sans doute, et il l'avait déposé dans ce coin, dans le dessein de l'y reprendre au moment de sa fuite ; *il avait déposé aussi, à côté de son paquet, ses lourdes chaussures ;* car, regardez, aucune trace de pas ne conduit à ces chaussures, et les semelles sont à côté l'une de l'autre, *comme des semelles au repos et vides de leurs pieds.* Ainsi comprendrait-on que l'assassin, quand il s'enfuit de la « Chambre Jaune », n'a laissé aucune trace dans le vestibule. Après avoir pénétré *avec ses chaussures* dans la « Chambre Jaune », il les y a défaites, sans doute parce qu'elles le gênaient ou parce qu'il voulait faire le moins de bruit possible.

La marque de son passage *aller* à travers le vestibule et le laboratoire a été effacée par le lavage subséquent du père Jacques, ce qui nous mène à faire entrer l'assassin dans le pavillon par la fenêtre ouverte du vestibule lors de la première absence du père Jacques, avant le lavage qui a eu lieu à cinq heures et demie !

« L'assassin, après qu'il eut défait ses chaussures, qui, certainement le gênaient, les a portées à la main dans le lavatory et les y a déposées du seuil, car, sur la poussière du lavatory, il n'y a pas trace de pieds nus ou enfermés dans des chaussettes, *ou encore dans d'autres chaussures.* Il a donc déposé ses chaussures à côté de son paquet. Le vol était déjà, à ce moment, accompli. Puis l'homme retourne à la " Chambre Jaune " et s'y glisse alors sous le lit où la trace de son corps est parfaitement visible sur le plancher et même sur la natte qui a été, à cet endroit, légèrement roulée et très froissée. Des brins de paille même, fraîchement arrachés, témoignent également du passage de l'assassin sous le lit.

— Oui, oui, cela nous le savons... dit M. de Marquet.

— Ce retour sous le lit prouve que le vol, continua cet étonnant gamin de journaliste, *n'était point le seul mobile de la venue de l'homme.* Ne me dites point qu'il s'y serait aussitôt réfugié en apercevant, par la fenêtre du vestibule, soit le père Jacques, soit M. et Mlle Stangerson s'apprêtant à rentrer dans le pavillon. Il était beaucoup plus facile pour lui de grimper au grenier, et, caché, d'attendre une occasion de se sauver, *si son dessein n'avait été que de fuir.* Non ! Non ! *Il fallait que l'assassin fût dans la « Chambre Jaune »...*

Ici, le chef de la Sûreté intervint :

— Ça n'est pas mal du tout, cela, jeune homme ! mes félicitations... et si nous ne savons pas encore comment l'assassin est parti, nous suivons déjà, pas à pas, son entrée ici, et nous voyons ce qu'il y a fait : il a volé. Mais qu'a-t-il donc volé ?

— Des choses extrêmement précieuses, répondit le reporter.

A ce moment, nous entendîmes un cri qui partait du laboratoire. Nous nous y précipitâmes, et nous y trouvâmes M. Stangerson qui, les yeux hagards, les membres agités, nous montrait une sorte de meuble-bibliothèque qu'il venait d'ouvrir et qui nous apparut vide.

Au même instant il se laissa aller dans le grand fauteuil qui était poussé devant le bureau et gémit :

— Encore une fois, je suis volé...

Et puis, une larme, une lourde larme, coula sur sa joue :

— Surtout, dit-il, qu'on ne dise pas un mot de ceci à ma fille... Elle serait encore plus peinée que moi...

Il poussa un profond soupir, et, sur le ton d'une douleur, que je n'oublierai jamais :

— Qu'importe, après tout... *pourvu qu'elle vive ?...*

— Elle vivra ! dit d'une voix étrangement touchante, Robert Darzac.

— Et nous retrouverons les objets volés, fit M. Dax. Mais qu'y avait-il dans ce meuble ?

— Vingt ans de ma vie, répondit sourdement l'illustre professeur, ou plutôt de notre vie, à ma fille et à moi. Oui, nos plus précieux documents, les relations les plus secrètes sur nos expériences et sur nos travaux, depuis vingt ans, étaient enfermés là. C'était une véritable sélection parmi tant de documents dont cette pièce est pleine. C'est une perte irréparable pour nous, et, j'ose dire, pour la science.

Toutes les étapes par lesquelles j'ai dû passer pour arriver à la preuve décisive de l'anéantissement de la matière, avaient été, par nous, soigneusement énoncées, étiquetées, annotées, illustrées de photographies et de dessins. Tout cela était rangé là. Le plan de trois nouveaux appareils, l'un pour étudier la déperdition, sous l'influence de la lumière ultra-violette, des corps préalablement électrisés ; l'autre qui devait rendre visible la déperdition électrique sous l'action des particules de matière dissociée contenue dans les gaz des flammes ; un troisième, très ingénieux, nouvel électroscope condensateur différentiel ; tout le recueil de nos courbes traduisant les propriétés fondamentales de la substance intermédiaire entre la matière pondérale et l'éther impondérable ; vingt ans d'expériences sur la chimie intra-atomique et sur les équilibres ignorés de la matière ; un manuscrit que je voulais faire paraître sous ce titre : *Les métaux qui souffrent.* Est-ce que je sais ? est-ce que je sais ? L'homme qui est venu là m'aura tout pris... ma fille et mon œuvre... mon cœur et mon âme...

Et le grand Stangerson se prit à pleurer comme un enfant.

Nous l'entourions en silence, émus par cette immense détresse. M. Robert Darzac, accoudé au fauteuil où le professeur s'était écroulé, essayait en vain de dissimuler ses larmes, ce qui faillit un instant me le rendre sympathique, malgré l'instinctive répulsion que son attitude bizarre et son émoi souvent inexpliqué m'avaient inspiré pour son énigmatique personnage.

M. Joseph Rouletabille, seul, comme si son précieux temps et sa mission sur la terre ne lui permettaient point de s'appesantir sur la misère humaine, s'était rapproché, fort calme, du meuble vide et, le montrant au chef de la Sûreté, rompait bientôt le religieux silence dont nous honorions le désespoir du grand Stangerson. Il nous donna quelques explications, dont nous n'avions que faire, sur la façon dont il avait été amené à croire à un vol, par la découverte simultanée qu'il avait faite des traces dont j'ai parlé plus haut dans le lavatory, et de la vacuité de ce meuble précieux dans le laboratoire. Il n'avait fait, nous disait-il, que passer dans le laboratoire ; mais la première chose qui l'avait frappé avait été la forme étrange du meuble, sa solidité, sa construction en fer qui le mettait à l'abri d'un accident par la flamme, et le fait qu'un meuble comme celui-ci, destiné à conserver des objets auxquels on devait tenir par-dessus tout, avait, sur sa porte de fer, « sa clef ». « On n'a point d'ordinaire un coffre-fort pour le laisser ouvert... » Enfin, cette petite clef, à tête de cuivre, des plus compliquées, avait attiré, paraît-il, l'attention de M. Joseph Rouletabille, alors qu'elle avait endormi la nôtre. Pour nous autres, qui ne sommes point des enfants, la présence d'une clef sur un meuble éveille plutôt une idée de sécurité, mais pour M. Joseph Rouletabille, qui est évidemment un génie — comme dit José Dupuy dans *Les Cinq Cents Millions de Gladiator* : « Quel génie ! quel dentiste ! » — la présence d'une clef sur une serrure éveille l'idée du vol. Nous en sûmes bientôt la raison.

Mais, auparavant que de vous la faire connaître, je dois rapporter que M. de Marquet me parut fort perplexe, ne sachant s'il devait se réjouir du pas nouveau que le petit reporter avait fait faire à l'instruction ou s'il devait se désoler de ce que ce pas n'eût pas été fait par lui. Notre profession comporte des déboires, mais nous n'avons point le droit d'être pusillanime et nous devons fouler aux pieds notre amour-propre quand il s'agit du bien général. Aussi M. de Marquet triompha-t-il de lui-même et trouva-t-il bon de mêler enfin ses compliments à ceux de M. Dax, qui, lui, ne les ménageait pas à M. Rouletabille. Le gamin haussa les épaules, disant : « Il n'y a pas de quoi ! » Je lui aurais flanqué une gifle avec satisfaction, surtout dans le moment qu'il ajouta :

— Vous feriez bien, monsieur, de demander à M. Stangerson qui avait la garde ordinaire de cette clef !

— Ma fille, répondit M. Stangerson. Et cette clef ne la quittait jamais.

— Ah ! mais voilà qui change l'aspect des choses et qui ne correspond plus avec la conception de M. Rouletabille, s'écria M. de Marquet. Si cette clef ne quittait jamais Mlle Stangerson, l'assassin aurait donc attendu Mlle Stangerson cette nuit-là dans sa chambre, pour lui voler cette clef, et le vol n'aurait eu lieu qu'*après l'assassinat !* Mais, après l'assassinat, il y avait quatre personnes dans le laboratoire !... Décidément, je n'y comprends plus rien !...

Et M. de Marquet répéta, avec une rage désespérée, qui devait être pour lui le comble de l'ivresse, car je ne sais si j'ai déjà dit qu'il n'était jamais aussi heureux que lorsqu'il ne comprenait pas :

— ... plus rien !

— Le vol, répliqua le reporter, ne peut avoir eu lieu qu'*avant l'assassinat*. C'est indubitable pour la raison que vous croyez *et pour d'autres raisons que je crois. Et, quand l'assassin a pénétré dans le pavillon, il était déjà en possession de la clef à tête de cuivre.*

— Ça n'est pas possible ! fit doucement M. Stangerson.

— C'est si bien possible, monsieur, qu'en voici la preuve.

Ce diable de petit bonhomme sortit alors de sa poche un numéro de *L'Epoque* daté du 21 octobre (je rappelle que le crime a eu lieu dans la nuit du 24 au 25), et, nous montrant une annonce, lut :

— « Il a été perdu hier un réticule de satin noir dans les grands magasins de la Louve. Ce réticule contenait divers objets dont une petite clef à tête de cuivre. Il sera donné une forte récompense à la personne qui l'aura trouvée. Cette personne devra écrire, poste restante, au bureau 40, à cette adresse : M.A.T.H.S.N. » Ces lettres ne désignent-elles point, continua le reporter, Mlle Stangerson ? Cette clef à tête de cuivre n'est-elle point cette clef-ci ?.. Je lis toujours les annonces. Dans mon métier, comme dans le vôtre, monsieur le juge d'instruction, il faut toujours lire les petites annonces personnelles... Ce qu'on y découvre d'intrigues !... et de clefs d'intrigues ! qui ne sont pas toujours à tête de cuivre, et qui n'en sont pas moins intéressantes. Cette annonce, particulièrement, par la sorte de mystère dont la femme qui avait perdu une clef, objet peu compromettant, s'entourait, m'avait frappé. Comme elle tenait à cette clef ! Comme elle promettait une forte récompense ! Et je songeai à ces six lettres : M.A.T.H.S.N. Les quatre premières m'indiquaient tout de suite un prénom. « Evidemment, faisais-je, “ Math, Mathilde... ” la personne qui a perdu la clef à tête de cuivre, dans un réticule, s'appelle Mathilde !... » Mais je ne pus rien faire des deux dernières lettres. Aussi, rejetant le journal, je m'occupai d'autre chose. Lorsque, quatre jours plus tard, les journaux du soir parurent avec d'énormes manchettes annonçant l'assassinat de Mlle MATHILDE STANGERSON, ce nom de Mathilde me rappela, sans que je fisse aucun effort pour cela, machinalement, les lettres de l'annonce. Intrigué un peu, je demandai le numéro de ce jour-là à l'administration. J'avais oublié les deux dernières lettres : S.N. Quand je les revis, je ne pus retenir un cri « Stangerson !... » Je sautai dans un fiacre et me précipitai au bureau 40. Je demandai : « Avez-vous une lettre avec cette adresse : M.A.T.H.S.N. ? » L'employé me répondit : « Non ! » Et comme j'insistais, le priant, le suppliant de chercher encore, il me dit : « Ah ! ça, monsieur, c'est une plaisanterie !... Oui, j'ai eu une lettre aux initiales M.A.T.H.S.N. ; mais je l'ai donnée il y a trois jours, à une dame qui me l'a réclamée. Vous venez aujourd'hui me réclamer cette lettre à votre tour. Or, avant-hier, un monsieur, avec la même insistance désobligeante, me la demandait encore !... J'en ai assez de cette fumisterie... » Je voulus questionner l'employé sur les deux personnages qui avaient déjà réclamé la lettre, mais, soit qu'il voulût se retrancher derrière le secret professionnel — il estimait, sans doute, à part lui, en avoir déjà trop dit — soit qu'il fût vraiment excédé d'une plaisanterie possible, il ne me répondit plus...

Rouletabille se tut. Nous nous taisions tous. Chacun tirait les conclusions qu'il pouvait de cette bizarre histoire de poste restante. De fait, il semblait maintenant qu'on tenait un fil solide par lequel on allait pouvoir suivre cette affaire « insaisissable ».

M. Stangerson dit :

— Il est donc à peu près certain que ma fille aura perdu cette clef, qu'elle n'a point voulu m'en parler pour m'éviter toute inquiétude et qu'elle aura prié celui ou celle qui aurait pu l'avoir trouvée d'écrire poste restante. Elle craignait évidemment que, donnant notre adresse, ce fait occasionnât des démarches qui m'auraient appris la perte de la clef. C'est très logique et très naturel. *Car j'ai déjà été volé, monsieur !*

— Où cela ? Et quand ? demanda le directeur de la Sûreté.

— Oh ! il y a de nombreuses années, en Amérique, à Philadelphie. On m'a volé dans mon laboratoire le secret de deux inventions qui eussent pu faire la fortune d'un peuple... Non seulement je n'ai jamais su qui était le voleur, mais je n'ai jamais entendu parler de l'objet du « vol », sans doute parce que, pour déjouer les calculs de celui qui m'avait ainsi pillé, j'ai lancé moi-même dans le domaine public ces deux inventions, rendant inutile le larcin. C'est depuis cette époque que je suis très soupçonneux, que je m'enferme hermétiquement quand je travaille. Tous les barreaux de ces fenêtres, l'isolement de ce pavillon, ce meuble que j'ai fait construire moi-même, cette serrure spéciale, cette clef unique, tout cela est le résultat de mes craintes inspirées par une triste expérience.

M. Dax déclara : « Très intéressant ! » et M. Joseph Rouletabille demanda des nouvelles du réticule. Ni M. Stangerson, ni le père Jacques, n'avaient depuis quelques jours vu le réticule de Mlle Stangerson. Nous devions apprendre quelques heures plus tard, de la bouche même de Mlle Stangerson, que ce réticule lui avait été volé ou qu'elle l'avait perdu, et que les choses s'étaient passées de la sorte que nous les avait expliquées son père, qu'elle était allée, le 23 octobre, au bureau de poste 40, et qu'on lui avait remis une lettre qui n'était, affirmat-elle, que celle d'un mauvais plaisant. Elle l'avait immédiatement brûlée.

Pour en revenir à notre interrogatoire, ou plutôt à notre « conversation », je dois signaler que le chef de la Sûreté, ayant demandé à M. Stangerson dans quelles conditions sa fille était allée à Paris le 20 octobre, jour de la perte du réticule, nous apprîmes ainsi qu'elle s'était rendue dans la capitale, « accompagnée de M. Robert Darzac, que l'on n'avait pas revu au château depuis cet instant jusqu'au lendemain du crime ». Le fait que M. Robert Darzac était aux côtés de Mlle Stangerson, dans les grands magasins de la Louve quand le réticule avait disparu, ne pouvait passer inaperçu et retint, il faut le dire, assez fortement notre attention.

Cette conversation entre magistrats, prévenus, témoins et journaliste allait prendre fin quand se produisit un véritable coup de théâtre : ce qui n'est jamais pour déplaire à M. de Marquet. Le brigadier de gendarmerie vint nous annoncer que Frédéric Larsan demandait à être introduit, ce qui lui fut immédiatement accordé. Il tenait à la main une grossière paire de chaussures vaseuses qu'il jeta dans le laboratoire.

— Voilà, dit-il, les souliers que chaussait l'assassin ! Les reconnaissez-vous, père Jacques ?

Le père Jacques se pencha sur ce cuir infect et, tout stupéfait, reconnut de vieilles chaussures à lui qu'il avait jetées il y avait déjà un certain temps au rebut, dans un coin du grenier ; il était tellement troublé qu'il dut se moucher pour dissimuler son émotion.

Alors, montrant le mouchoir dont se servait le père Jacques, Frédéric Larsan dit :

— Voilà un mouchoir qui ressemble étonnamment

à celui qu'on a trouvé dans la « Chambre Jaune ».

— Ah ! je l'sais ben, fit le père Jacques en tremblant ; ils sont quasiment pareils.

— Enfin, continua Frédéric Larsan, le vieux béret basque trouvé également dans la « Chambre Jaune » aurait pu autrefois coiffer le chef du père Jacques. Tout ceci, monsieur le chef de la Sûreté et monsieur le juge d'instruction, prouve, selon moi — remettez-vous, bonhomme ! fit-il au père Jacques qui défaillait — tout ceci prouve, selon moi, que l'assassin à voulu déguiser sa véritable personnalité. Il l'a fait d'une façon assez grossière ou du moins qui nous apparaît telle, *parce que nous sommes sûrs que l'assassin n'est pas le père Jacques, qui n'a pas quitté M. Stangerson.* Mais imaginez que M. Stangerson, ce soir-là, n'ait pas prolongé sa veille ; qu'après avoir quitté sa fille il ait regagné le château, que Mlle Stangerson ait été assassinée alors qu'il n'y avait plus personne dans le laboratoire et que le père Jacques dormait dans son grenier : *il n'aurait fait de doute pour personne que le père Jacques était l'assassin !* Celui-ci ne doit son salut qu'à ce que le drame a éclaté trop tôt, l'assassin ayant cru, sans doute, à cause du silence qui régnait à côté, que le laboratoire était vide et que le moment d'agir était venu. L'homme qui a pu s'introduire si mystérieusement ici et prendre de telles précautions contre le père Jacques était, à n'en pas douter un familier de la maison. A quelle heure exactement s'est-il introduit ici ? Dans l'après-midi ? Dans la soirée ? Je ne saurais dire... *Un être aussi familier des choses et des gens de ce pavillon a dû pénétrer dans la « Chambre Jaune » à son heure.*

— Il n'a pu cependant y entrer quand il y avait du monde dans le laboratoire ? s'écria M. de Marquet.

— Qu'en savons-nous, je vous prie ! répliqua Larsan... Il y a eu le dîner dans le laboratoire, le va-et-vient du service... Il y a eu une expérience de chimie qui a pu tenir, entre dix et onze heures, M. Stangerson, sa fille et le père Jacques autour des fourneaux... dans ce coin de la haute cheminée... Qui me dit que l'assassin... un familier ! un familier !... n'a pas profité de ce moment pour se glisser dans la « Chambre Jaune », après avoir, dans le lavatory, retiré ses souliers ?

— C'est bien improbable ! fit M. Stangerson.

— Sans doute, mais ce n'est pas impossible... Aussi je n'affirme rien. Quant à sa sortie, c'est autre chose ! Comment a-t-il pu s'enfuir ? *Le plus naturellement du monde !*

Un instant, Frédéric Larsan se tut. Cet instant nous parut bien long. Nous attendions qu'il parlât avec une fièvre bien compréhensible.

— Je ne suis pas entré dans la « Chambre Jaune », reprit Frédéric Larsan, mais j'imagine que vous avez acquis la preuve qu'on ne pouvait en sortir que *par la porte*. C'est par la porte que l'assassin est sorti. Or, puisqu'il est impossible qu'il en soit autrement, c'est que cela est ! Il a commis le crime et il est sorti par la porte ! A quel moment ? Au moment où cela lui a été le plus facile, *au moment où cela devient le plus explicable,* tellement explicable qu'il ne saurait y avoir d'autre explication. Examinons donc les « moments » qui ont suivi le crime. Il y a le premier moment, pendant lequel se trouvent, devant la porte, prêts à lui barrer le chemin, M. Stangerson et le père Jacques. Il y a le second moment, pendant lequel, le père Jacques étant un instant absent, M. Stangerson se trouve tout seul devant la porte. Il y a le troisième moment, pendant lequel M. Stangerson est rejoint par le concierge. Il y a le quatrième moment, pendant lequel se trouvent devant la porte M. Stangerson, le concierge, sa femme et le père Jacques. Il y a le cinquième moment, pendant lequel la porte est défoncée et la « Chambre Jaune » envahie. *Le moment où la fuite est le plus explicable est le moment même où il y a le moins de personnes devant la porte. Il y a un moment où il n'y en a plus qu'une : c'est celui où M. Stangerson reste devant la porte.* A moins d'admettre la complicité du père Jacques, et je n'y crois pas, car le père Jacques ne serait pas sorti du pavillon pour aller examiner la fenêtre de la « Chambre Jaune », s'il avait vu s'ouvrir la porte et sortir l'assassin. *La porte ne s'est donc ouverte que devant M. Stangerson seul, et l'homme est sorti.* Ici, nous devons admettre que M. Stangerson avait de puissantes raisons pour ne pas arrêter ou pour ne pas faire arrêter l'assassin, puisqu'il l'a laissé gagner la fenêtre du vestibule et qu'il a refermé cette fenêtre derrière lui !... Ceci fait, comme le père Jacques allait rentrer *et qu'il fallait qu'il retrouvât les choses en l'état,* Mlle Stangerson, horriblement blessée, a trouvé encore la force, sans doute sur les objurgations de son père, de refermer à nouveau la porte de la « Chambre Jaune » à clef et au verrou avant de s'écrouler, mourante, sur le plancher... Nous ne savons qui a commis le crime ; nous ne savons de quel misérable M. et Mlle Stangerson sont les victimes ; mais il n'y a point de doute qu'ils le savent, eux ! Ce secret doit être terrible pour que le père n'ait pas hésité à laisser sa fille agonisante derrière cette porte qu'elle refermait sur elle, terrible pour qu'il ait laissé échapper l'assassin... *Mais il n'y a point d'autre façon au monde d'expliquer la fuite de l'assassin de la « Chambre Jaune ! »*

Le silence qui suivit cette explication dramatique et lumineuse avait quelque chose d'affreux. Nous souffrions tous pour l'illustre professeur, acculé ainsi par l'impitoyable logique de Frédéric Larsan à nous avouer la vérité de son martyre ou à se taire, aveu plus terrible encore. Nous le vîmes se lever, cet homme, véritable statue de la douleur, et étendre la main d'un geste si solennel que nous en courbâmes la tête comme à l'aspect d'une chose sacrée. Il prononça alors ces paroles d'une voix éclatante qui sembla épuiser toutes ses forces :

— Je jure, sur la tête de ma fille à l'agonie, que je n'ai point quitté cette porte, de l'instant où j'ai entendu l'appel désespéré de mon enfant, que cette porte ne s'est point ouverte pendant que j'étais seul dans mon laboratoire, et qu'enfin, quand nous pénétrâmes dans la « Chambre Jaune », mes trois domestiques et moi, l'assassin n'y était plus ! Je jure que je ne connais pas l'assassin !

Faut-il que je dise que, malgré la solennité d'un pareil serment, nous ne crûmes guère à la parole de M. Stangerson ? Frédéric Larsan venait de nous faire entrevoir la vérité : ce n'était point pour la perdre de si tôt.

Comme M. de Marquet nous annonçait que la « conversation » était terminée et que nous nous apprêtions à quitter le laboratoire, le jeune reporter, ce gamin de Joseph Rouletabille, s'approcha de M. Stangerson, lui prit la main avec le plus grand respect et je l'entendis qui disait :

— Moi, je vous crois, monsieur !

J'arrête ici la citation que j'ai cru devoir faire de la narration de M. Maleine, greffier au tribunal de Corbeil. Je n'ai point besoin de dire au lecteur que tout ce qui venait de se passer dans le laboratoire me fut fidèlement et aussitôt rapporté par Rouletabille lui-même.

XII

LA CANNE DE FRÉDÉRIC LARSAN

Je ne me disposai à quitter le château que vers six heures du soir, emportant l'article que mon ami avait écrit à la hâte dans le petit salon que M. Robert Darzac avait fait mettre à notre disposition. Le reporter devait coucher au château, usant de cette inexplicable hospitalité que lui avait offerte M. Robert Darzac, sur qui M. Stangerson, en ces tristes moments, se reposait de tous les tracas domestiques. Néanmoins il voulut m'accompagner jusqu'à la gare d'Epinay. En traversant le parc, il me dit :

— Frédéric Larsan est réellement très fort et n'a pas volé sa réputation. Vous savez comment il est arrivé à retrouver les souliers du père Jacques ? Près de l'endroit où nous avons remarqué les traces des « pas élégants » et la disparition des empreintes de gros souliers, un creux rectangulaire dans la terre fraîche attestait qu'il y avait eu là, récemment, une pierre. Larsan rechercha cette pierre sans la trouver et imagina tout de suite qu'elle avait servi à l'assassin à maintenir au fond de l'étang les souliers dont l'homme voulait se débarrasser. Le calcul de Fred était excellent et le succès de ses recherches l'a prouvé. Ceci m'avait échappé ; mais il est juste de dire que mon esprit était déjà parti par ailleurs, car, *par le trop grand nombre de faux témoignages de son passage laissé par l'assassin,* et par la mesure des pas noirs, correspondant à la mesure des pas du père Jacques, que j'ai établie sans qu'il s'en doutât sur le plancher de la « Chambre Jaune », la preuve était déjà faite, à mes yeux, que l'assassin avait voulu détourner le soupçon du côté de ce vieux serviteur. C'est ce qui m'a permis de dire à celui-ci, si vous vous le rappelez, que, puisque l'on avait trouvé un béret dans cette chambre fatale, il devait ressembler au sien, et de lui faire une description du mouchoir en tous points semblable à celui dont je l'avais vu se servir. Larsan et moi, nous sommes d'accord jusque-là, mais nous ne le sommes plus à partir de là, ET CELA VA ÊTRE TERRIBLE, car il marche de bonne foi à une erreur qu'il va me falloir combattre « avec rien » !

Je fus surpris de l'accent profondément grave dont mon jeune ami prononça ces dernières paroles.

Il répéta encore :

— OUI, TERRIBLE, TERRIBLE !... Mais est-ce vraiment ne combattre avec rien, que de combattre « avec l'idée » !

A ce moment nous passions derrière le château. La nuit était tombée. Une fenêtre au premier étage était entrouverte. Une faible lueur en venait, ainsi que quelques bruits qui fixèrent notre attention. Nous avançâmes jusqu'à ce que nous ayons atteint l'encoignure d'une porte qui se trouvait sous la fenêtre. Rouletabille me fit comprendre d'un mot prononcé à voix basse que cette fenêtre donnait sur la chambre de Mlle Stangerson. Les bruits qui nous avaient arrêtés se turent, puis reprirent un instant. C'étaient des gémissements étouffés... Nous ne pouvions saisir que trois mots qui nous arrivaient distinctement : « Mon pauvre Robert ! » Rouletabille me mit la main sur l'épaule, se pencha à mon oreille :

— Si nous pouvions savoir, me dit-il, ce qui se

dit dans cette chambre, mon enquête serait vite terminée...

Il regarda autour de lui ; l'ombre du soir nous enveloppait ; nous ne voyions guère plus loin que l'étroite pelouse bordée d'arbres qui s'étendait derrière le château. Les gémissements s'étaient tus à nouveau.

— Puisqu'on ne peut pas entendre, continua Rouletabille, on va au moins essayer de voir...

Et il m'entraîna, en me faisant signe d'étouffer le bruit de mes pas, au-delà de la pelouse jusqu'au tronc pâle d'un fort bouleau dont on apercevait la ligne blanche dans les ténèbres. Ce bouleau s'élevait juste en face de la fenêtre qui nous intéressait et ses premières branches étaient à peu près à hauteur du premier étage du château. Du haut de ces branches on pouvait certainement voir ce qui se passait dans la chambre de Mlle Stangerson ; et telle était bien la pensée de Rouletabille, car, m'ayant ordonné de me tenir coi, il embrassa le tronc de ses jeunes bras vigoureux et grimpa. Il se perdit bientôt dans les branches puis il y eut un grand silence.

Là-bas, en face de moi, la fenêtre entrouverte était toujours éclairée. Je ne vis passer sur cette lueur aucune ombre. L'arbre, au-dessus de moi, restait silencieux ; j'attendais ; tout à coup mon oreille perçut, dans l'arbre, ces mots :

— Après vous !...

— Après vous, je vous en prie !

On dialoguait, là-haut, au-dessus de ma tête... on se faisait des politesses, et quelle ne fut pas ma stupéfaction de voir apparaître, sur la colonne lisse de l'arbre, deux formes humaines qui bientôt touchèrent le sol ! Rouletabille était monté là tout seul et redescendait « deux » !

— Bonjour, monsieur Sainclair !

C'était Frédéric Larsan... Le policier occupait déjà

le poste d'observation quand mon jeune ami croyait y arriver solitaire... Ni l'un ni l'autre, du reste, ne s'occupèrent de mon étonnement. Je crus comprendre qu'ils avaient assisté du haut de leur observatoire à une scène pleine de tendresse et de désespoir entre Mlle Stangerson, étendue dans son lit, et M. Darzac à genoux à son chevet. Et déjà chacun semblait en tirer fort prudemment des conclusions différentes. Il était facile de deviner que cette scène avait produit un gros effet dans l'esprit de Rouletabille « en faveur de M. Robert Darzac », cependant que, dans celui de Larsan, elle n'attestait qu'une parfaite hypocrisie servie par un art supérieur chez le fiancé de Mlle Stangerson...

Comme nous arrivions à la grille du parc, Larsan nous arrêta :

— Ma canne ! s'écria-t-il...

— Vous avez oublié votre canne ? demanda Rouletabille.

— Oui, répondit le policier... je l'ai laissée là-bas, auprès de l'arbre...

Et il nous quitta, disant qu'il allait nous rejoindre tout de suite...

— Avez-vous remarqué la canne de Frédéric Larsan ? me demanda le reporter quand nous fûmes seuls. C'est une canne toute neuve... que je ne lui ai jamais vue... Il a l'air d'y tenir beaucoup... il ne la quitte pas... On dirait qu'il a peur qu'elle ne soit tombée dans des mains étrangères... Avant ce jour, *je n'ai jamais vu de canne à Frédéric Larsan...* Où a-t-il trouvé cette canne-là ? *Ça n'est pas naturel qu'un homme qui ne porte jamais de canne ne fasse plus un pas sans canne, au lendemain du crime du Glandier...* Le jour de notre arrivée au château, quand il nous eut aperçus, il remit sa montre dans sa poche et ramassa par terre sa canne, geste auquel j'eus peut-être tort de n'attacher aucune importance ?

Nous étions maintenant hors du parc ; Rouletabille ne disait rien... Sa pensée, certainement, n'avait pas quitté la canne de Frédéric Larsan. J'en eus la preuve quand, en descendant la côte d'Epinay, il me dit :

— Frédéric Larsan est arrivé au Glandier avant moi ; il a commencé son enquête avant moi ; il a eu le temps de savoir des choses que je ne sais pas et a pu trouver des choses que je ne sais pas... Où a-t-il trouvé cette canne-là ?...

Et il ajouta :

— Il est probable que son soupçon — plus que son soupçon, son raisonnement — qui va aussi directement à Robert Darzac, doit être servi par quelque chose de palpable qu'il palpe, « lui », et que je ne palpe pas, moi... Serait-ce cette canne ?... Où diable a-t-il pu trouver cette canne-là ?...

A Epinay, il fallut attendre le train vingt minutes ; nous entrâmes dans un cabaret. Presque aussitôt, derrière nous la porte se rouvrait et Frédéric Larsan faisait son apparition, brandissant la fameuse canne...

— Je l'ai retrouvée ! nous fit-il en riant.

Tous trois nous nous assîmes à une table. Rouletabille ne quittait pas des yeux la canne ; il était si absorbé qu'il ne vit pas un signe d'intelligence que Larsan adressait à un employé du chemin de fer, un tout jeune homme dont le menton s'ornait d'une petite barbiche blonde mal peignée. L'employé se leva, paya sa consommation, salua et sortit. Je n'aurais moi-même attaché aucune importance à ce signe s'il ne m'était revenu à la mémoire quelques jours plus tard, lors de la réapparition de la barbiche blonde à l'une des minutes les plus tragiques de ce récit. J'appris alors que la barbiche blonde était un agent de Larsan, chargé par lui de surveiller les allées et venues des voyageurs en gare d'Epinay-sur-Orge, car

Larsan ne négligeait rien de ce qu'il croyait pouvoir lui être utile.

Je reportai les yeux sur Rouletabille.

— Ah ! ça ! monsieur Fred ! disait-il, depuis quand avez-vous donc une canne ?... Je vous ai toujours vu vous promener, moi, les mains dans les poches !...

— C'est un cadeau qu'on m'a fait, répondit le policier...

— Il n'y a pas longtemps, insista Rouletabille...

— Non, on me l'a offerte à Londres...

— C'est vrai, vous revenez de Londres, monsieur Fred... On peut la voir, votre canne ?...

— Mais, comment donc !...

Fred passa la canne à Rouletabille. C'était une grande canne bambou jaune à bec de corbin, ornée d'une bague d'or.

Rouletabille l'examinait minutieusement.

— Eh bien, fit-il, en relevant une tête gouailleuse, on vous a offert à Londres une canne de France !

C'est possible, fit Fred, imperturbable...

— Lisez la marque ici en lettres minuscules : « Cassette, 6 bis, Opéra... »

— On fait bien blanchir son linge à Londres, dit Fred... Les Anglais peuvent bien acheter leurs cannes à Paris...

Rouletabille rendit la canne. Quand il m'eut mis dans mon compartiment, il me dit :

— Vous avez retenu l'adresse ?

— Oui, « Cassette, 6 bis, Opéra... » Comptez sur moi, vous recevrez un mot demain matin.

Le soir même, en effet, à Paris, je voyais M. Cassette marchand de cannes et de parapluies, et j'écrivais à mon ami :

« Un homme répondant à s'y méprendre au signalement de M. Robert Darzac, même taille, légèrement voûté, même collier de barbe, pardessus mastic, chapeau melon, est venu acheter une canne pareille à celle qui nous intéresse le soir même du crime, vers huit heures.

« M. Cassette n'en a point vendu de semblable depuis deux ans. La canne de Fred est neuve. Il s'agit donc bien de celle qu'il a entre les mains. Ce n'est pas lui qui l'a achetée puisqu'il se trouvait alors à Londres. Comme vous, je pense " qu'il l'a trouvée quelque part autour de M. Robert Darzac... " Mais alors, si, comme vous le prétendez, l'assassin était dans la " Chambre Jaune " depuis cinq heures ou même six heures, comme le drame n'a eu lieu que vers minuit, l'achat de cette canne procure un alibi irréfutable à M. Robert Darzac. »

XIII

« LE PRESBYTÈRE N'A RIEN PERDU DE SON CHARME NI LE JARDIN DE SON ÉCLAT »

Huit jours après les événements que je viens de raconter, exactement le 2 novembre, je recevais à mon domicile, à Paris, un télégramme ainsi libellé : « Venez au Glandier, par premier train. Apportez revolvers. Amitiés. Rouletabille. »

Je vous ai déjà dit, je crois, qu'à cette époque, jeune avocat stagiaire et à peu près dépourvu de causes, je fréquentais le Palais, plutôt pour me familiariser avec mes devoirs professionnels, que pour défendre la veuve et l'orphelin. Je ne pouvais donc m'étonner que Rouletabille disposât ainsi de mon temps ; et il savait du reste combien je m'intéressais à ses aventures journalistiques en général et surtout à l'affaire du Glandier. Je n'avais eu de nouvelles de celle-ci, depuis huit jours, que par les innombrables racontars des journaux et par quelques notes très brèves de Rouletabille dans *L'Epoque*. Ces notes avaient divulgué le coup de « l'os de mouton » et nous avaient appris qu'à l'analyse les marques laissées sur l'os de mouton s'étaient révélées « de sang humain » ; il y avait là les traces fraîches « du sang de Mlle Stangerson » ; les traces anciennes provenaient d'autres crimes pouvant remonter à plusieurs années...

Vous pensez si l'affaire défrayait la presse du monde entier. Jamais illustre crime n'avait intrigué davantage les esprits. Il me semblait bien cependant que l'instruction n'avançait guère ; aussi eussé-je été fort heureux de l'invitation que me faisait mon ami de le venir rejoindre au Glandier, si la dépêche n'avait contenu ces mots : « Apportez revolvers. »

Voilà qui m'intriguait fort. Si Rouletabille me télégraphiait d'apporter des revolvers, c'est qu'il prévoyait qu'on aurait l'occasion de s'en servir. Or, je l'avoue sans honte : je ne suis point un héros. Mais quoi ! il s'agissait, ce jour-là, d'un ami sûrement dans l'embarras qui m'appelait, sans doute, à son aide ; je n'hésitais guère ; et, après avoir constaté que le seul revolver que je possédais était bien armé, je me dirigeai vers la gare d'Orléans. En route, je pensais qu'un revolver ne faisait qu'une arme et que la dépêche de Rouletabille réclamait revolvers au pluriel ; j'entrai chez un armurier et achetai une petite arme excellente, que je me faisais une joie d'offrir à mon ami.

J'espérais trouver Rouletabille à la gare d'Epinay, mais il n'y était point. Cependant un cabriolet m'attendait et je fus bientôt au Glandier. Personne à la grille. Ce n'est que sur le seuil même du château que j'aperçus le jeune homme. Il me saluait d'un geste amical et me recevait aussitôt dans ses bras en me demandant avec effusion des nouvelles de ma santé.

Quand nous fûmes dans le petit vieux salon dont j'ai parlé, Rouletabille me fit asseoir et me dit tout de suite :

— Ça va mal !

— Qu'est-ce qui va mal ?

— Tout !

Il se rapprocha de moi, et me confia à l'oreille :

— Frédéric Larsan marche à fond contre M. Robert Darzac.

Ceci n'était point pour m'étonner, depuis que j'avais vu le fiancé de Mlle Stangerson pâlir devant la trace de ses pas.

Cependant, j'observai tout de suite :

— Eh bien ! Et la canne ?

— La canne ! Elle est toujours entre les mains de Frédéric Larsan *qui ne la quitte pas...*

— Mais... ne fournit-elle pas un alibi à M. Robert Darzac ?

— Pas le moins du monde. M. Darzac, interrogé par moi en douceur, nie avoir acheté ce soir-là, ni aucun autre soir, une canne chez Cassette... Quoi qu'il en soit, fit Rouletabille, « je ne jurerais de rien », car M. Darzac *a de si étranges silences* qu'on ne sait exactement ce qu'il faut penser de ce qu'il dit !...

— Dans l'esprit de Frédéric Larsan, cette canne doit être une bien précieuse canne, une canne à conviction... Mais de quelle façon ? Car, toujours à cause de l'heure de l'achat, elle ne pouvait se trouver entre les mains de l'assassin...

— L'heure ne gênera pas Larsan.... Il n'est pas forcé d'adopter mon système qui commence par introduire l'assassin dans la « Chambre Jaune » entre cinq et six ; qu'est-ce qui l'empêche lui, de l'y faire pénétrer entre dix et onze heures du soir ? A ce moment, justement, M. et Mlle Stangerson, aidés du père Jacques, ont procédé à une intéressante expérience de chimie dans cette partie du laboratoire occupée par les fourneaux. Larsan dira que l'assassin s'est glissé derrière eux, tout invraisemblable que cela paraisse... Il l'a déjà fait entendre au juge d'instruction... Quand on le considère de près, ce raisonnement est absurde, attendu que le familier — *si familier il y a* — devait savoir que le professeur allait bientôt quitter le pavillon ; et il y allait de sa sécurité, à lui familier, de remettre ses opérations après ce départ... Pourquoi aurait-il risqué de traverser le laboratoire pendant que le professeur s'y trouvait ? Et puis, quand le familier se serait-il introduit dans le pavillon ?... Autant de points à élucider avant d'admettre *l'imagination de Larsan*. Je n'y perdrai pas mon temps, quant à moi, car *j'ai un système irréfutable* qui ne me permet point de me préoccuper de cet imagination-là ! Seulement, comme je suis obligé momentanément de me taire et que Larsan, quelquefois, parle... il se pourrait que tout finît par s'expliquer contre M. Darzac... si je n'étais pas là ! ajouta le jeune homme avec orgueil. Car il y a contre ce M. Darzac d'autres « signes extérieurs » autrement terribles que cette histoire de canne, qui reste pour moi incompréhensible, d'autant plus incompréhensible que Larsan ne se gêne pas pour se montrer devant M. Darzac avec cette canne qui aurait appartenu à M. Darzac lui-même ! Je comprends beaucoup de choses dans le système de Larsan, mais je ne comprends pas encore la canne.

— Frédéric Larsan est toujours au château ?

— Oui ; il ne l'a guère quitté ! Il y couche, comme moi, sur la prière de M. Stangerson. M. Stangerson a fait pour lui ce que M. Robert Darzac a fait pour moi. Accusé par Frédéric Larsan de connaître l'assassin et d'avoir permis sa fuite, M. Stangerson a tenu à faciliter à son accusateur tous les moyens d'arriver à la découverte de la vérité. Ainsi M. Robert Darzac agit-il envers moi.

— Mais vous êtes, vous, persuadé de l'innocence de M. Robert Darzac ?

— J'ai cru un instant à la possibilité de sa culpabilité. Ce fut à l'heure même où nous arrivions ici pour la première fois. Le moment est venu de vous raconter ce qui s'est passé ici entre M. Darzac et moi.

Ici Rouletabille s'interrompit et me demanda si j'avais apporté les armes. Je lui montrai les deux revolvers. Il les examina, dit : « C'est parfait ! » et me les rendit.

— En aurons-nous besoin ? demandai-je.

— Sans doute ce soir ; nous passons la nuit ici ; cela ne vous ennuie pas ?

— Au contraire, fis-je avec une grimace qui entraîna le rire de Rouletabille.

— Allons ! allons ! reprit-il ce n'est pas le moment de rire. Parlons sérieusement. Vous vous rappelez cette phrase qui a été le : « Sésame, ouvre-toi ! » de ce château plein de mystère ?

— Oui, fis-je, parfaitement : *Le presbytère n'a rien perdu de son charme, ni le jardin de son éclat.* C'est encore cette phrase-là, à moitié roussie, que vous avez retrouvée sur un papier dans les charbons du laboratoire.

— Oui, et, en bas de ce papier, la flamme avait respecté cette date : « 23 octobre. » Souvenez-vous de cette date qui est très importante. Je vais vous dire maintenant ce qu'il en est de cette phrase saugrenue. Je ne sais si vous savez que, l'avant-veille du crime, c'est-à-dire le 23, M. et Mlle Stangerson sont allés à une réception à l'Elysée. Ils ont même assisté au dîner, je crois bien. Toujours est-il qu'ils sont restés à la réception, « puisque je les ai vus ». J'y étais, moi, par devoir professionnel. Je devais interviewer un de ces savants de l'Académie de Philadelphie que l'on fêtait ce jour-là. Jusqu'à ce jour, je n'avais jamais vu M. ni Mlle Stangerson. J'étais assis dans le salon qui précède le salon des Ambassadeurs, et, las d'avoir été bousculé par tant de nobles personnages, je me laissais aller à une vague rêverie, *quand je sentis passer le parfum de la dame en noir.* Vous me demanderez : « Qu'est-ce que le “ parfum de la dame en noir ? ” Qu'il vous suffise de savoir que c'est un parfum que j'ai beaucoup aimé, parce qu'il était celui d'une dame, toujours habillée de noir, qui m'a marqué quelque maternelle bonté dans ma première jeunesse. La dame qui, ce jour-là, était discrètement imprégnée du « parfum de la dame en noir » était habillée de blanc. Elle était merveilleusement belle. Je ne pus m'empêcher de me lever et de la suivre, elle et son parfum. Un homme, un vieillard, donnait le bras à cette beauté. Chacun se détournait sur leur passage, et j'entendis que l'on murmurait : « C'est le professeur Stangerson et sa fille ! » C'est ainsi que j'appris qui je suivais. Ils rencontrèrent M. Robert Darzac que je connaissais de vue. Le professeur Stangerson, abordé par l'un des savants américains, Arthur William Rance, s'assit dans un fauteuil de la grande galerie, et M. Robert Darzac entraîna Mlle Stangerson dans les serres. Je suivais toujours. Il faisait, ce soir-là, un temps très doux ; les portes sur le jardin étaient ouvertes. Mlle Stangerson jeta un fichu sur ses épaules et je vis bien que c'était elle qui priait M. Darzac de pénétrer avec elle dans la quasi-solitude du jardin. Je suivis encore, intéressé par l'agitation que marquait alors M. Robert Darzac. Ils se glissaient maintenant, à pas lents, le long du mur qui longe l'avenue Marigny. Je pris par l'allée centrale. Je marchais parallèlement à mes deux personnages.Et puis, je « coupai » à travers la pelouse pour les croiser. La nuit était obscure, l'herbe étouffait mes pas. Ils s'étaient arrêtés dans la clarté vacillante d'un bec de gaz et semblaient, penchés tous les deux sur un papier que tenait Mlle Stangerson, lire quelque chose qui les intéressait fort. Je m'arrêtai, moi aussi. J'étais entouré d'ombre et de silence. Ils ne m'aperçurent point, et j'entendis distinctement Mlle Stangerson qui répétait, en repliant le papier : *Le presbytère n'a rien perdu de son charme, ni le jardin de son éclat !* Et ce fut dit sur un ton à la fois si railleur et si désespéré, et fut suivi d'un éclat de rire si nerveux, que je crois bien que cette phrase me restera toujours dans l'oreille. Mais une autre phrase encore fut prononcée, celle-ci par M. Robert Darzac : *Me faudra-t-il donc, pour vous avoir, commettre un crime ?* M. Robert Darzac était dans une agitation extraordinaire ; il prit la main de Mlle Stangerson, la porta longuement à ses lèvres et je pensai, au mouvement de ses épaules, qu'il pleurait. Puis, ils s'éloignèrent.

« Quand j'arrivai dans la grande galerie, continua Rouletabille, je ne vis plus M. Robert Darzac, et je ne devais plus le revoir qu'au Glandier, après le crime, mais j'aperçus Mlle Stangerson, M. Stangerson et les délégués de Philadelphie. Mlle Stangerson était près d'Arthur Rance. Celui-ci lui parlait avec animation et les yeux de l'Américain, pendant cette conversation, brillaient d'un singulier éclat. Je crois bien que Mlle Stangerson n'écoutait même pas ce que lui disait Arthur Rance, et son visage exprimait une indifférence parfaite. Arthur Rance est un homme sanguin, au visage couperosé ; il doit aimer le gin. Quand M. et

Mlle Stangerson furent partis, il se dirigea vers le buffet et ne le quitta plus. Je l'y rejoignis et lui rendis quelques services, dans cette cohue. Il me remercia et m'apprit qu'il repartait pour l'Amérique, trois jours plus tard, c'est-à-dire le 26 (le lendemain du crime). Je lui parlai de Philadelphie ; il me dit qu'il habitait cette ville depuis vingt-cinq ans, et que c'est là qu'il avait connu l'illustre professeur Stangerson et sa fille. Là-dessus, il reprit du champagne et je crus qu'il ne s'arrêterait jamais de boire. Je le quittai quand il fut à peu près ivre.

« Telle a été ma soirée, mon cher ami. Je ne sais par quelle sorte de prévision la double image de M. Robert et de Mlle Stangerson ne me quitta point de la nuit, et je vous laisse à penser l'effet que me produisit la nouvelle de l'assassinat de Mlle Stangerson. Comment ne pas me souvenir de ces mots : " Me faudra-t-il, pour vous avoir, commettre un crime ? " Ce n'est cependant point cette phrase que je dis à M. Robert Darzac quand nous le rencontrâmes au Glandier. Celle où il est question du presbytère et du jardin éclatant, que Mlle Stangerson semblait avoir lue sur le papier qu'elle tenait à la main, suffit pour nous faire ouvrir toutes grandes les portes du château. Croyais-je, à ce moment, que M. Robert Darzac était l'assassin ? Non ! je ne pense pas l'avoir tout à fait cru. A ce moment-là, je ne pensais sérieusement " rien ". J'étais si peu documenté. " Mais j'avais besoin " qu'il me prouvât tout de suite qu'il n'était pas blessé à la main. Quand nous fûmes seuls, tous les deux, je lui contai ce que le hasard m'avait fait surprendre de sa conversation dans les jardins de l'Elysée avec Mlle Stangerson ; et, quand je lui eus dit que j'avais entendu ces mots : " Me faudra-t-il, pour vous avoir, commettre un crime ? " il fut tout à fait troublé, mais beaucoup moins, certainement, qu'il ne l'avait été par la phrase du " presbytère ". Ce qui le jeta dans une véritable consternation, ce fut d'apprendre, de ma bouche, que, le jour où il allait se rencontrer à l'Elysée avec Mlle Stangerson, celle-ci était allée, dans l'après-midi, au bureau de poste 40, chercher une lettre qui était peut-être celle qu'ils avaient lue tous les deux dans les jardins de l'Elysée et qui se terminait par ces mots : " Le presbytère n'a rien perdu de son charme, ni le jardin de son éclat ! " Cette hypothèse me fut confirmée du reste, depuis, par la découverte que je fis, vous vous en souvenez, dans les charbons du laboratoire, d'un morceau de cette lettre qui portait la date du 23 octobre. La lettre avait été écrite et retirée du bureau le même jour. Il ne fait point de doute qu'en rentrant de l'Elysée, la nuit même, Mlle Stangerson a voulu brûler ce papier compromettant. C'est en vain que M. Robert Darzac nia que cette lettre eût un rapport quelconque avec le crime. Je lui dis que, dans cette affaire si mystérieuse, il n'avait pas le droit de cacher à la justice l'incident de la lettre ; que j'étais persuadé, moi, que celle-ci avait une importance considérable ; que le ton désespéré avec lequel Mlle Stangerson avait prononcé la phrase fatidique, que ses pleurs, à lui, Robert Darzac, et que cette menace d'un crime qu'il avait proférée à la suite de la lecture de la lettre, ne me permettaient pas d'en douter. Robert Darzac était de plus en plus agité. Je résolus de profiter de mon avantage.

« — Vous deviez vous marier, monsieur, fis-je négligemment, sans plus regarder mon interlocuteur, et tout d'un coup ce mariage *devient impossible à cause de l'auteur de cette lettre,* puisque aussitôt la lecture de la lettre, vous parlez d'un crime nécessaire pour avoir Mlle Stangerson. IL Y A DONC QUELQU'UN ENTRE VOUS ET MLLE STANGERSON, QUEL-

QU'UN QUI LUI DÉFEND DE SE MARIER, QUELQU'UN QUI LA TUE AVANT QU'ELLE NE SE MARIE !

« Et je terminai ce petit discours par ces mots :

« — Maintenant, monsieur, vous n'avez plus qu'à me confier le nom de l'assassin !

« J'avais dû, sans m'en douter, dire des choses formidables. Quand je relevai les yeux sur Robert Darzac, je vis un visage décomposé, un front en sueur, des yeux d'effroi.

« — Monsieur, me dit-il, je vais vous demander une chose, qui va peut-être vous paraître insensée, mais en échange de quoi *je donnerais ma vie :* il ne faut pas parler devant les magistrats de ce que vous avez vu et entendu dans les jardins de l'Elysée... ni devant les magistrats, ni devant personne au monde. Je vous jure que je suis innocent et je sais et je sens que vous me croyez, mais j'aimerais mieux passer pour coupable que de voir les soupçons de la justice s'égarer sur cette phrase : " Le presbytère n'a rien perdu de son charme, ni le jardin de son éclat. " Il faut que la justice ignore cette phrase. Toute cette affaire vous appartient, monsieur, je vous la donne, *mais oubliez la soirée de l'Elysée.* Il y aura pour vous cent autres chemins que celui-là qui vous conduiront à la découverte du criminel ! je vous les ouvrirai, je vous aiderai. Voulez-vous vous installer ici ? Parler ici en maître ? Manger, dormir ici ? Surveiller mes actes et les actes de tous ? Vous serez au Glandier comme si vous étiez le maître, monsieur, *mais oubliez la soirée de l'Elysée.* »

Rouletabille, ici, s'arrêta pour souffler un peu. Je comprenais maintenant l'attitude inexplicable de M. Robert Darzac vis-à-vis de mon ami, et la facilité avec laquelle celui-ci avait pu s'installer sur les lieux du crime. Tout ce que je venais d'apprendre ne pouvait qu'exciter ma curiosité. Je demandai à Rouletabille de la satisfaire encore. Que s'était-il passé au Glandier depuis huit jours ? Mon ami ne m'avait-il pas dit qu'il y avait maintenant contre M. Darzac des signes extérieurs autrement terribles que celui de la canne trouvée par Larsan ?

— Tout semble se tourner contre lui, me répondit mon ami, et la situation devient extrêmement grave. M. Robert Darzac semble ne point s'en préoccuper outre mesure ; il a tort : mais rien ne l'intéresse que la santé de Mlle Stangerson qui allait s'améliorant tous les jours *quand est survenu un événement plus mystérieux encore que le mystère de la « Chambre Jaune !* »

— Ça n'est pas possible ! m'écriai-je, et quel événement peut être plus mystérieux que le mystère de la « Chambre Jaune » ?

— Revenons d'abord à M. Robert Darzac, fit Rouletabille en me calmant. Je vous disais que tout se tourne contre lui. « Les pas élégants » relevés par Frédéric Larsan paraissent bien être « les pas du fiancé de Mlle Stangerson ». L'empreinte de la bicyclette peut être l'empreinte de « sa » bicyclette ; la chose a été contrôlée. Depuis qu'il avait cette bicyclette, il la laissait toujours au château. Pourquoi l'avoir emportée à Paris justement à ce moment-là ? Est-ce qu'il ne devait plus revenir au château ? Est-ce que la rupture de son mariage devait entraîner la rupture de ses relations avec les Stangerson ? Chacun des intéressés affirme que ces relations devaient continuer. Alors ? Frédéric Larsan, lui, croit que « tout était rompu ». Depuis le jour où Robert Darzac a accompagné Mlle Stangerson aux grands magasins de la Louve, jusqu'au lendemain du crime, l'ex-fiancé n'est point revenu au Glandier. Se souvenir que Mlle Stangerson a perdu son réticule et la clef à tête de cuivre quand elle était en compagnie de M. Robert Darzac. Depuis ce jour jusqu'à la soirée de l'Elysée, le professeur en Sorbonne et Mlle Stangerson ne se sont point vus. Mais ils se sont peut-être écrit. Mlle Stangerson est allée chercher une lettre poste restante au bureau 40, lettre que Frédéric Larsan croit de Robert Darzac, car Frédéric Larsan, qui ne sait rien naturellement de ce qui s'est passé à l'Elysée, est amené à penser que c'est Robert Darzac lui-même qui a volé le réticule et la clef, dans le dessein de forcer la volonté de Mlle Stangerson en s'appropriant les papiers les plus précieux du père, papiers qu'il aurait restitués sous condition de mariage. Tout cela serait d'une hypothèse bien douteuse et presque absurde, comme me le disait le grand Fred lui-même, s'il n'y avait pas encore autre chose, et autre chose beaucoup plus grave. D'abord, chose bizarre et que je ne parviens pas à m'expliquer : ce serait M. Darzac en personne qui, le 24, serait allé demander la lettre au bureau de poste, lettre qui avait déjà été retirée la veille par Mlle Stangerson ; *la description de l'homme qui s'est présenté au guichet répond point par point au signalement de M. Darzac*. Celui-ci, aux questions qui lui furent posées, à titre de simple renseignement, par le juge d'instruction, nie qu'il soit allé au bureau de poste ; et moi, je crois M. Robert Darzac, car, en admettant même que la lettre ait été écrite par lui — ce que je ne pense pas — il savait que Mlle Stangerson l'avait retirée, puisqu'il la lui avait vue, cette lettre, entre les mains, dans les jardins de l'Elysée. Ce n'est donc pas lui qui s'est présenté, le lendemain 24, au bureau 40, pour demander une lettre qu'il savait n'être plus là. Pour moi, c'est quelqu'un qui lui ressemblait étrangement, et c'est bien le voleur du réticule qui dans cette lettre devait demander quelque chose à la propriétaire du réticule, à Mlle Stangerson, — « quelque chose qu'il ne vit pas venir ». Il dut en être stupéfait, et fut amené à se demander si la lettre qu'il avait expédiée avec cette inscription sur l'enveloppe : M.A.T.H.S.N. avait été retirée. D'où sa démarche au bureau de poste et l'insistance avec laquelle il réclame la lettre. Puis il s'en va, furieux. La lettre a été retirée, et pourtant ce qu'il demandait ne lui a pas été accordé ! Que demande-t-il ? Nul ne le sait que Mlle Stangerson. Toujours est-il que, le lendemain, on apprenait que Mlle Stangerson avait été quasi assassinée dans la nuit, et que je découvrais, le surlendemain, moi, que le professeur avait été volé du même coup grâce à cette clef, objet de la lettre poste restante. Ainsi, il me semble bien que l'homme qui est venu au bureau de poste doive être l'assassin ; et tout ce raisonnement, des plus logiques en somme, sur les raisons de la démarche de l'homme au bureau de poste, Frédéric Larsan se l'est tenu, mais, en l'appliquant à Robert Darzac. Vous pensez bien que le juge d'instruction, et que Larsan, et que moi-même nous avons tout fait pour avoir, au bureau de poste, des détails précis sur le singulier personnage du 24 octobre. Mais on n'a pu savoir d'où il venait ni où il s'en est allé ! En dehors de cette description qui le fait ressembler à M. Robert Darzac, rien ! J'ai fait annoncer dans les plus grands journaux : « Une forte récompense est promise au cocher qui a conduit un client au bureau de poste 40, dans la matinée du 24 octobre, vers les dix heures. S'adresser à la rédaction de *L'Epoque,* et demander M. R. » Ça n'a rien donné. En somme, cet homme est peut-être venu à pied ; mais, puisqu'il était pressé, c'était une chance à courir qu'il fût venu en voiture. Je n'ai pas, dans ma note aux journaux, donné la description de l'homme pour que tous les cochers qui pouvaient avoir, vers cette heure-là, conduit un client au bureau 40, vinssent à moi. Il n'en est pas venu un seul. Et je me suis demandé nuit et jour : « Quel est donc cet homme qui ressemble aussi étrangement à M. Robert Darzac et que je retrouve achetant la canne tombée entre les mains de Frédéric Larsan ? » Le plus grave de tout est que M. Darzac, *qui avait à faire, à la même heure, à l'heure où son sosie se présentait au bureau de poste, un cours à la Sorbonne, ne l'a pas fait*. Un de ses amis le remplaçait. Et, quand on l'interroge sur l'emploi de son temps, il répond qu'il est allé se promener au bois de Boulogne. Qu'est-ce que vous pensez de ce professeur qui se fait remplacer à son cours pour aller se promener au bois de Boulogne ? Enfin, il faut que vous sachiez que, si M. Robert Darzac avoue s'être allé promener au bois de Boulogne dans la matinée du 24, *il ne peut plus donner du tout l'emploi de son temps dans la nuit du* 24 *au* 25 !... Il a répondu fort paisiblement à Frédéric Larsan qui lui demandait ce renseignement que ce qu'il faisait de son temps, à Paris, ne regardait que lui... Sur quoi, Frédéric Larsan a juré tout haut qu'il découvrirait bien, lui, sans l'aide de personne, l'emploi de ce temps. Tout cela semble donner quelque corps aux hypothèses du grand Fred ; d'autant plus que le fait de Robert Darzac se trouvant dans la « Chambre Jaune » pourrait venir corroborer l'explication du policier sur la façon dont l'assassin se serait enfui : M. Stangerson l'aurait laissé passer pour éviter un effroyable scandale ! C'est, du reste, cette hypothèse, que je crois fausse, qui égara Frédéric Larsan, et ceci ne serait point pour me déplaire s'il n'y avait pas un innocent en cause ! *Maintenant, cette hypothèse égare-t-elle réellement Frédéric Larsan ? Voilà ! Voilà ! Voilà !*

— Eh ! Frédéric Larsan a peut-être raison ! m'écriai-je, interrompant Rouletabille... Etes-vous sûr que

M. Darzac soit innocent ? Il me semble que voilà bien des fâcheuses coïncidences...

— Les coïncidences, me répondit mon ami, sont les pires ennemies de la vérité. .

— Qu'en pense aujourd'hui le juge d'instruction ?

— M. de Marquet, le juge d'instruction, hésite à découvrir M. Robert Darzac sans aucune preuve certaine. Non seulement, il aurait contre lui toute opinion publique, sans compter la Sorbonne, mais encore M. Stangerson et Mlle Stangerson. Celle-ci adore M. Robert Darzac. Si peu qu'elle ait vu l'assassin, on ferait croire difficilement au public qu'elle n'eût point reconnu M. Robert Darzac, si M. Robert Darzac avait été l'agresseur. La « Chambre Jaune » était obscure sans doute, mais une petite veilleuse tout de même l'éclairait, ne l'oubliez pas. Voici, mon ami, où en étaient les choses quand, il y a trois jours, ou plutôt trois nuits, survint cet événement inouï dont je vous parlais tout à l'heure.

XIV

« J'ATTENDS L'ASSASSIN CE SOIR »

— Il faut, me dit Rouletabille, que je vous conduise sur les lieux pour que vous puissiez comprendre ou plutôt pour que vous soyez persuadé qu'il est impossible de comprendre. Je crois, quant à moi, avoir trouvé ce que tout le monde cherche encore : la façon dont l'assassin est sorti de la « Chambre Jaune... » sans complicité d'aucune sorte et sans que M. Stangerson y soit pour quelque chose. Tant que je ne serai point sûr de la personnalité de l'assassin, je ne saurais dire quelle est mon hypothèse, mais je crois cette hypothèse juste et, dans tous les cas, elle est tout à fait naturelle, je veux dire tout à fait simple. Quant à ce qui s'est passé il y a trois nuits, ici, dans le château même, cela m'a semblé pendant vingt-quatre heures dépasser toute faculté d'imagination. Et encore l'hypothèse qui, maintenant, s'élève du fond de mon moi est-elle si absurde, celle-là, que je préfère presque les ténèbres de l'inexplicable.

Sur quoi, le jeune reporter m'invita à sortir ; il me fit faire le tour du château. Sous nos pieds craquaient les feuilles mortes ; c'est le seul bruit que j'entendais. On eût dit que le château était abandonné. Ces vieilles pierres, cette eau stagnante dans les fossés qui entouraient le donjon, cette terre désolée recouverte de la dépouille du dernier été, le squelette noir des arbres, tout concourait à donner à ce triste endroit, hanté par un mystère farouche, l'aspect le plus funèbre. Comme nous contournions le donjon, nous rencontrâmes « l'homme vert », le garde, qui ne nous salua point, et qui passa près de nous comme si nous n'existions pas. Il était tel que je l'avais vu pour la première fois, à travers les vitres de l'auberge du père Mathieu ; il avait toujours son fusil en bandoulière, sa pipe à la bouche et son binocle sur le nez.

— Drôle d'oiseau ! me dit tout bas Rouletabille.

— Lui avez-vous parlé ? demandai-je.

— Oui, mais il n'y a rien à en tirer... il répond par grognements, hausse les épaules et s'en va. Il habite à l'ordinaire au premier étage du donjon, une vaste pièce qui servait autrefois d'oratoire. Il vit là en ours, ne sort qu'avec son fusil. Il n'est aimable qu'avec les filles. Sous prétexte de courir après les braconniers, il se relève souvent la nuit ; mais je le soupçonne d'avoir des rendez-vous galants. La femme de chambre de Mlle Stangerson, Sylvie, est sa maîtresse. En ce moment, il est très amoureux de la femme du père Mathieu, l'aubergiste ; mais le père Mathieu surveille de près son épouse, et je crois bien que c'est la presque impossibilité où « l'homme vert » se trouve d'approcher Mme Mathieu qui le rend encore plus sombre et taciturne. C'est un beau gars, bien soigné de sa personne, presque élégant... les femmes, à quatre lieues à la ronde, en raffolent.

Après avoir dépassé le donjon qui se trouve à l'extrémité de l'aile gauche, nous passâmes sur les derrières du château. Rouletabille me dit en me montrant une fenêtre que je reconnus pour être l'une de celles qui donnent sur les appartements de Mlle Stangerson :

— Si vous étiez passé par ici il y a deux nuits, à une heure du matin, vous auriez vu votre serviteur au haut d'une échelle s'apprêtant à pénétrer dans le château, par cette fenêtre !

Comme j'exprimais quelque stupéfaction de cette gymnastique nocturne, il me pria de montrer beaucoup d'attention à la disposition extérieure du château, après quoi nous revînmes dans le bâtiment.

— Il faut maintenant, dit mon ami, que je vous fasse visiter le premier étage, aile droite. C'est là que j'habite.

Pour bien faire comprendre l'économie des lieux, je mets sous les yeux du lecteur un plan du premier étage de cette aile droite, plan dessiné par Rouletabille au lendemain de l'extraordinaire phénomène que vous allez connaître dans tous ses détails :

Rouletabille me fit signe de monter derrière lui l'escalier monumental double qui, à la hauteur du premier étage, formait palier. De ce palier on se rendait directement dans l'aile droite ou dans l'aile gauche du château par une galerie qui venait y aboutir. La galerie, haute et large, s'étendait sur toute la longueur du bâtiment et prenait jour sur

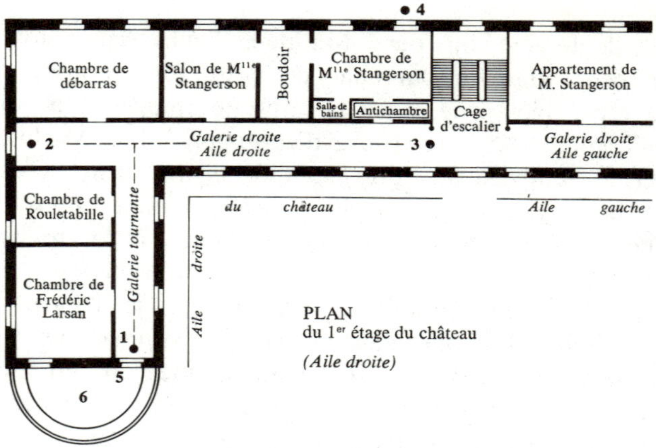

1. Endroit où Rouletabille plaça Frédéric Larsan.
2. Endroit où Rouletabille plaça le père Jacques.
3. Endroit où Rouletabille plaça M. Stangerson.
4. Fenêtre par laquelle entra Rouletabille.
5. Fenêtre trouvée ouverte par Rouletabille quand il sort de sa chambre. Il la referme. Toutes les autres fenêtres et portes sont fermées.
6. Terrasse surmontant une pièce en encorbellement au rez-de-chaussée.

la façade du château exposée au nord. Les chambres dont les fenêtres donnaient sur le midi avaient leurs portes sur cette galerie. Le professeur Stangerson habitait l'aile gauche du château. Mlle Stangerson avait son appartement dans l'aile droite. Nous entrâmes dans la galerie, aile droite. Un tapis étroit, jeté sur le parquet ciré, qui luisait comme une glace, étouffait le bruit de nos pas. Rouletabille me disait à voix basse de marcher avec précaution parce que nous passions devant la chambre de Mlle Stangerson. Il m'expliqua que l'appartement de Mlle Stangerson se composait de sa chambre, d'une antichambre, d'une petite salle de bains, d'un boudoir et d'un salon. On pouvait, naturellement, passer de l'une de ces pièces dans l'autre sans qu'il fût nécessaire de passer par la galerie. Le salon et l'antichambre étaient les seules pièces de l'appartement qui eussent une porte sur la galerie. La galerie se continuait, toute droite, jusqu'à l'extrémité est du bâtiment où elle avait jour sur l'extérieur par une haute fenêtre (fenêtre 2 du plan). Vers les deux tiers de sa longueur cette galerie se rencontrait en angle droit avec une autre galerie qui tournait avec l'aile droite du château.

Pour la clarté de ce récit, nous appellerons la galerie qui va de l'escalier jusqu'à la fenêtre à l'est, « la galerie droite », et le bout de galerie qui tourne avec l'aile droite et qui vient aboutir à la galerie droite, à angle droit, « la galerie tournante ». C'est au carrefour de ces deux galeries que se trouvait la chambre de Rouletabille, touchant à celle de Frédéric Larsan. Les portes de ces deux chambres donnaient sur la galerie tournante, tandis que les portes de l'appartement de Mlle Stangerson donnaient sur la galerie droite (voir le plan).

Rouletabille poussa la porte de sa chambre, me fit entrer et referma la porte sur nous, poussant le verrou. Je n'avais pas encore eu le temps de jeter un coup d'œil sur son installation qu'il poussait un cri de surprise en me montrant, sur un guéridon, *un binocle.*

— Qu'est-ce que cela ? se demandait-il ; qu'est-ce que ce binocle est venu faire sur mon guéridon ?

J'aurais été bien en peine de lui répondre.

— A moins que, fit-il, à moins que... à moins que... à moins que ce binocle ne soit « ce que je cherche »... et que... et que... *et que ce soit un binocle de presbyte !...*

Il se jetait littéralement sur le binocle ; ses doigts caressaient la convexité des verres... et alors il me regarda d'une façon effrayante.

— Oh !... oh !

Et il répétait : Oh !... oh ! comme si sa pensée l'avait tout à coup rendu fou...

Il se leva, me mit la main sur l'épaule, ricana comme un insensé et me dit :

— Ce binocle me rendra fou ! car la chose est possible, voyez-vous, « mathématiquement parlant » ; mais « humainement parlant », elle est impossible... ou alors... ou alors... ou alors...

On frappa deux petits coups à la porte de la chambre ; Rouletabille entrouvrit la porte ; une figure passa. Je reconnus la concierge que j'avais vue passer devant moi quand on l'avait amenée au pavillon pour l'interrogatoire et j'en fus étonné, car je croyais toujours cette femme sous les verrous. Cette femme dit à voix très basse :

— Dans la rainure du parquet !

Rouletabille répondit : « Merci ! » et la figure s'en alla. Il se retourna vers moi, après avoir soigneusement refermé la porte. Et il prononça des mots incompréhensibles avec un air hagard.

— Puisque la chose est « mathématiquement » possible, pourquoi ne la serait-elle pas « humainement !... » Mais si la chose est « humainement » possible, l'affaire est formidable !

J'interrompis Rouletabille dans son soliloque.

— Les concierges sont donc en liberté, maintenant ? demandai-je.

— Oui, me répondit Rouletabille, je les ai fait remettre en liberté. J'ai besoin de gens sûrs. La femme m'est tout à fait dévouée, et le concierge se ferait tuer pour moi... Et, puisque le binocle a des verres pour presbyte, je vais certainement avoir besoin de gens dévoués qui se feraient tuer pour moi !

— Oh ! oh ! fis-je, vous ne souriez pas, mon ami... Et quand faudra-t-il se faire tuer ?

— Mais ce soir ! car il faut que je vous dise, mon cher, *j'attends l'assassin ce soir !*

— Oh ! oh ! oh ! oh !... Vous attendez l'assassin ce soir... Vraiment, vraiment, vous attendez l'assassin ce soir... mais vous connaissez donc l'assassin ?

— Oh ! oh ! oh ! *Maintenant, il se peut que je le connaisse.* Je serais un fou d'affirmer catégoriquement que je le connais, car l'idée mathématique que j'ai de l'assassin donne des résultats si effrayants, si monstrueux, *que j'espère qu'il est encore possible que je me trompe ! Oh ! je l'espère de toutes mes forces...*

— Comment, puisque vous ne connaissiez pas, il y a cinq minutes, l'assassin, pouvez-vous dire que vous attendez l'assassin ce soir ?

— *Parce que je sais qu'il doit venir.*

Rouletabille bourra une pipe lentement, lentement et l'alluma.

Ceci me présageait un récit des plus captivants. A ce moment quelqu'un marcha dans le couloir, passa devant notre porte. Rouletabille écouta. Les pas s'éloignèrent.

Est-ce que Frédéric Larsan est dans sa chambre ? fis-je en montrant la cloison.

— Non, me répondit mon ami, il n'est pas là ; il a dû partir ce matin pour Paris ; il est toujours sur la piste de Darzac !... M. Darzac est parti lui aussi ce matin pour Paris. Tout cela se terminera très mal... Je prévois l'arrestation de M. Darzac avant huit jours. Le pire est que tout semble se liguer contre le malheureux : les événements, les choses, les gens... Il n'est pas une heure qui s'écoule qui n'apporte contre M. Darzac une accusation nouvelle... Le juge d'instruction en est accablé et aveuglé... Du reste, je comprends que l'on soit aveuglé !... On le serait à moins...

— Frédéric Larsan n'est pourtant pas un novice.

— J'ai cru, fit Rouletabille avec une moue légèrement méprisante, que Fred était beaucoup plus fort que cela... Evidemment, ce n'est pas le premier venu... J'ai même eu beaucoup d'admiration pour lui quand je ne connaissais pas sa méthode de travail. Elle est déplorable... Il doit sa réputation uniquement à son habileté ; mais il manque de philosophie ; la mathématique de ses conceptions est bien pauvre...

Je regardai Rouletabille et ne pus m'empêcher de sourire en entendant ce gamin de dix-huit ans traiter d'enfant un garçon d'une cinquantaine d'années qui avait fait ses preuves comme le plus fin limier d'Europe...

— Vous souriez, me fit Rouletabille... Vous avez tort !... Je vous jure que je le roulerai... et d'une façon retentissante... mais il faut que je me presse, car il a une avance colossale sur moi, avance que lui a donnée M. Robert Darzac et que M. Robert Darzac va encore augmenter ce soir... Songez donc : *chaque fois que l'assassin vient au château,* M. Robert Darzac, par une fatalité étrange, s'absente et se refuse à donner l'emploi du temps !

— Chaque fois que l'assassin vient au château ! m'écriai-je... Il est donc revenu...

— Oui, pendant cette fameuse nuit où s'est produit le phénomène...

J'allais donc connaître ce fameux phénomène auquel Rouletabille faisait allusion depuis une demi-heure sans me l'expliquer. Mais j'avais appris à ne jamais presser Rouletabille dans ses narrations... Il parlait quand la fantaisie lui en prenait ou quand il le jugeait utile, et se préoccupait beaucoup moins de ma curiosité que de faire un résumé complet pour lui-même d'un événement capital qui l'intéressait.

Enfin, par petites phrases rapides, il m'apprit des choses qui me plongèrent dans un état voisin de l'abrutissement, car, en vérité, les phénomènes de cette science encore inconnue qu'est l'hypnotisme, par exemple, ne sont point plus inexplicables que *cette disparition de la matière de l'assassin au moment où ils étaient quatre à la toucher*. Je parle de l'hypnotisme comme je parlerais de l'électricité dont nous ignorons la nature et dont nous connaissons si peu les lois, parce que, dans le moment, l'affaire ne me parut pouvoir s'expliquer que par de l'inexplicable, c'est-à-dire par un événement en dehors des lois naturelles connues. Et cependant, si j'avais eu la cervelle de Rouletabille, j'aurais eu, comme lui, « le pressentiment de l'explication naturelle » : car le plus curieux dans tous les mystères du Glandier a bien été « la façon naturelle dont Rouletabille les expliqua ». Mais qui donc eût pu et pourrait encore se vanter d'avoir la cervelle de Rouletabille ? Les bosses originales et inharmoniques de son front, je ne les ai jamais rencontrées sur aucun autre front, si ce n'est — mais bien moins apparentes — sur le front de Frédéric Larsan, et encore fallait-il bien regarder le front du célèbre policier pour en deviner le dessin, tandis que les bosses de Rouletabille sautaient — si j'ose me servir de cette expression un peu forte — sautaient aux yeux.

J'ai, parmi les papiers qui me furent remis par le jeune homme après l'affaire, un carnet où j'ai trouvé un compte rendu complet du « phénomène de la disparition de la matière de l'assassin », et des réflexions qu'il inspira à mon ami. Il est préférable, je crois, de vous soumettre ce compte rendu que de continuer à reproduire ma conversation avec

Rouletabille, car j'aurais peur, dans une pareille histoire, d'ajouter un mot qui ne fût point l'expression de la plus stricte vérité.

XV
TRAQUENARD

Extrait du carnet de Joseph Rouletabille

La nuit dernière, nuit du 29-30 octobre, écrit Joseph Rouletabille, je me réveille vers une heure du matin. Insomnie ou bruit du dehors ? Le cri de la « Bête du Bon Dieu » retentit avec une résonance sinistre au fond du parc. Je me lève ; j'ouvre ma fenêtre. Vent froid et pluie ; ténèbres opaques, silence. Je referme ma fenêtre. La nuit est encore déchirée par la bizarre clameur. Je passe rapidement un pantalon, un veston. Il fait un temps à ne pas mettre un chat dehors ; qui donc, cette nuit, imite, si près du château, le miaulement du chat de la mère Agenoux ? Je prends un gros gourdin, la seule arme dont je dispose, et, sans faire aucun bruit, j'ouvre ma porte.

Me voici dans la galerie ; une lampe à réflecteur l'éclaire parfaitement ; la flamme de cette lampe vacille comme sous l'action d'un courant d'air. Je sens le courant d'air. Je me retourne. Derrière moi, une fenêtre est ouverte, celle qui se trouve à l'extrémité de ce bout de galerie sur laquelle donnent nos chambres, à Frédéric Larsan et à moi, galerie que j'appellerai « galerie tournante » pour la distinguer de la « galerie droite », sur laquelle donne l'appartement de Mlle Stangerson. Ces deux galeries se croisent à angle droit. Qui donc a laissé cette fenêtre ouverte, ou qui vient de l'ouvrir ? Je vais à la fenêtre ; je me penche au-dehors. A un mètre environ sous cette fenêtre, il y a une terrasse qui sert de toit à une petite pièce en encorbellement qui se trouve au rez-de-chaussée. On peut, au besoin, sauter de la fenêtre sur la terrasse, et de là, se laisser glisser dans la cour d'honneur du château. Celui qui aurait suivi ce chemin ne devait évidemment pas avoir sur lui la clef de la porte du vestibule. Mais pourquoi m'imaginer cette scène de gymnastique nocturne ? A cause d'une fenêtre ouverte ? Il n'y a peut-être là que la négligence d'un domestique. Je referme la fenêtre en souriant de la facilité avec laquelle je bâtis des drames avec une fenêtre ouverte. Nouveau cri de la « Bête du Bon Dieu » dans la nuit. Et puis, le silence ; la pluie a cessé de frapper les vitres. Tout dort dans le château. Je marche avec des précautions infinies sur le tapis de la galerie. Arrivé au coin de la galerie droite, j'avance la tête et y jette un prudent regard. Dans cette galerie, une autre lampe à réflecteur donne une lumière éclairant parfaitement les quelques objets qui s'y trouvent, trois fauteuils et quelques tableaux pendus aux murs. Qu'est-ce que je fais là ? Jamais le château n'a été aussi calme. Tout y repose. Quel est cet instinct qui me pousse vers la chambre de Mlle Stangerson ? Qu'est-ce qui me conduit vers la chambre de Mlle Stangerson ? Pourquoi cette voix qui crie au fond de mon être : « Va jusqu'à la chambre de Mlle Stangerson ! » Je baisse les yeux sur le tapis que je foule et « je vois que mes pas vers la chambre de Mlle Stangerson sont conduits par des pas qui y sont déjà allés ». Oui, sur ce tapis, des traces de pas ont apporté la boue du dehors et je suis ces pas qui me conduisent à la chambre de Mlle Stangerson. Horreur ! Horreur ! Ce sont « les pas élégants » que je reconnais,

« les pas de l'assassin ! » Il est venu du dehors par cette nuit abominable. Si l'on peut descendre de la galerie par la fenêtre, grâce à la terrasse, on peut aussi y monter.

L'assassin est là, dans le château, « car les pas ne sont pas revenus ». Il s'est introduit dans le château par cette fenêtre ouverte à l'extrémité de la galerie tournante ; il est passé devant la chambre de Frédéric Larsan, devant la mienne, a tourné à droite, dans la galerie droite, *et est entré dans la chambre de Mlle Stangerson*. Je suis devant la porte de l'appartement de Mlle Stangerson, devant la porte de l'antichambre : elle est entrouverte, je la pousse sans faire entendre le moindre bruit. Je me trouve dans l'antichambre et là, sous la porte de la chambre même, je vois une barre de lumière. J'écoute. Rien ! Aucun bruit, pas même celui d'une respiration. Ah ! savoir ce qui se passe dans le silence qui est derrière cette porte ! Mes yeux sur la serrure m'apprennent que cette serrure est fermée à clef, et la clef est dedans. Et dire que l'assassin est peut-être là ! Qu'il doit être là ! S'échappera-t-il encore cette fois ? Tout dépend de moi ! Du sang-froid et, surtout, pas une fausse manœuvre ! « Il faut voir dans cette chambre. » Y entrerai-je par le salon de Mlle Stangerson ? il me faudrait ensuite traverser le boudoir, et l'assassin se sauverait alors par la porte de la galerie, la porte devant laquelle je suis en ce moment.

« Pour moi, ce soir, il n'y a pas encore eu crime », car rien n'expliquerait le silence du boudoir ! Dans le boudoir, deux gardes-malades sont installées pour passer la nuit, jusqu'à la complète guérison de Mlle Stangerson.

Puisque je suis à peu près sûr que l'assassin est là, pourquoi ne pas donner l'éveil tout de suite ?

L'assassin se sauvera peut-être, mais peut-être aurai-je sauvé Mlle Stangerson ? « Et si, par hasard, l'assassin, ce soir, n'était pas un assassin ? » La porte a été ouverte pour lui livrer passage : par qui ? — et a été refermée : par qui ? Il est entré, cette nuit, dans cette chambre dont la porte était certainement fermée à clef à l'intérieur, « car Mlle Stangerson, tous les soirs, s'enferme avec ses gardes dans son appartement ». Qui a tourné cette clef de la chambre pour laisser entrer l'assassin ? Les gardes ? Deux domestiques fidèles, la vieille femme de chambre et sa fille Sylvie ? C'est bien improbable. Du reste, elles couchent dans le boudoir, et Mlle Stangerson, très inquiète, très prudente, m'a dit Robert Darzac, veille elle-même à sa sûreté depuis qu'elle est assez bien portante pour faire quelques pas dans son appartement — dont je ne l'ai pas encore vue sortir. Cette inquiétude et cette prudence soudaines chez Mlle Stangerson, qui avaient frappé M. Darzac, m'avaient également laissé à réfléchir. Lors du crime de la « Chambre Jaune », il ne fait point de doute que la malheureuse *attendait l'assassin.* L'attendait-elle encore ce soir ? Mais qui donc a tourné cette clef pour ouvrir « à l'assassin qui est là » ? Si c'était Mlle Stangerson « elle-même » ? Car enfin elle peut redouter, elle doit redouter la venue de l'assassin et avoir des raisons pour lui ouvrir la porte, « pour être forcée de lui ouvrir la porte ! » Quel terrible rendez-vous est donc celui-ci ? Rendez-vous de crime ? A coup sûr, pas rendez-vous d'amour, car Mlle Stangerson adore M. Darzac, je le sais. Toutes ces réflexions traversent mon cerveau comme un éclair qui n'illuminerait que des ténèbres. Ah ! savoir...

S'il y a tant de silence derrière cette porte, c'est sans doute qu'on y a besoin de silence ! Mon intervention peut être la cause de plus de mal que de bien ? Est-ce que je sais ? Qui me dit que mon intervention ne déterminerait pas, dans la minute, un crime ? Ah ! voir et savoir, sans troubler le silence !

Je sors de l'antichambre. Je vais à l'escalier central, je le descends, me voici dans le vestibule ; je cours le plus silencieusement possible vers la petite chambre au rez-de-chaussée, où couche, depuis l'attentat du pavillon, le père Jacques.

« Je le trouve habillé », les yeux grands ouverts, presque hagards. Il ne semble point étonné de me voir ; il me dit qu'il s'est levé parce qu'il a entendu le cri de la « Bête du Bon Dieu », et qu'il a entendu des pas, dans le parc, des pas qui glissaient devant sa fenêtre. Alors, il a regardé à la fenêtre « et il a vu passer, tout à l'heure, un fantôme noir ». Je lui demande s'il a une arme. Non, il n'a plus d'arme, depuis que le juge d'instruction lui a pris son revolver. Je l'entraîne. Nous sortons dans le parc par une petite porte de derrière. Nous glissons le long du château jusqu'au point qui est juste au-dessous de la chambre de Mlle Stangerson. Là, je colle le père Jacques contre le mur, lui défends de bouger, et moi, profitant d'un nuage qui recouvre en ce moment la lune, je m'avance en face de la fenêtre, mais en dehors du carré de lumière qui en vient ; « car la fenêtre est entrouverte ». Par précaution ? Pour pouvoir sortir plus vite par la fenêtre, si quelqu'un venait à entrer par une porte ? Oh ! oh ! celui qui sautera par cette fenêtre aurait bien des chances de se rompre le cou ! Qui me dit que l'assassin n'a pas une corde ? Il a dû tout prévoir... Ah ! savoir ce qui se passe dans cette chambre !... connaître le silence de cette chambre !... Je retourne au père Jacques et je prononce un mot à son oreille : « Echelle. » Dès l'abord, j'ai bien pensé à l'arbre qui, huit jours auparavant, m'a déjà servi d'observatoire, mais j'ai aussitôt constaté que la fenêtre est entrouverte de telle sorte que je ne puis rien voir, cette fois-ci, en montant dans l'arbre, de ce qui se passe dans la chambre. Et puis non seulement je veux voir, mais pouvoir entendre et... agir...

Le père Jacques, très agité, presque tremblant, disparaît un instant et revient, sans échelle, me faisant de loin de grands signes avec ses bras pour que je le rejoigne au plus tôt. Quand je suis près de lui : « Venez ! » me souffle-t-il.

Il me fait faire le tour du château par le donjon. Arrivé là, il me dit :

— J'étais allé chercher mon échelle dans la salle basse du donjon, qui nous sert de débarras, au jardinier et à moi ; la porte du donjon était ouverte et l'échelle n'y était plus. En sortant, sous le clair de lune, voilà où je l'ai aperçue !

Et il me montrait, à l'autre extrémité du château, une échelle appuyée contre les « corbeaux » qui soutenaient la terrasse, au-dessous de la fenêtre que j'avais trouvée ouverte. La terrasse m'avait empêché de voir l'échelle... Grâce à cette échelle, il était extrêmement facile de pénétrer dans la galerie tournante du premier étage, et je ne doutai plus que ce fût là le chemin pris par l'inconnu.

Nous courons à l'échelle ; mais, au moment de nous en emparer, le père Jacques me montre la porte entrouverte de la petite pièce du rez-de-chaussée qui est placée en encorbellement à l'extrémité de cette aile droite du château, et qui a pour plafond cette terrasse dont j'ai parlé. Le père Jacques pousse un peu la porte, regarde à l'intérieur, et me dit, dans un souffle :

— Il n'est pas là !

— Qui ?

— Le garde !

La bouche encore une fois à mon oreille :

— Vous savez bien que le garde couche dans cette pièce, depuis qu'on fait des réparations au donjon !...

Et du même geste significatif, il me montre la porte entrouverte, l'échelle, la terrasse et la fenêtre, que j'ai tout à l'heure refermée, de la galerie tournante.

Quelles furent mes pensées, alors ? Avais-je le temps d'avoir des pensées ? Je « sentais », plus que je ne pensais....

Evidemment, sentai-je, « si le garde est là-haut dans la chambre » (je dis : « si », car je n'ai, en ce moment, en dehors de cette échelle, et de cette chambre du garde déserte, aucun indice qui me permette même de soupçonner le garde), s'il y est, il a été obligé de passer par cette échelle et par cette fenêtre, car les pièces qui se trouvent derrière sa nouvelle chambre, étant occupées par le ménage du maître d'hôtel et de la cuisinière, et par les cuisines, lui ferment le chemin du vestibule et de l'escalier, à l'intérieur du château... « Si c'est le garde qui a passé par là », il lui aura été facile, sous quelque prétexte, hier soir, d'aller dans la galerie et de veiller à ce que cette fenêtre soit simplement poussée à l'intérieur, les panneaux joints, de telle sorte qu'il n'ait plus, de l'extérieur, qu'à appuyer dessus pour que la fenêtre s'ouvre et qu'il puisse sauter dans la galerie. Cette nécessité de la fenêtre non fermée à l'intérieur restreint singulièrement le champ des recherches sur la personnalité de l'assassin. Il faut que l'assassin « soit de la maison » ; à moins qu'il n'ait un complice, auquel je ne crois pas... ; à moins... à moins que Mlle Stangerson « elle-même » ait veillé à ce que cette fenêtre ne soit point fermée de l'intérieur... « Mais quel serait donc ce secret effroyable qui ferait que Mlle Stangerson serait dans la nécessité de supprimer les obstacles qui la séparent de son assassin ? »

J'empoigne l'échelle et nous voici repartis sur les derrières du château. La fenêtre de la chambre est toujours entrouverte ; les rideaux sont tirés, mais ne se rejoignent point ; ils laissent passer un grand rai de lumière, qui vient s'allonger sur la pelouse à mes pieds. Sous la fenêtre de la chambre j'applique mon échelle. Je suis à peu près sûr de n'avoir fait aucun bruit. « Et, pendant que le père Jacques reste au pied de l'échelle », je gravis l'échelle, moi, tout doucement, tout doucement, avec mon gourdin. Je retiens ma respiration ; je lève et pose les pieds avec des précautions infinies. Soudain, un gros nuage, et une nouvelle averse. Chance. Mais, tout à coup, le cri sinistre de la « Bête du Bon Dieu » m'arrête au milieu de mon ascension. Il me semble que ce cri vient d'être poussé derrière moi, à quelques mètres. Si ce cri était un signal ! Si quelque complice de l'homme m'avait vu, sur mon échelle. Ce cri appelle peut-être l'homme à la fenêtre ! Peut-être !... Malheur, « l'homme est à la fenêtre ! Je sens sa tête au-dessus de moi ; j'entends son souffle. » Et moi, je ne puis le regarder ; le plus petit mouvement de ma tête, et je suis perdu ! Va-t-il me voir ? Va-t-il, dans la nuit, baisser la tête ? Non !... il s'en va... il n'a rien vu... Je le sens, plus que je ne l'entends, marcher à pas de loup, dans la chambre ; et je gravis encore quelques échelons. Ma tête est à la hauteur de la pierre d'appui de la fenêtre ; mon front dépasse cette pierre ; mes yeux, entre les rideaux, voient.

L'homme est là, assis au petit bureau de Mlle Stangerson, *et il écrit.* Il me tourne le dos. Il a une bougie devant lui ; mais, comme il est penché sur la flamme de cette bougie, la lumière projette des ombres qui me le déforment. Je ne vois qu'un dos monstrueux, courbé.

Chose stupéfiante : Mlle Stangerson n'est pas là ! Son lit n'est pas défait. Où donc couche-t-elle, cette nuit ? Sans doute dans la chambre à côté, avec ses femmes. Hypothèse. Joie de trouver l'homme seul. Tranquillité d'esprit pour préparer le traquenard.

Mais qui est donc cet homme qui écrit là, sous mes yeux, installé à ce bureau comme s'il était chez lui ? S'il n'y avait point « les pas de l'assassin » sur le tapis de la galerie, s'il n'y avait pas eu la fenêtre ouverte, s'il n'y avait pas eu, sous cette fenêtre, l'échelle, je pourrais être amené à penser que cet homme a le droit d'être là et qu'il s'y trouve normalement à la suite des causes normales que je ne connais pas encore. Mais il ne fait point de doute que cet inconnu mystérieux est l'homme de la « Chambre Jaune », celui dont Mlle Stangerson est obligée, sans le dénoncer, de subir les coups assassins ! Ah ! voir sa figure ! Le surprendre ! Le prendre !

Si je saute dans la chambre en ce moment, « il » s'enfuit ou par l'antichambre ou par la porte à droite qui donne sur le boudoir. Par là, traversant le salon, il arrive à la galerie et je le perds. Or, je le tiens ; encore cinq minutes et je le tiens mieux que si je l'avais dans une cage... Qu'est-ce qu'il fait là, solitaire, dans la chambre de Mlle Stangerson ? Qu'écrit-il ? A qui écrit-il ?... Descente. L'échelle par terre. Le père Jacques me suit. Rentrons au château. J'envoie le père Jacques éveiller

M. Stangerson. Il doit m'attendre chez M. Stangerson, et ne lui rien dire de précis avant mon arrivée. Moi, je vais aller éveiller Frédéric Larsan. Gros ennui pour moi. J'aurais voulu travailler seul et avoir toute l'aubaine de l'affaire au nez de Larsan endormi. Mais le père Jacques et M. Stangerson sont des vieillards et moi, je ne suis peut-être pas assez développé. Je manquerais peut-être de force... Larsan, lui, a l'habitude de l'homme que l'on terrasse, que l'on jette par terre, que l'on relève, menottes aux poignets. Larsan m'ouvre, ahuri, les yeux gonflés de sommeil, prêt à m'envoyer promener, ne croyant nullement à mes imaginations de petit reporter. Il faut que je lui affirme que « l'homme est là » !

— C'est bizarre, dit-il, *je croyais l'avoir quitté cet après-midi, à Paris !*

Il se vêt hâtivement et s'arme d'un revolver. Nous nous glissons dans la galerie.

Larsan me demande :

— Où est-il ?

— Dans la chambre de Mlle Stangerson.

— Et Mlle Stangerson ?

— Elle n'est pas dans sa chambre !

— Allons-y !

— N'y allez pas ! L'homme, à la première alerte, se sauvera... il a trois chemins pour cela... la porte, la fenêtre, le boudoir où se trouvent les femmes...

— Je tirerai dessus...

— Et si vous le manquez ? Si vous ne faites que le blesser ? Il s'échappera encore... Sans compter que, lui aussi, est certainement armé... Non, laissez-moi diriger l'expérience, et je réponds de tout...

— Comme vous voudrez, me dit-il, avec assez de bonne grâce.

Alors, après m'être assuré que toutes les fenêtres des deux galeries sont hermétiquement closes, je place

Frédéric Larsan à l'extrémité de la galerie tournante, devant cette fenêtre que j'ai trouvée ouverte et que j'ai refermée. Je dis à Fred :

— Pour rien au monde, vous ne devez quitter ce poste, jusqu'au moment où je vous appellerai... Il y a cent chances sur cent pour que l'homme revienne à cette fenêtre et essaie de se sauver par là, quand il sera poursuivi, car c'est par là qu'il est venu et par là qu'il a préparé sa fuite. Vous avez un poste dangereux...

— Quel sera le vôtre ? demanda Fred.

— Moi, je sauterai dans la chambre, et je vous rabattrai l'homme !

— Prenez mon revolver, dit Fred, je prendrai votre bâton.

— Merci, fis-je, vous êtes un brave homme.

Et j'ai pris le revolver de Fred. J'allais être seul avec l'homme, là-bas, qui écrivait dans la chambre, et vraiment ce revolver me faisait plaisir.

Je quittai donc Fred, l'ayant posté à la fenêtre 5 sur le plan, et je me dirigeai, toujours avec la plus grande précaution, vers l'appartement de M. Stangerson, dans l'aile gauche du château. Je trouvai M. Stangerson avec le père Jacques, qui avait observé la consigne, se bornant à dire à son maître qu'il lui fallait s'habiller au plus vite. Je mis alors M. Stangerson, en quelques mots, au courant de ce qui se passait. Il s'arma, lui aussi, d'un revolver, me suivit et nous fûmes aussitôt dans la galerie tous trois. Tout ce qui vient de se passer, depuis que j'avais vu l'assassin assis devant le bureau, avait à peine duré dix minutes. M. Stangerson voulait se précipiter immédiatement sur l'assassin et le tuer : c'était bien simple. Je lui fis entendre qu'avant tout il ne fallait pas risquer, « en voulant le tuer, de le manquer vivant ».

Quand je lui eus juré que sa fille n'était pas dans la chambre et qu'elle ne courait aucun danger, il voulut bien calmer son impatience et me laisser la direction de l'événement. Je dis encore au père Jacques et à M. Stangerson qu'ils ne devaient venir à moi que lorsque je les appellerais ou lorsque je tirerais un coup de revolver « et j'envoyai le père Jacques se placer » devant la fenêtre située à l'extrémité de la galerie droite. (La fenêtre est marquée du chiffre 2 sur mon plan.) J'avais choisi ce poste pour le père Jacques parce que j'imaginais que l'assassin, traqué à sa sortie de la chambre, se sauvant à travers la galerie pour rejoindre la fenêtre qu'il avait laissée ouverte, et voyant tout à coup, en arrivant au carrefour des galeries, devant cette dernière fenêtre, Larsan gardant la galerie tournante, continuerait son chemin dans la galerie droite. Là, il rencontrerait le père Jacques, qui l'empêcherait de sauter dans le parc par la fenêtre qui ouvrait à l'extrémité de la galerie droite. C'est ainsi, certainement, qu'en une telle occurrence devait agir l'assassin s'il connaissait les lieux (et cette hypothèse ne faisait point de doute pour moi). Sous cette fenêtre, en effet, se trouvait extérieurement une sorte de contrefort. Toutes les autres fenêtres des galeries donnaient à une telle hauteur sur des fossés qu'il était à peu près impossible de sauter par là sans se rompre le cou. Portes et fenêtres étaient bien et solidement fermées, y compris la porte de la chambre de débarras, à l'extrémité de la galerie droite : je m'en étais rapidement assuré.

Donc, après avoir indiqué, comme je l'ai dit, son poste au père Jacques et « l'y avoir vu », je plaçai M. Stangerson devant le palier de l'escalier non loin de la porte de l'antichambre de sa fille. Tout faisait prévoir que, dès lors que je traquais l'assassin dans la chambre, celui-ci se sauverait par l'antichambre plutôt que par le boudoir où se trouvaient les femmes et dont la porte avait dû être fermée par Mlle Stangerson elle-même, si, comme je le pensais, elle s'était réfugiée dans ce boudoir « pour ne pas voir l'assassin qui allait venir chez elle » ! Quoi qu'il en fût, il retombait toujours dans la galerie « où mon monde l'attendait à toutes les issues possibles ».

Arrivé là, il voit à sa gauche, presque sur lui, M. Stangerson ; il se sauve alors à droite, vers la galerie tournante, « ce qui est le chemin, du reste, de sa fuite préparée ». A l'intersection des deux galeries, il aperçoit à la fois, comme je l'explique plus haut, à sa gauche, Frédéric Larsan au bout de la galerie tournante, et en face le père Jacques au bout de la galerie droite. M. Stangerson et moi, nous arrivons par-derrière. Il est à nous ! Il ne peut plus nous échapper !... Ce plan me paraissait le plus sage, le plus sûr « et le plus simple ». Si nous avions pu directement placer quelqu'un de nous derrière la porte du boudoir de Mlle Stangerson qui ouvrait sur la chambre à coucher, peut-être eût-il paru plus simple « à certains qui ne réfléchissent pas » d'assiéger directement les deux portes de la pièce où se trouvait l'homme, celle du boudoir et celle de l'antichambre ; mais nous ne pouvions pénétrer dans le boudoir que par le salon, dont la porte avait été fermée à l'intérieur par les soins inquiets de Mlle Stangerson. Et ainsi, ce plan, qui serait venu à l'intellect d'un sergent de ville quelconque, se trouvait impraticable. Mais moi, qui suis obligé de réfléchir, je dirai que, même si j'avais eu la libre disposition du boudoir, j'aurais maintenu mon plan tel que je viens de l'exposer ; car tout autre plan d'attaque direct par chacune des portes de la chambre « nous séparait les uns des autres au moment de la lutte avec l'homme », tandis que mon plan « réunissait tout le monde pour l'attaque », à un endroit que j'avais déterminé avec une précision quasi mathématique. Cet endroit était l'intersection des deux galeries.

Ayant ainsi placé mon monde, je ressortis du château, courus à mon échelle, la réappliquai contre le mur et, le revolver au poing, je grimpai.

Que si quelques-uns sourient de tant de précautions préalables, je les renverrai au mystère de la « Chambre Jaune » et à toutes les preuves que nous avions de la fantastique astuce de l'assassin ; et aussi, que si quelques-uns trouvent bien méticuleuses toutes mes observations dans un moment où l'on doit être entièrement pris par la rapidité du mouvement, de la décision et de l'action, je leur répliquerai que j'ai voulu longuement et complètement rapporter ici toutes les dispositions d'un plan d'attaque conçu et exécuté aussi rapidement qu'il est lent à se dérouler sous ma plume. J'ai voulu cette lenteur et cette précision pour être certain de ne rien omettre des conditions dans lesquelles se produisit l'étrange phénomène qui, jusqu'à nouvel ordre et naturelle explication, me semble devoir prouver mieux que toutes les théories du professeur Stangerson, la « dissociation de la matière », je dirai même la dissociation « instantanée » de la matière.

XVI

ÉTRANGE PHÉNOMÈNE DE DISSOCIATION DE LA MATIÈRE

Extrait du carnet de Joseph Rouletabille (suite)

Me voici de nouveau à la pierre de la fenêtre, continue Rouletabille, et de nouveau ma tête dépasse cette pierre ; entre les rideaux dont la disposition n'a pas bougé, je m'apprête à regarder, anxieux de savoir dans quelle attitude je vais trouver l'assassin. S'il pouvait encore être à cette table, en train d'écrire... Mais peut-être... peut-être n'est-il plus là !... Et comment se serait-il enfui ?... Est-ce que je n'ai pas « son échelle » ?... Je fais appel à tout mon sang-froid. J'avance encore la tête. Je regarde : il est là ; je revois son dos monstrueux, déformé par les ombres projetées par la bougie. Seulement, « il » n'écrit plus et la bougie n'est plus sur le petit bureau. La bougie est sur le parquet devant l'homme courbé au-dessus d'elle. Position bizarre, mais qui me sert. Je retrouve ma respiration. Je monte encore. Je suis aux derniers échelons ; ma main gauche saisit l'appui de la fenêtre ; au moment de réussir, je sens mon cœur battre à coups précipités. Je mets mon revolver entre mes dents. Ma main droite maintenant tient aussi l'appui de la fenêtre. Un mouvement nécessairement un peu brusque, un rétablissement sur les poignets et je vais être sur la fenêtre... Pourvu que l'échelle !... C'est ce qui arrive... Je suis dans la nécessité de prendre un point d'appui un peu fort sur l'échelle et mon pied n'a point plutôt quitté celle-ci que je sens qu'elle bascule. Elle racle le mur et s'abat... Mais déjà mes genoux touchent la pierre... Avec une rapidité que je crois sans égale, je me dresse debout sur la pierre... Mais plus rapide que moi a été l'assassin... Il a entendu le raclement de l'échelle contre le mur et j'ai vu tout à coup le dos monstrueux se soulever, l'homme se dresser, se retourner... J'ai vu sa tête... ai-je bien vu sa tête ?... La bougie était sur le parquet et n'éclairait suffisamment que ses jambes. A partir de la hauteur de la table, il n'y avait guère dans la chambre que des ombres, que de la nuit... J'ai vu une tête chevelue, barbue... Des yeux de fou ; une face pâle qu'encadraient deux larges favoris ; la couleur, autant que je pouvais dans cette seconde obscure distinguer la couleur... en était rousse... à ce qu'il m'est apparu... à ce que j'ai pensé... Je ne connaissais point cette figure. Ce fut, en somme, la sensation principale que je reçus de cette image entrevue dans les ténèbres vacillantes... Je ne connaissais pas cette figure « ou, tout au moins, je ne la reconnaissais pas » !

Ah ! maintenant, il fallait faire vite !... il fallait être le vent ! la tempête !... la foudre ! Mais hélas !... hélas ! « il y avait des mouvements nécessaires... ». Pendant que je faisais les mouvements nécessaires de rétablissement sur les poignets, du genou sur la pierre, de mes pieds sur la pierre... l'homme qui m'avait aperçu à la fenêtre avait bondi, s'était précipité comme je l'avais prévu sur la porte de l'antichambre, avait eu le temps de l'ouvrir et fuyait. Mais j'étais déjà derrière lui le revolver au poing. Je hurlai : « A moi ! »

Comme une flèche j'avais traversé la chambre et cependant j'avais pu voir qu' « il y avait une lettre sur la table ». Je rattrapai presque l'homme dans l'antichambre, car le temps qu'il lui avait fallu pour ouvrir la porte lui avait au moins pris une seconde... Je le touchai presque ! il me colla sur le nez la porte qui donne de l'antichambre sur la galerie... Mais j'avais des ailes, je fus dans la galerie à trois mètres de lui... M. Stangerson et moi le poursuivîmes à la même hauteur. L'homme avait pris, toujours comme je l'avais prévu, la galerie à sa droite, c'est-à-dire le chemin préparé de sa fuite... « A moi, Jacques ! A moi, Larsan ! » m'écriai-je. Il ne pouvait plus nous échapper ! Je poussai une clameur de joie, de victoire sauvage... L'homme parvint à l'intersection des deux galeries à peine deux secondes avant nous et la rencontre que j'avais décidée, le choc fatal qui devait inévitablement se produire, eut lieu ! Nous nous heurtâmes tous à ce carrefour : M. Stangerson et moi venant d'un bout de la galerie droite, le père Jacques venant de l'autre bout de cette même galerie et Frédéric Larsan venant de la galerie tournante. Nous nous heurtâmes jusqu'à tomber...

« Mais l'homme n'était pas là ! »

Nous nous regardions avec des yeux stupides, des yeux d'épouvante, devant cet « irréel » : « L'homme n'était pas là ! »

Où est-il ? Où est-il ? Où est-il ?... Tout notre être demandait : « Où est-il ? »

— Il est impossible qu'il se soit enfui ! m'écriai-je dans une colère plus grande que mon épouvante !

— Je le touchais, s'exclama Frédéric Larsan.

— Il était là, j'ai senti son souffle dans la figure ! faisait le père Jacques.

— Nous le touchions ! répétâmes-nous, M. Stangerson et moi.

Où est-il ? Où est-il ? Où est-il ?...

Nous courûmes comme des fous dans les deux galeries ; nous visitâmes portes et fenêtres ; elles étaient closes, hermétiquement closes... On n'avait pas pu les ouvrir, puisque nous les trouvions fermées... Et puis, est-ce que cette ouverture d'une porte ou d'une fenêtre par cet homme, ainsi traqué, sans que nous ayons pu apercevoir son geste, n'eût pas été plus inexplicable encore que la disparition de l'homme lui-même ?

Où est-il ? Où est-il ?... Il n'a pu passer par une porte, ni par une fenêtre, ni par rien [1]. Il n'a pu passer à travers nos corps !...

1. Quand ce mystère, grâce à Rouletabille, fut naturellement expliqué avec le seul secours de la prodigieuse logique du jeune

J'avoue que, dans le moment, je fus anéanti. Car, enfin, il faisait clair dans la galerie, et dans cette galerie il n'y avait ni trappe, ni porte secrète dans les murs, ni rien où l'on pût se cacher. Nous remuâmes les fauteuils et soulevâmes les tableaux. Rien ! Rien ! Nous aurions regardé dans une potiche, s'il y avait eu une potiche !

XVII

LA GALERIE INEXPLICABLE

Mlle Mathilde Stangerson apparut sur le seuil de son antichambre, continue toujours le carnet de Rouletabille. Nous étions presque à sa porte, dans cette galerie où venait de se passer l'incroyable phénomène. Il y a des moments où l'on sent sa cervelle fuir de toutes parts. Une balle dans la tête, un crâne qui éclate, le siège de la logique assassiné, la raison en morceaux... tout cela était sans doute comparable à la sensation qui m'épuisait, « qui me vidait », du déséquilibre de tout, de la fin de mon moi pensant, pensant avec ma pensée d'homme ! La ruine morale d'un édifice rationnel, doublé de la ruine réelle de la vision physiologique, alors que les yeux voient toujours clair, quel coup affreux sur le crâne !

Heureusement, Mlle Mathilde Stangerson apparut sur le seuil de son antichambre. Je la vis ; et ce fut une diversion à ma pensée en chaos... Je la respirai... « je respirai son parfum de la dame en noir... Chère dame en noir, chère dame en noir » que je ne reverrai jamais plus ! Mon Dieu ! dix ans de ma vie, la moitié de ma vie pour revoir la dame en noir !

homme, on dut bien constater que l'assassin n'avait passé ni par une porte, ni par une fenêtre, ni par l'escalier, « chose que la justice ne voulait pas admettre » !

Mais, hélas ! je ne rencontre plus, de temps en temps, et encore !... et encore !... que le parfum, à peu près le parfum dont je venais respirer la trace, sensible pour moi seul, dans le parloir de ma jeunesse [1] !... C'est cette réminiscence aiguë de ton cher parfum, dame en noir, qui me fit aller vers celle-ci que voilà tout en blanc, et si pâle, si pâle, et si belle sur le seuil de la « galerie inexplicable » ! Ses beaux cheveux dorés relevés sur la nuque laissent voir l'étoile rouge de sa tempe, la blessure dont elle faillit mourir... Quand je commençais seulement à prendre ma raison par le bon bout, dans cette affaire, j'imaginais que, la nuit du mystère de la « Chambre Jaune », Mlle Stangerson portait les cheveux en bandeaux... « Mais, avant mon entrée dans la " Chambre Jaune ", comment aurais-je raisonné sans la chevelure aux bandeaux ? »

Et maintenant, je ne raisonne plus du tout, depuis le fait de la « galerie inexplicable » ; je suis là, stupide, devant l'apparition de Mlle Stangerson, pâle et si belle. Elle est vêtue d'un peignoir d'une blancheur de rêve. On dirait une apparition, un doux fantôme. Son père la prend dans ses bras, l'embrasse avec passion, semble la reconquérir une fois de plus, puisqu'une fois de plus elle eût pu, pour lui, être perdue ! Il n'ose l'interroger... Il l'entraîne dans sa chambre où nous les suivons... car, enfin, il faut savoir !... La porte du boudoir est ouverte... Les deux visages épouvantés des gardes-malades sont penchés vers nous... « Mlle Stangerson demande ce que signifie tout ce

1. Quand il écrivait ces lignes, Joseph Rouletabille avait dix-huit ans... et il parlait « de sa jeunesse » ! J'ai respecté tout le texte de mon ami, mais j'avertis ici le lecteur, comme je l'ai déjà fait du reste, que l'épisode du « parfum de la dame en noir » n'est point nécessairement lié au « mystère de la Chambre Jaune »... Mais quoi ! il n'y va point de ma faute si, dans les documents que je cite ici, Rouletabille a, quelquefois, des réminiscences « de sa jeunesse ».

bruit. » « Voilà, dit-elle c'est bien simple !... » — Comme c'est simple ! comme c'est simple ! — ... Elle a eu l'idée de ne pas dormir cette nuit dans sa chambre, de se coucher dans la même pièce que les gardes-malades, dans le boudoir... Et elle a fermé, sur elles trois, la porte du boudoir... Elle a, depuis la nuit criminelle, des craintes, des peurs soudaines fort compréhensibles, n'est-ce pas ?... Qui comprendra pourquoi, cette nuit-là justement « où il devait revenir », elle s'est enfermée par un « hasard » très heureux avec ses femmes ? Qui comprendra pourquoi elle repousse la volonté de M. Stangerson de coucher dans le salon de sa fille, puisque sa fille a peur ! Qui comprendra pourquoi la lettre qui était tout à l'heure sur la table de la chambre « n'y est plus » !... Celui qui comprendra cela dira : Mlle Stangerson savait que l'assassin devait revenir... elle ne pouvait l'empêcher de revenir... elle n'a prévenu personne parce qu'il faut que l'assassin reste inconnu... inconnu de son père, inconnu de tous... excepté de Robert Darzac. Car M. Darzac doit le connaître maintenant... Il le connaissait peut-être avant ? Se rappeler la phrase du jardin de l'Elysée : « Me faudra-t-il, pour vous avoir, commettre un crime ? » Contre qui, le crime, sinon « contre l'obstacle », contre l'assassin ? Se rappeler encore cette phrase de M. Darzac en réponse à ma question : « Cela ne vous déplairait-il point que je découvre l'assassin ? — Ah ! je voudrais le tuer de ma main ! » Et je lui ai répliqué : « Vous n'avez pas répondu à ma question ! » Ce qui était vrai. En vérité, en vérité, M. Darzac connaît si bien l'assassin qu'il a peur que je le découvre, « tout en voulant le tuer ». Il n'a facilité mon enquête que pour deux raisons : d'abord parce que je l'y ai forcé ; ensuite pour mieux veiller sur elle...

Je le suis dans la chambre... dans sa chambre... Je la regarde, elle... et je regarde aussi la place où était la lettre tout à l'heure... Mlle Stangerson s'est emparée de la lettre ; cette lettre était pour elle, évidemment... évidemment... Ah ! comme la malheureuse tremble... Elle tremble au récit fantastique que son père lui fait de la présence de l'assassin dans sa chambre et de la poursuite dont il a été l'objet... Mais il est visible... il est visible qu'elle n'est tout à fait rassurée que lorsqu'on lui affirme que l'assassin, par un sortilège inouï, a pu nous échapper.

Et puis il y a un silence... Quel silence !... Nous sommes tous là, à « la » regarder... Son père, Larsan, le père Jacques et moi... Quelles pensées roulent dans ce silence autour d'elle ?... Après l'événement de ce soir, après le mystère de la « galerie inexplicable », après cette réalité prodigieuse de l'installation de l'assassin dans sa chambre à elle, il me semble que toutes les pensées, toutes, depuis celles qui se traînent sous le crâne du père Jacques, jusqu'à celles qui « naissent » sous le crâne de M. Stangerson, toutes pourraient se traduire par ces mots qu'on lui adresserait, à elle : « Oh ! toi qui connais le mystère, explique-le-nous, et nous te sauverons peut-être ! » Ah ! comme je voudrais la sauver... d'elle-même et de l'autre !... J'en pleure... Oui, je sens mes yeux se remplir de larmes devant tant de misère si horriblement cachée.

Elle est là, celle qui a le parfum de « la dame en noir »... je la vois enfin, chez elle, dans sa chambre, dans cette chambre où elle n'a pas voulu me recevoir... dans cette chambre « où elle se tait », où elle continue de se taire. Depuis l'heure fatale de la « Chambre Jaune » nous tournons autour de cette femme invisible et muette pour savoir ce qu'elle sait. Notre désir, notre volonté de savoir doivent lui être un supplice de plus. Qui nous dit que, si « nous apprenons », la connaissance de « son » mystère ne sera pas le signal d'un drame plus épouvantable que ceux qui se sont déjà déroulés ici ? Qui nous dit qu'elle n'en mourra pas ? Et cependant, elle a failli mourir... et nous ne savons rien... Ou plutôt il y en a qui ne savent rien... mais moi... si je savais « qui », je saurais tout... Qui ? qui ? qui ?... et ne sachant pas qui, je dois me taire, par pitié pour elle, car il ne fait point de doute qu'elle sait, elle, comment « il » s'est enfui, lui, de la Chambre Jaune, et cependant elle se tait. Pourquoi parlerais-je ? Quand je saurai qui, « je lui parlerai, à lui » !

Elle nous regarde maintenant... mais de loin... comme si nous n'étions pas dans sa chambre... M. Stangerson rompt le silence. M. Stangerson déclare que, désormais, il ne quittera plus l'appartement de sa fille. C'est en vain que celle-ci veut s'opposer à cette volonté formelle, M. Stangerson tient bon. Il s'y installera dès cette nuit même, dit-il. Sur quoi, uniquement occupé de la santé de sa fille, il lui reproche de s'être levée... puis il lui tient soudain de petits discours enfantins... il lui sourit... il ne sait plus beaucoup ni ce qu'il dit, ni ce qu'il fait... L'illustre professeur perd la tête... Il répète des mots sans suite qui attestent le désarroi de son esprit... celui du nôtre n'est guère moindre. Mlle Stangerson dit alors, avec une voix si douloureuse, ces simples mots : « Mon père ! mon père ! » que celui-ci éclate en sanglots. Le père Jacques se mouche et Frédéric Larsan, lui-même, est obligé de se détourner pour cacher son émotion. Moi, je n'en peux plus... je ne pense plus, je ne sens plus, je suis au-dessous du végétal. Je me dégoûte.

C'est la première fois que Frédéric Larsan se trouve, comme moi, en face de Mlle Stangerson, depuis l'attentat de la « Chambre Jaune ». Comme moi, il avait insisté pour pouvoir interroger la malheureuse ; mais, pas plus que moi, il n'avait été reçu. A lui comme à moi, on avait toujours fait la même réponse : Mlle Stangerson était trop faible pour nous recevoir, les interrogatoires du juge d'instruction la fatiguaient suffisamment, etc. Il y avait là une mauvaise volonté évidente à nous aider dans nos recherches qui, « moi », ne me surprenait pas, mais qui étonnait toujours Frédéric Larsan. Il est vrai que Frédéric Larsan et moi avons une conception du crime tout à fait différente...

... Ils pleurent... Et je me surprends encore à répéter au fond de moi : La sauver !... la sauver malgré elle ! la sauver sans la compromettre ! La sauver sans qu'« il » parle ! Qui : « il ? » — « Il », l'assassin... Le prendre et lui fermer la bouche !... Mais M. Darzac l'a fait entendre : « pour lui fermer la bouche, il faut le tuer ! » Conclusion logique des phrases échappées à M. Darzac. Ai-je le droit de tuer l'assassin de Mlle Stangerson ? Non !... Mais qu'il m'en donne seulement l'occasion. Histoire de voir s'il est bien réellement, en chair et en os ! Histoire de voir son cadavre puisqu'on ne peut saisir son corps vivant !

Ah ! comment faire comprendre à cette femme, qui ne nous regarde même pas, qui est toute à son effroi et à la douleur de son père, que je suis capable de tout pour la sauver... Oui... oui... je recommencerai à prendre ma raison par le bon bout et j'accomplirai des prodiges...

Je m'avance vers elle... je veux parler, je veux la supplier d'avoir confiance en moi... je voudrais lui faire entendre par quelques mots, compris d'elle seule et de moi, que je sais comment son assassin est sorti de la « Chambre Jaune », que j'ai deviné la moitié de son secret... et que je la plains, elle, de tout mon cœur... Mais déjà son geste nous prie de la laisser seule, exprime la lassitude, le besoin de repos immédiat... M. Stangerson nous demande de regagner nos chambres, nous remercie, nous renvoie... Frédéric Larsan et moi saluons, et suivis du père Jacques, nous regagnons la galerie. J'entends Frédéric Larsan qui murmure : « Bizarre ! bizarre !... » Il me fait signe d'entrer dans sa chambre. Sur le seuil, il se retourne vers le père Jacques. Il lui demande :

— Vous l'avez bien vu, vous ?

— Qui ?

— L'homme.

— Si je l'ai vu !... Il avait une large barbe rousse, des cheveux roux...

— C'est ainsi qu'il m'est apparu, à moi, fis-je.

— Et à moi aussi, dit Frédéric Larsan.

Le grand Fred et moi nous sommes seuls, maintenant, à parler de la chose, dans sa chambre. Nous en parlons une heure, retournant l'affaire dans tous les sens. Il est clair que Fred, aux questions qu'il me pose, aux explications qu'il me donne, est persuadé — malgré ses yeux, malgré mes yeux, malgré tous les yeux — que l'homme a disparu par quelque passage secret de ce château qu'il connaissait.

— Car il connaît le château, me dit-il ; il le connaît bien...

— C'est un homme de taille plutôt grande, bien découplé...

— Il a la taille qu'il faut... murmure Fred...

— Je vous comprends, dis-je... mais comment expliquez-vous la barbe rousse, les cheveux roux ?

— Trop de barbe, trop de cheveux... Des postiches, indique Frédéric Larsan.

— C'est bientôt dit... Vous êtes toujours occupé par la pensée de Robert Darzac... Vous ne pourrez donc vous en débarrasser jamais ?... Je suis sûr, moi, qu'il est innocent...

— Tant mieux ! Je le souhaite... mais vraiment tout le condamne... Vous avez remarqué les pas sur le tapis ?... Venez les voir...

— Je les ai vus... Ce sont les « pas élégants » du bord de l'étang.

— Ce sont les pas de Robert Darzac ; le nierez-vous ?

— Evidemment, on peut s'y méprendre...

— Avez-vous remarqué que la trace de ces pas « ne revient pas » ? Quand l'homme est sorti de la chambre, poursuivi par nous tous, ses pas n'ont point laissé de traces...

— L'homme était peut-être dans la chambre « depuis des heures ». La boue de ses bottines a séché et il glissait avec une telle rapidité sur la pointe de ses bottines... On le voyait fuir, l'homme... on ne l'entendait pas...

Soudain, j'interromps ces propos sans suite, sans logique, indignes de nous. Je fais signe à Larsan d'écouter :

— Là, en bas... on ferme une porte...

Je me lève ; Larsan me suit ; nous descendons au rez-de-chaussée du château ; nous sortons du château. Je conduis Larsan à la petite pièce en encorbellement dont la terrasse donne sous la fenêtre de la galerie tournante. Mon doigt désigne cette porte fermée maintenant, ouverte tout à l'heure, sous laquelle filtre de la lumière.

— Le garde ! dit Fred.

— Allons-y ! lui soufflai-je...

Et, décidé, mais décidé à quoi, le savais-je ? décidé à croire que le garde est le coupable ? l'affirmerais-je ? je m'avance contre la porte, et je frappe un coup brusque.

Certains penseront que ce retour à la porte du garde est bien tardif... et que notre premier devoir à tous, après avoir constaté que l'assassin nous avait échappé dans la galerie, était de le rechercher partout ailleurs, autour du château, dans le parc... partout.

Si l'on nous fait une telle objection, nous n'avons pour y répondre que ceci : c'est que l'assassin était disparu de telle sorte de la galerie « que nous avons réellement pensé qu'il n'était plus nulle part » ! Il nous avait échappé quand nous avions tous la main dessus, quand nous le touchions presque... nous n'avions plus aucun ressort pour nous imaginer que nous pourrions maintenant le découvrir dans le mystère de la nuit et du parc. Enfin, je vous ai dit de quel coup cette disparition m'avait choqué le crâne !

... Aussitôt que j'eus frappé, la porte s'ouvrit ; le garde nous demanda d'une voix calme ce que nous voulions. Il était en chemise « et il allait se mettre au lit » ; le lit n'était pas encore défait...

Nous entrâmes ; je m'étonnai.

— Tiens ! vous n'êtes pas encore couché ?...

— Non ! répondit-il d'une voix rude... J'ai été faire une tournée dans le parc et dans les bois... J'en reviens... Maintenant, j'ai sommeil... bonsoir !...

— Ecoutez, fis-je... Il y avait tout à l'heure, auprès de votre fenêtre, une échelle...

— Quelle échelle ? Je n'ai pas vu d'échelle... Bonsoir !

Et il nous mit à la porte tout simplement.

Dehors, je regardai Larsan. Il était impénétrable.

— Eh bien ? fis-je...

— Eh bien ? répéta Larsan...

— Cela ne vous ouvre-t-il point des horizons ?

Sa mauvaise humeur était certaine. En rentrant au château, je l'entendis qui bougonnait :

— Il serait tout à fait, mais tout à fait étrange que je me fusse trompé à ce point !...

Et, cette phrase, il me semblait qu'il l'avait plutôt prononcée à mon adresse qu'il ne se la disait à lui-même.

Il ajouta :

— Dans tous les cas, nous serons bientôt fixés... Ce matin il fera jour.

XVIII

ROULETABILLE A DESSINÉ UN CERCLE ENTRE LES DEUX BOSSES DE SON FRONT

Extrait du carnet de Joseph Rouletabille
(suite)

Nous nous quittâmes sur le seuil de nos chambres après une mélancolique poignée de main. J'étais heureux d'avoir fait naître quelque soupçon de son erreur dans cette cervelle originale, extrêmement intelligente, mais antiméthodique. Je ne me couchai point. J'attendis le petit jour et je descendis devant le château. J'en fis le tour en examinant toutes les traces qui pouvaient en venir ou y aboutir. Mais elles étaient mêlées et si confuses que je ne pus rien en tirer. Du reste, je tiens ici à faire remarquer que je n'ai point coutume d'attacher une importance exagérée aux signes extérieurs que laisse le passage d'un crime. Cette méthode, qui consiste à conclure au criminel d'après les traces de pas, est tout à fait primitive. Il y a beaucoup de traces de pas qui sont identiques, et c'est tout juste s'il faut leur demander une première indication qu'on ne saurait, en aucun cas, considérer comme une preuve.

Quoi qu'il en soit, dans le grand désarroi de mon esprit, je m'en étais donc allé dans la cour d'honneur et m'étais penché sur les traces, sur toutes les traces qui étaient là, leur demandant cette première indication dont j'avais tant besoin pour m'accrocher à quelque chose de « raisonnable », à quelque chose qui me permît de « raisonner » sur les événements de la « galerie inexplicable ». Comment raisonner ?... Comment raisonner ?

... Ah ! raisonner par le bon bout ! je m'assieds, désespéré, sur une pierre de la cour d'honneur déserte... Qu'est-ce que je fais, depuis plus d'une heure, sinon la plus basse besogne du plus ordinaire policier... Je vais querir l'erreur comme le premier inspecteur venu, sur la trace de quelques pas « qui me feront dire ce qu'ils voudront » !

Je me trouve plus abject, plus bas dans l'échelle des intelligences que ces agents de la Sûreté imaginés par les romanciers modernes, agents qui ont acquis leur méthode dans la lecture des romans d'Edgar Poe ou de Conan Doyle. Ah ! agents littéraires... qui bâtissez des montagnes de stupidité avec un pas sur le sable, avec le dessin d'une main sur un mur ! « A toi, Frédéric Larsan, à toi, l'agent littéraire !... Tu as trop lu Conan Doyle, mon vieux !... Sherlock Holmes te fera faire des bêtises, des bêtises de raisonnement plus énormes que celles qu'on lit dans les livres... Elles te feront arrêter un innocent... Avec ta méthode à la Conan Doyle, tu as su convaincre le juge d'instruction, le chef de la Sûreté... tout le monde... Tu attends une dernière preuve... une dernière !... Dis donc une première, malheureux !...“ Tout ce que vous offrent les sens ne saurait être une preuve... ” Moi aussi, je me suis penché sur les “ traces sensibles ”, mais pour leur demander uniquement *d'entrer dans le cercle qu'avait dessiné ma raison.*

Ah ! bien des fois, le cercle fut si étroit, si étroit... Mais si étroit était-il, il était immense, “ puisqu’il ne contenait que de la vérité ” !... Oui, oui, je le jure, les traces sensibles n’ont jamais été que mes servantes... elles n’ont point été mes maîtresses... Elles n’ont point fait de moi cette chose monstrueuse, plus terrible qu’un homme sans yeux : un homme qui voit mal ! Et voilà pourquoi je triompherai de ton erreur et de ta cogitation animale, ô Frédéric Larsan ! »

Eh quoi ! eh quoi ! parce que, pour la première fois, cette nuit, dans la galerie inexplicable, il s’est produit un événement qui « semble » ne point rentrer dans le cercle tracé par ma raison, voilà que je divague, voilà que je me penche, le nez sur la terre, comme un porc qui cherche, au hasard, dans la fange, l’ordure qui le nourrira... Allons ! Rouletabille, mon ami, relève la tête... il est impossible que l’événement de la galerie inexplicable soit sorti du cercle tracé par ta raison... Tu le sais ! Tu le sais ! Alors relève la tête... presse de tes deux mains les bosses de ton front, et rappelle-toi que lorsque tu as tracé le cercle, tu as pris, pour le dessiner dans ton cerveau comme on trace sur le papier une figure géométrique, *tu as pris ta raison par le bon bout !*

Eh bien, marche maintenant... et remonte dans « la galerie inexplicable en t’appuyant sur le bon bout de ta raison » comme Frédéric Larsan s’appuie sur sa canne, et tu auras vite prouvé que le grand Fred n’est qu’un sot.

Joseph ROULETABILLE.

30 octobre, midi.

Ainsi ai-je pensé... ainsi ai-je agi... La tête en feu, je suis remonté dans la galerie et voilà que, sans y avoir rien trouvé de plus que ce que j'y ai vu cette nuit, le bon bout de ma raison m'a montré une chose si formidable que j'ai besoin de « me retenir à lui » pour ne pas tomber.

Ah ! il va me falloir de la force, cependant, pour découvrir maintenant les traces sensibles qui vont entrer, qui doivent entrer dans le cercle plus large que j'ai dessiné là, entre les deux bosses de mon front !

Joseph ROULETABILLE.

30 octobre, minuit.

XIX

ROULETABILLE M'OFFRE A DÉJEUNER A L'AUBERGE DU « DONJON »

Ce n'est que plus tard que Rouletabille me remit ce carnet où l'histoire du phénomène de la « galerie inexplicable » avait été retracée tout au long, par lui, le matin même qui suivit cette nuit énigmatique. Le jour où je le rejoignis au Glandier dans sa chambre, il me raconta, par le plus grand détail, tout ce que vous connaissez maintenant, y compris l'emploi de son temps pendant les quelques heures qu'il était allé passer, cette semaine-là, à Paris, où, du reste, il ne devait rien apprendre qui le servît.

L'événement de la « galerie inexplicable » était

survenu dans la nuit du 29 au 30 octobre c'est-à-dire trois jours avant mon retour au château, puisque nous étions le 2 novembre. « C'est donc le 2 novembre » que je revins au Glandier, appelé par la dépêche de mon ami et apportant les revolvers.

Je suis dans la chambre de Rouletabille ; il vient de terminer son récit.

Pendant qu'il parlait, il n'avait point cessé de caresser la convexité des verres de binocle qu'il avait trouvé sur le guéridon et je comprenais, à la joie qu'il prenait à manipuler ces verres de presbyte, que ceux-ci devaient constituer une de ces « marques sensibles destinées à entrer dans le cercle tracé par le bon bout de sa raison ». Cette façon bizarre, unique, qu'il avait de s'exprimer en usant de termes merveilleusement adéquats à sa pensée ne me surprenait plus ; mais souvent il fallait connaître sa pensée pour comprendre les termes et ce n'était point toujours facile que de pénétrer la pensée de Joseph Rouletabille. La pensée de cet enfant était une des choses les plus curieuses que j'avais jamais eues à observer. Rouletabille se promenait dans la vie avec cette pensée sans se douter de l'étonnement — disons le mot — de l'ahurissement qu'il rencontrait sur son chemin. Les gens tournaient la tête vers cette pensée, la regardaient passer, s'éloigner comme on s'arrête pour considérer plus longtemps une silhouette originale que l'on a croisée sur sa route. Et comme on se dit : « D'où vient-il, celui-là ! Où va-t-il ? » on se disait : « D'où vient la pensée de Joseph Rouletabille et où va-t-elle ? » J'ai avoué qu'il ne se doutait point de la couleur originale de sa pensée ; aussi ne la gênait-elle nullement pour se promener, comme tout le monde, dans la vie. De même, un individu qui ne se doute point de sa mise excentrique est-il tout à fait à son aise, quel que soit le milieu qu'il traverse. C'est donc avec une simplicité naturelle que cet enfant, irresponsable de son cerveau supernaturel, exprimait des choses formidables « par leur logique raccourcie », tellement raccourcie que nous n'en pouvions, nous autres, comprendre la forme qu'autant qu'à nos yeux émerveillés il voulait bien la détendre et la présenter de face dans sa position normale.

Joseph Rouletabille me demanda ce que je pensais du récit qu'il venait de me faire. Je lui répondis que sa question m'embarrassait fort, à quoi il me répliqua d'essayer, à mon tour, de prendre ma raison par le bon bout.

— Eh bien, fis-je, il me semble que le point de départ de mon raisonnement doit être celui-ci : il ne fait point de doute que l'assassin que vous poursuiviez a été à un moment de cette poursuite dans la galerie.

Et je m'arrêtai....

— En partant si bien, s'exclama-t-il, vous ne devriez point être arrêté si tôt. Voyons, un petit effort.

— Je vais essayer. Du moment où il était dans la galerie et où il en a disparu, alors qu'il n'a pu passer ni par une porte ni par une fenêtre, il faut qu'il se soit échappé par une autre ouverture.

Joseph Rouletabille me considéra avec pitié, sourit négligemment et n'hésita pas plus longtemps à me confier que je raisonnais toujours « comme une savate ».

— Que dis-je, comme une savate ! Vous raisonnez comme Frédéric Larsan !

Car Joseph Rouletabille passait par des périodes alternatives d'admiration et de dédain pour Frédéric Larsan; tantôt il s'écriait : « Il est vraiment fort ! » tantôt il gémissait : « Quelle brute ! » selon que — et je l'avais bien remarqué — selon que les découvertes de Frédéric Larsan venaient corroborer son raisonnement à lui ou qu'elles le contredisaient. C'était un des petits côtés du noble caractère de cet enfant étrange.

Nous nous étions levés et il m'entraîna dans le parc. Comme nous nous trouvions dans la cour d'honneur, nous dirigeant vers la sortie, un bruit de volets rejetés contre le mur nous fit tourner la tête, et nous vîmes au premier étage de l'aile gauche du château, à une fenêtre, une figure écarlate et entièrement rasée que je ne connaissais point.

— Tiens ! murmura Rouletabille, Arthur Rance !

Il baissa la tête, hâta sa marche et je l'entendis qui disait entre ses dents :

— Il était donc cette nuit au château ?... Qu'est-il venu y faire ?

Quand nous fûmes assez éloignés du château, je lui demandai qui était cet Arthur Rance et comment il l'avait connu. Alors il me rappela son récit du matin même, me faisant souvenir que Mr Arthur W. Rance était cet Américain de Philadelphie avec qui il avait si copieusement trinqué à la réception de l'Elysée.

— Mais ne devait-il point quitter la France presque immédiatement ? demandai-je.

— Sans doute ; aussi vous me voyez tout étonné de le trouver encore, non seulement en France, mais encore, mais surtout au Glandier. Il n'est point arrivé ce matin ; il n'est point arrivé cette nuit ; il sera donc arrivé avant dîner et je ne l'ai point vu. Comment se fait-il que les concierges ne m'aient point averti ?

Je fis remarquer à mon ami qu'à propos des concierges, il ne m'avait point encore dit comment il s'y était pris pour les faire remettre en liberté.

Nous approchions justement de la loge ; le père et la mère Bernier nous regardaient venir. Un bon sourire éclairait leur face prospère. Ils semblaient n'avoir gardé aucun mauvais souvenir de leur détention préventive. Mon jeune ami leur demanda à quelle heure était arrivé Arthur Rance. Ils lui répondirent qu'ils ignoraient que M. Arthur Rance fût au château. Il avait dû s'y présenter dans la soirée de la veille, mais ils n'avaient pas eu à lui ouvrir la grille attendu que M. Arthur Rance, qui était, paraît-il, un grand marcheur et qui ne voulait point qu'on allât le chercher en voiture, avait coutume de descendre à la gare du petit bourg de Saint-Michel ; de là, il s'acheminait à travers la forêt jusqu'au château. Il arrivait au parc par la grotte de Sainte-Geneviève, descendait dans cette grotte, enjambait un petit grillage et se trouvait dans le parc.

A mesure que les concierges parlaient, je voyais le visage de Rouletabille s'assombrir, manifester un certain mécontentement et, à n'en point douter, un mécontentement contre lui-même. Evidemment, il était un peu vexé que, ayant travaillé sur place, ayant étudié les êtres et les choses du Glandier avec un soin méticuleux, il en fût encore à apprendre « qu'Arthur Rance avait coutume de venir au château ».

Morose, il demanda des explications.

— Vous dites que M. Arthur Rance a coutume de venir au château... Mais, quand y est-il donc venu pour la dernière fois ?

— Nous ne saurions vous dire exactement, répondit M. Bernier — c'était le nom du concierge — attendu que nous ne pouvions rien savoir pendant qu'on nous tenait en prison, et puis parce que, si ce monsieur, quand il vient au château, ne passe pas par notre grille, il n'y passe pas non plus quand il le quitte...

— Enfin, savez-vous quand il est venu *pour la première fois ?*

— Oh ! oui, monsieur, il y a neuf ans !...

— Il est donc venu en France, il y a neuf ans,

répondit Rouletabille ; et, cette fois-ci à votre connaissance, combien de fois est-il venu au Glandier ?

— Trois fois.

— Quand est-il venu au Glandier pour la dernière fois, à « votre connaissance », avant aujourd'hui ?

— Une huitaine de jours avant l'attentat de la « Chambre Jaune ».

Rouletabille demanda encore, cette fois-ci, particulièrement à la femme :

— *Dans la rainure du parquet ?*

— Dans la rainure du parquet, répondit-elle.

— Merci, fit Rouletabille, et préparez-vous pour ce soir.

Il prononça cette dernière phrase, un doigt sur la bouche, pour recommander le silence et la discrétion.

Nous sortîmes du parc et nous nous dirigeâmes vers l'auberge du « Donjon ».

— Vous allez quelquefois manger à cette auberge ?

— Quelquefois.

— Mais vous prenez aussi vos repas au château ?

— Oui, Larsan et moi nous nous faisons servir tantôt dans l'une de nos chambres, tantôt dans l'autre.

— M. Stangerson ne vous a jamais invité à sa table ?

— Jamais.

— Votre présence chez lui ne le lasse pas ?

— Je n'en sais rien, mais en tout cas il fait comme si nous ne le gênions pas.

— Il ne vous interroge jamais ?

— Jamais ! Il est resté dans cet état d'esprit du monsieur qui était derrière la porte de la « Chambre Jaune », pendant qu'on assassinait sa fille, qui a défoncé la porte et qui n'a point trouvé l'assassin. Il est persuadé que, du moment qu'il n'a pu, « sur le fait », rien découvrir, nous ne pourrons à plus forte raison rien découvrir non plus, nous autres...

Mais il s'est fait un devoir, « depuis l'hypothèse de Larsan », de ne point contrarier nos illusions.

Rouletabille se replongea dans ses réflexions. Il en sortit enfin pour m'apprendre comment il avait libéré les deux concierges.

— Je suis allé, dernièrement, trouver M. Stangerson avec une feuille de papier. Je lui ai dit d'écrire sur cette feuille ces mots : « Je m'engage, quoi qu'ils puissent dire, à garder à mon service mes deux fidèles serviteurs, Bernier et sa femme », et de signer. Je lui expliquai qu'avec cette phrase je serais en mesure de faire parler le concierge et sa femme et je lui affirmai que j'étais sûr qu'ils n'étaient pour rien dans le crime. Ce fut, d'ailleurs, toujours mon opinion. Le juge d'instruction présenta cette feuille signée aux Bernier qui, alors, parlèrent. Ils dirent ce que j'étais certain qu'ils diraient, dès qu'on leur enlèverait la crainte de perdre leur place. Ils racontèrent qu'ils braconnaient sur les propriétés de M. Stangerson et que c'était par un soir de braconnage qu'ils se trouvèrent non loin du pavillon au moment du drame. Les quelques lapins qu'ils acquéraient ainsi, au détriment de M. Stangerson, étaient vendus par eux au patron de l'auberge du « Donjon » qui s'en servait pour sa clientèle ou qui les écoulait sur Paris. C'était la vérité, je l'avais devinée dès le premier jour. Souvenez-vous de cette phrase avec laquelle j'entrai dans l'auberge du « Donjon » : « Il va falloir manger du saignant maintenant ! » Cette phrase, je l'avais entendue le matin même, quand nous arrivâmes devant la grille du parc, et vous l'aviez entendue, vous aussi, mais vous n'y aviez point attaché d'importance. Vous savez qu'au moment où nous allions atteindre cette grille, nous nous sommes arrêtés à regarder un instant un homme qui, devant le mur du parc, faisait les cent pas en consultant à chaque instant sa montre. Cet homme c'était Frédéric Larsan qui, déjà, travaillait. Or, derrière nous, le patron de l'auberge sur son seuil disait à quelqu'un qui se trouvait à l'intérieur de l'auberge : « Maintenant, il va falloir manger du saignant ! »

« Pourquoi ce “ maintenant ” ? Quand on est comme moi à la recherche de la plus mystérieuse vérité, on ne laisse rien échapper, ni de ce que l'on voit, ni de ce que l'on entend. Il faut, à toutes choses, trouver un sens. Nous arrivions dans un petit pays qui venait d'être bouleversé par un crime. La logique me conduisait à soupçonner toute phrase prononcée comme pouvant se rapporter à l'événement du jour. “ Maintenant ”, pour moi, signifiait : “ Depuis l'attentat. ” Dès le début de mon enquête, je cherchai donc à trouver une corrélation entre cette phrase et le drame. Nous allâmes déjeuner au “ Donjon ”. Je répétai tout de go la phrase et je vis, à la surprise et à l'ennui du père Mathieu, que je n'avais pas, quant à lui, exagéré l'importance de cette phrase. J'avais appris, à ce moment, l'arrestation des concierges. Le père Mathieu nous parla de ces gens comme on parle de vrais amis... que l'on regrette... Liaison fatale des idées... je me dis : “ Maintenant ” que les concierges sont arrêtés, “il va falloir manger du saignant ”. Plus de concierges, plus de gibier ! Comment ai-je été conduit à cette idée précise de “ gibier ” ! La haine exprimée par le père Mathieu pour le garde de M. Stangerson, haine, prétendait-il, partagée par les concierges, me mena tout doucement à l'idée de braconnage... Or, comme, de toute évidence, les concierges ne pouvaient être dans leur lit au moment du drame, pourquoi étaient-ils dehors cette nuit-là ? Pour le drame ? Je n'étais point disposé à le croire, car déjà je pensais, pour des raisons que je vous dirai plus tard, que l'assassin n'avait pas de complice et que tout ce drame cachait un mystère entre

Mlle Stangerson et l'assassin, mystère dans lequel les concierges n'avaient que faire. L'histoire du braconnage expliquait tout, *relativement aux concierges*. Je l'admis en principe et je recherchai une preuve chez eux, dans leur loge. Je pénétrai dans leur maisonnette, comme vous le savez, et découvris sous leur lit des lacets et du fil de laiton. " Parbleu ! pensai-je, parbleu ! voilà bien pourquoi ils étaient la nuit dans le parc. " Je ne m'étonnais point qu'ils se fussent tus devant le juge et que, sous le coup d'une aussi grave accusation que celle d'une complicité dans le crime, ils n'aient point répondu tout de suite en avouant le braconnage. Le braconnage les sauvait de la cour d'assises, mais les mettait à la porte du château, et comme ils étaient parfaitement sûrs de leur innocence sur le fait du crime, ils espéraient bien que celle-ci serait vite découverte et que l'on continuerait à ignorer le fait braconnage. Il leur serait toujours loisible de parler à temps ! Je leur ai fait hâter leur confession par l'engagement signé de M. Stangerson, que je leur apportais. Ils donnèrent toutes preuves nécessaires, furent mis en liberté, et conçurent pour moi une vive reconnaissance. Pourquoi ne les avais-je point fait délivrer plus tôt ? Parce que je n'étais point sûr alors qu'il n'y avait dans leur cas que du braconnage. Je voulais les laisser venir et étudier le terrain. Ma conviction ne devint que plus certaine, à mesure que les jours s'écoulaient. Au lendemain de la " galerie inexplicable ", comme j'avais besoin de gens dévoués ici, je résolus de me les attacher immédiatement en faisant cesser leur captivité. Et voilà ! »

Ainsi s'exprima Joseph Rouletabille, et je ne pus que m'étonner encore de la simplicité de raisonnement qui l'avait conduit à la vérité dans cette affaire de la complicité des concierges. Certes, l'affaire était minime, mais je pensai à part moi que le jeune homme, un de ces jours, ne manquerait point de nous expliquer, avec la même simplicité, la formidable nuit de la « Chambre Jaune » et celle de la « galerie inexplicable ».

Nous étions arrivés à l'auberge du « Donjon ». Nous entrâmes.

Cette fois, nous ne vîmes point l'hôte, mais ce fut l'hôtesse qui nous accueillit avec un bon sourire heureux. J'ai déjà décrit la salle où nous nous trouvions, et j'ai donné un aperçu de la charmante femme blonde aux yeux doux qui se mit immédiatement à notre disposition pour le déjeuner.

— Comment va le père Mathieu ? demanda Rouletabille.

— Guère mieux, monsieur, guère mieux : il est toujours au lit.

— Ses rhumatismes ne le quittent donc pas ?

— Eh non ! J'ai encore été obligée, la nuit dernière, de lui faire une piqûre de morphine. Il n'y a que cette drogue-là qui calme ses douleurs.

Elle parlait d'une voix douce ; tout, en elle, exprimait la douceur. C'était vraiment une belle femme, un peu indolente, aux grands yeux cernés, des yeux d'amoureuse. Le père Mathieu, quand il n'avait pas de rhumatismes, devait être un heureux gaillard. Mais elle, était-elle heureuse avec ce rhumatisant bourru ? La scène à laquelle nous avions précédemment assisté ne pouvait nous le faire croire, et cependant, il y avait, dans toute l'attitude de cette femme, quelque chose qui ne dénotait point le désespoir. Elle disparut dans sa cuisine pour préparer notre repas, nous laissant sur la table une bouteille d'excellent cidre. Rouletabille nous en versa dans des bols, bourra sa pipe, l'alluma, et, tranquillement, m'expliqua enfin la raison qui l'avait déterminé à me faire venir au Glandier avec des revolvers.

— Oui, dit-il, en suivant d'un œil contemplatif les volutes de la fumée qu'il tirait de sa bouffarde, oui, cher ami, *j'attends, ce soir, l'assassin.*

Il y eut un petit silence que je n'eus garde d'interrompre, et il reprit :

— Hier soir, au moment où j'allais me mettre au lit, M. Robert Darzac frappa à la porte de ma chambre. Je lui ouvris, et il me confia qu'il était dans la nécessité de se rendre, le lendemain matin, c'est-à-dire ce matin même, à Paris. La raison qui le déterminait à ce voyage était à la fois péremptoire et mystérieuse, péremptoire puisqu'il lui était impossible de ne pas faire ce voyage, et mystérieuse puisqu'il lui était aussi impossible de m'en dévoiler le but. « Je pars, et cependant, ajouta-t-il, je donnerais la moitié de ma vie pour ne pas quitter en ce moment Mlle Stangerson. » Il ne me cacha point qu'il la croyait encore une fois en danger. « Il surviendrait quelque chose la nuit prochaine que je ne m'en étonnerais guère, avoua-t-il, et cependant il faut que je m'absente. Je ne pourrai être de retour au Glandier qu'après-demain matin. »

« Je lui demandai des explications, et voici tout ce qu'il m'expliqua. Cette idée d'un danger pressant lui venait uniquement de la coïncidence qui existait entre ses absences et les attentats dont Mlle Stangerson était l'objet. La nuit de la " galerie inexplicable ", il avait dû quitter le Glandier ; la nuit de la " Chambre Jaune " il n'aurait pu être au Glandier et, de fait, nous savons qu'il n'y était pas. Du moins nous le savons officiellement, d'après ses déclarations. Pour que, chargé d'une idée pareille, il s'absentât à nouveau aujourd'hui, *il fallait qu'il obéît à une volonté plus forte que la sienne.* C'est ce que je pensais et c'est ce que je lui dis. Il me répondit : " Peut-être ! " Je demandai si cette volonté plus forte que la sienne était celle de Mlle Stangerson ; il me jura que non et que la décision de son départ avait été prise par lui, en dehors de toute instruction de Mlle Stangerson. Bref, il me répéta qu'il ne croyait à la possibilité d'un nouvel attentat qu'à cause de cette extraordinaire coïncidence qu'il avait remarquée " et que le juge d'instruction, du reste, lui avait fait remarquer ". " S'il arrivait quelque chose à Mlle Stangerson, dit-il, ce serait terrible et pour elle et pour moi ; pour elle, qui sera une fois de plus entre la vie et la mort ; pour moi, qui ne pourrais la défendre en cas d'attaque et qui serai ensuite dans la nécessité de ne point dire *où j'ai passé la nuit.* Or, je me rends parfaitement compte des soupçons qui pèsent sur moi. Le juge d'instruction et M. Frédéric Larsan — ce dernier m'a suivi à la piste, la dernière fois que je me suis rendu à Paris, et j'ai eu toutes les peines du monde à m'en débarrasser — ne sont pas loin de me croire coupable. — Que ne dites-vous, m'écriai-je tout à coup, le nom de l'assassin, puisque vous le connaissez ? " M. Darzac parut extrêmement troublé de mon hésitation. Il me répliqua d'une voix hésitante : " Moi ! je connais le nom de l'assassin ? Qui me l'aurait appris ? " Je repartis aussitôt : " Mlle Stangerson ! " Alors il devint tellement pâle que je crus qu'il allait se trouver mal et je vis que j'avais frappé juste : *Mlle Stangerson et lui savent le nom de l'assassin !* Quand il fut un peu remis, il me dit : " Je vais vous quitter, monsieur. Depuis que vous êtes ici, j'ai pu apprécier votre exceptionnelle intelligence et votre ingéniosité sans égale. Voici le service que je réclame de vous. Peut-être ai-je tort de craindre un attentat la nuit prochaine ; mais, comme il faut tout prévoir, je compte sur vous pour rendre cet attentat impossible... Prenez toutes dispositions qu'il faudra pour isoler, pour garder Mlle Stangerson.

Faites qu'on ne puisse entrer dans la chambre de Mlle Stangerson. Veillez autour de cette chambre comme un bon chien de garde. Ne dormez pas. Ne vous accordez point une seconde de repos. L'homme que nous redoutons est d'une astuce prodigieuse, qui n'a peut-être encore jamais été égalée au monde. Cette astuce même *la sauvera si vous veillez ;* car il est impossible qu'il ne sache point que vous veillez, à cause de cette astuce même ; et, s'il sait que vous veillez, il ne tentera rien. — Avez-vous parlé de ces choses à M. Stangerson ? — Non ! — Pourquoi ? — Parce que je ne veux point, monsieur, que M. Stangerson me dise ce que vous m'avez dit tout à l'heure : ' Vous connaissez le nom de l'assassin ! ' Si, vous, vous êtes étonné de ce que je viens de vous dire : ' L'assassin va peut-être venir demain ! ' quel serait l'étonnement de M. Stangerson, si je lui répétais la même chose ! Il n'admettra peut-être point que mon sinistre pronostic ne soit basé que sur des coïncidences qu'il finirait, sans doute, lui aussi, par trouver étranges... Je vous dis tout cela, monsieur Rouletabille, parce que j'ai une grande... une grande confiance en vous... Je sais que, *vous,* vous ne me soupçonnez pas !... "

« Le pauvre homme, continua Rouletabille, me répondait comme il pouvait, à hue et à dia. Il souffrait. J'eus pitié de lui, d'autant plus que je me rendais parfaitement compte qu'il se ferait tuer plutôt que de me dire qui était l'assassin, comme Mlle Stangerson se fera plutôt assassiner que de dénoncer l'homme de la " Chambre Jaune " et de la " galerie inexplicable ". L'homme doit la tenir, ou doit les tenir tous les deux, d'une manière terrible, " et ils ne doivent rien tant redouter que de voir M. Stangerson apprendre que sa fille est ' tenue ' par son assassin ". Je fis comprendre à M. Darzac qu'il s'était suffisamment expliqué et qu'il pouvait se taire puisqu'il ne pouvait plus rien m'apprendre. Je lui promis de veiller et de ne point me coucher de la nuit. Il insista pour que j'organisasse une véritable barrière infranchissable autour de la chambre de Mlle Stangerson, autour du boudoir où couchaient les deux gardes et autour du salon où couchait, depuis la " galerie inexplicable ", M. Stangerson ; bref, tout autour de tout l'appartement. Non seulement je compris, à cette insistance, que M. Darzac me demandait de rendre impossible l'arrivée à la chambre de Mlle Stangerson, mais encore de rendre cette arrivée si " visiblement " impossible, que l'homme fût rebuté tout de suite et disparût sans laisser de trace. C'est ainsi que j'expliquai, à part moi, la phrase finale dont il me salua : " Quand je serai parti, vous pourrez parler de ' vos ' soupçons pour cette nuit à M. Stangerson, au père Jacques, à Frédéric Larsan, à tout le monde au château, et organiser ainsi, jusqu'à mon retour, une surveillance dont, aux yeux de tous, ' vous aurez eu seul l'idée '. "

« Il s'en alla, le pauvre, le pauvre homme, ne sachant plus guère ce qu'il disait, devant mon silence et mes yeux qui lui " criaient " que j'avais deviné les trois quarts de son secret. Oui, oui, vraiment, il devait être tout à fait désemparé pour être venu à moi dans un moment pareil et pour abandonner Mlle Stangerson, quand il avait dans la tête cette idée terrible de la " coïncidence "...

« Quand il fut parti, je réfléchis. Je réfléchis à ceci, qu'il fallait être plus astucieux que l'astuce même, de telle sorte que l'homme, s'il devait aller, cette nuit, dans la chambre de Mlle Stangerson, ne se doutât point une seconde qu'on pouvait soupçonner sa venue. Certes ! l'empêcher de pénétrer même par la mort, mais le laisser avancer suffisamment pour que, *mort ou vivant, on pût voir nettement sa figure !* Car il fallait en finir, *il fallait libérer Mlle Stangerson de cet assassinat latent !*

« Oui, mon ami, déclara Rouletabille, après avoir posé sa pipe sur la table et vidé son verre, il faut que je voie, d'une façon bien distincte, sa figure, *histoire d'être sûr qu'elle entre dans le cercle que j'ai tracé avec le bon bout de ma raison.* »

A ce moment, apportant l'omelette au lard traditionnelle, l'hôtesse fit sa réapparition. Rouletabille lutina un peu Mme Mathieu et celle-ci se montra de l'humeur la plus charmante.

— Elle est beaucoup plus gaie, me dit-il, quand le père Mathieu est cloué au lit par ses rhumatismes que lorsque le père Mathieu est ingambe !

Mais je n'étais ni aux jeux de Rouletabille, ni aux sourires de l'hôtesse ; j'étais tout entier aux dernières paroles de mon jeune ami et à l'étrange démarche de M. Robert Darzac.

Quand il eut fini son omelette et que nous fûmes seuls à nouveau, Rouletabille reprit le cours de ses confidences :

— Quand je vous ai envoyé ma dépêche ce matin, à la première heure, j'en étais resté, me dit-il, à la parole de M. Darzac : « L'assassin viendra " peut-être " la nuit prochaine. » Maintenant, je peux vous dire qu'il viendra « sûrement ». Oui, je l'attends.

— Et qu'est-ce qui vous a donné cette certitude ? Ne serait-ce point par hasard...

— Taisez-vous, m'interrompit en souriant Rouletabille, taisez-vous, vous allez dire une bêtise. Je suis sûr que l'assassin viendra *depuis ce matin, dix heures et demie,* c'est-à-dire avant votre arrivée, et par conséquent *avant que nous n'ayons aperçu Arthur Rance à la fenêtre de la cour d'honneur...*

— Ah ! ah ! fis-je... vraiment... mais encore pourquoi en étiez-vous sûr dès dix heures et demie !

— Parce que, à dix heures et demie, j'ai eu la preuve que Mlle Stangerson faisait autant d'efforts pour permettre à l'assassin de pénétrer dans sa chambre, cette nuit, que M. Robert Darzac avait pris, en s'adressant à moi, de précautions pour qu'il n'y entrât pas... .

— Oh ! oh ! m'écriai-je, est-ce bien possible !...

Et plus bas :

— Ne m'avez-vous pas dit que Mlle Stangerson adorait M. Robert Darzac ?

— Je vous l'ai dit parce que c'est la vérité !

— Alors, vous ne trouvez pas bizarre...

— Tout est bizarre dans cette affaire, mon ami, mais croyez bien que le bizarre que vous, vous connaissez n'est rien à côté du bizarre qui vous attend !...

— Il faudrait admettre, dis-je encore, que Mlle Stangerson « et son assassin » aient entre eux des relations au moins épistolaires.

— Admettez-le ! mon ami, admettez-le !... Vous ne risquez rien !... Je vous ai rapporté l'histoire de la lettre sur la table de Mlle Stangerson, lettre laissée par l'assassin la nuit de la « galerie inexplicable », lettre disparue... dans la poche de Mlle Stangerson... Qui pourrait prétendre que, « dans cette lettre, l'assassin ne sommait pas Mlle Stangerson de lui donner un prochain rendez-vous effectif », et enfin qu'il n'a pas fait savoir à Mlle Stangerson, « aussitôt qu'il a été sûr du départ de M. Darzac », que ce rendez-vous devait être pour la nuit qui vient ?

Et mon ami ricana silencieusement ; il y avait des moments où je me demandais s'il ne se payait point ma tête.

La porte de l'auberge s'ouvrit. Rouletabille fut

debout si subitement, qu'on eût pu croire qu'il venait de subir sur son siège une décharge électrique.

— M. Arthur Rance ! s'écria-t-il.

M. Arthur Rance était devant nous, et, flegmatiquement, saluait.

XX

UN GESTE DE Mlle STANGERSON

— Vous me reconnaissez, monsieur ? demanda Rouletabille au gentleman.

— Parfaitement, répondit Arthur Rance. J'ai reconnu en vous le petit garçon du buffet. (Visage cramoisi de colère de Rouletabille à ce titre de petit garçon.) Et je suis descendu de ma chambre pour venir vous serrer la main. Vous êtes un joyeux petit garçon.

Main tendue de l'Américain ; Rouletabille se déride, serre la main en riant, me présente, présente M. Arthur William Rance, l'invite à partager notre repas.

— Non, merci. Je déjeune avec M. Stangerson.

Arthur Rance parle parfaitement notre langue, presque sans accent.

— Je croyais, monsieur, ne plus avoir le plaisir de vous revoir ; ne deviez-vous pas quitter notre pays le lendemain ou le surlendemain de la réception à l'Elysée ?

Rouletabille et moi, en apparence indifférents à cette conversation de rencontre, prêtons une oreille fort attentive à chaque parole de l'Américain.

La face rase violacée de l'homme, ses paupières lourdes, certains tics nerveux, tout démontre, tout prouve l'alcoolique. Comment ce triste individu est-il le commensal de M. Stangerson ? Comment peut-il être intime avec l'illustre professeur ?

Je devais apprendre, quelques jours plus tard, de Frédéric Larsan — lequel avait, comme nous, été surpris et intrigué par la présence de l'Américain au château, et s'était documenté — que M. Rance n'était devenu alcoolique que depuis une quinzaine d'années, c'est-à-dire depuis le départ de Philadelphie du professeur et de sa fille. A l'époque où les Stangerson habitaient l'Amérique, ils avaient connu et beaucoup fréquenté Arthur Rance, qui était un des phrénologues les plus distingués du Nouveau Monde. Il avait su, grâce à des expériences nouvelles et ingénieuses, faire franchir un pas immense à la science de Gall et de Lavater. Enfin, il faut retenir à l'actif d'Arthur Rance et pour l'explication de cette intimité avec laquelle il était reçu au Glandier, que le savant américain avait rendu un jour un grand service à Mlle Stangerson, en arrêtant, au péril de sa vie, les chevaux emballés de sa voiture. Il était même probable qu'à la suite de cet événement une certaine amitié avait lié momentanément Arthur Rance et la fille du professeur ; mais rien ne faisait supposer, dans tout ceci, la moindre histoire d'amour.

Où Frédéric Larsan avait-il puisé ses renseignements ? Il ne me le dit point ; mais il paraissait à peu près être sûr de ce qu'il avançait.

Si, au moment où Arthur Rance nous vint rejoindre à l'auberge du « Donjon », nous avions connu ces détails, il est probable que sa présence au château nous eût moins intrigués, mais ils n'auraient fait, en tout cas, « qu'augmenter l'intérêt » que nous portions à ce nouveau personnage. L'Américain devait avoir dans les quarante-cinq ans. Il répondit d'une façon très naturelle à la question de Rouletabille :

— Quand j'ai appris l'attentat, j'ai retardé mon retour en Amérique ; je voulais m'assurer, avant de partir, que Mlle Stangerson n'était point mortellement atteinte, et je ne m'en irai que lorsqu'elle sera tout à fait rétablie.

Arthur Rance prit alors la direction de la conversation, évitant de répondre à certaines questions de Rouletabille, nous faisant part, sans que nous l'y invitions, de ses idées personnelles sur le drame, idées qui n'étaient point éloignées, à ce que j'ai pu comprendre, des idées de Frédéric Larsan lui-même, c'est-à-dire que l'Américain pensait, lui aussi, que M. Robert Darzac « devait être pour quelque chose dans l'affaire ». Il ne le nomma point, mais il ne fallait point être grand clerc pour saisir ce qui était au fond de son argumentation. Il nous dit qu'il connaissait les efforts faits par le jeune Rouletabille pour arriver à démêler l'écheveau embrouillé du drame de la « Chambre Jaune ». Il nous rapporta que M. Stangerson l'avait mis au courant des événements qui s'étaient déroulés dans la « galerie inexplicable ». On devinait, en écoutant Arthur Rance, qu'il expliquait tout par Robert Darzac. A plusieurs reprises, il regretta que M. Darzac fût « justement absent du château » quand il s'y passait d'aussi mystérieux drames, et nous sûmes ce que parler veut dire. Enfin, il émit cette opinion que M. Darzac avait été « très bien inspiré, très habile », en installant lui-même sur les lieux M. Joseph Rouletabille, qui ne manquerait point — un jour ou l'autre — de découvrir l'assassin. Il prononça cette dernière phrase avec une ironie visible, se leva, nous salua, et sortit.

Rouletabille, à travers la fenêtre, le regarda s'éloigner et dit :

— Drôle de corps !

Je lui demandai :

— Croyez-vous qu'il passera la nuit au Glandier ?

A ma stupéfaction, le jeune reporter répondit « que cela lui était tout à fait indifférent ».

Je passerai sur l'emploi de notre après-midi. Qu'il vous suffise de savoir que nous allâmes nous promener dans les bois, que Rouletabille me conduisit à la grotte de Sainte-Geneviève et que, tout ce temps, mon ami affecta de me parler de tout autre chose que de ce qui le préoccupait. Ainsi le soir arriva. J'étais tout étonné de voir le reporter ne prendre aucune de ces dispositions auxquelles je m'attendais. Je lui en fis la remarque, quand, la nuit venue, nous nous trouvâmes dans sa chambre. Il me répondit que toutes ses dispositions étaient déjà prises, et que l'assassin ne pouvait, cette fois, lui échapper. Comme j'émettais quelque doute, lui rappelant la disparition de l'homme dans la galerie, et faisant entendre que le même fait pourrait se renouveler, il répliqua : « Qu'il l'espérait bien, et que c'est tout ce qu'il désirait cette nuit-là. » Je n'insistai point, sachant par expérience combien mon insistance eût été vaine et déplacée. Il me confia que, depuis le commencement du jour, par son soin et ceux des concierges, le château était surveillé de telle sorte que personne ne pût en approcher sans qu'il en fût averti ; et que, dans le cas où personne ne viendrait du dehors, il était bien tranquille sur tout ce qui pouvait concerner « ceux du dedans ».

Il était alors six heures et demie, à la montre qu'il tira de son gousset ; il se leva, me fit signe de le suivre et, sans prendre aucune précaution, sans même essayer d'atténuer le bruit de ses pas, sans me recommander le silence, il me conduisit à travers la galerie ; nous atteignîmes la galerie droite, et nous la suivîmes jusqu'au palier de l'escalier que nous traversâmes. Nous avons alors continué notre marche dans la galerie « aile gauche », passant devant l'appartement du professeur Stangerson. A l'extrémité de cette galerie, avant d'arriver au donjon, se trouvait une pièce qui était la chambre occupée par Arthur Rance. Nous savions cela parce que nous avions vu, à midi, l'Américain à la fenêtre de cette chambre qui donnait sur la cour d'honneur. La porte de cette chambre était dans le travers de la galerie, puisque la chambre barrait et terminait la galerie de ce côté. En somme, la porte de cette chambre était juste en face de la fenêtre « est » qui se trouvait à l'extrémité de l'autre galerie droite, là, où, précédemment, Rouletabille avait placé le père Jacques. Quand on tournait le dos à cette porte, c'est-à-dire quand on sortait de cette chambre, « on voyait toute la galerie » en enfilade : aile gauche, palier et aile droite. Il n'y avait, naturellement, que la galerie tournante de l'aile droite, que l'on ne voyait point.

— Cette galerie tournante, dit Rouletabille, je me la réserve. Vous, quand je vous en prierai, vous viendrez vous installer ici.

Et il me fit entrer dans un petit cabinet noir triangulaire, pris sur la galerie et situé de biais à gauche de la porte de la chambre d'Arthur Rance. De ce recoin, je pouvais voir tout ce qui se passait dans la galerie aussi facilement que si j'avais été devant la porte d'Arthur Rance et je pouvais également surveiller la porte même de l'Américain. La porte de ce cabinet, qui devait être mon lieu d'observation, était garnie de carreaux non dépolis. Il faisait clair dans la galerie où toutes les lampes étaient allumées ; il faisait noir dans le cabinet. C'était là un poste de choix pour un espion.

Car que faisais-je, là, sinon un métier d'espion ? de bas policier ? J'y répugnais certainement ; et, outre mes instincts naturels, n'y avait-il pas la dignité de ma profession qui s'opposait à un pareil avatar ?

En vérité, si mon bâtonnier me voyait ! si l'on apprenait ma conduite, au Palais, que dirait le Conseil de l'Ordre ? Rouletabille, lui, ne soupçonnait même pas qu'il pouvait me venir à l'idée de lui refuser le service qu'il me demandait, et de fait, je ne lui refusai point : d'abord parce que j'eusse craint de passer à ses yeux pour un lâche ; ensuite parce que je réfléchis que je pouvais toujours prétendre qu'il m'était possible de chercher partout la vérité en amateur ; enfin, parce qu'il était trop tard pour me tirer de là. Que n'avais-je eu ces scrupules plus tôt ? Pourquoi ne les avais-je pas eus ? Parce que ma curiosité était plus forte que tout. Encore, je pouvais dire que j'allais contribuer à sauver la vie d'une femme ; et il n'est point de règlements professionnels qui puissent interdire un aussi généreux dessein.

Nous revînmes à travers la galerie. Comme nous arrivions en face de l'appartement de Mlle Stangerson, la porte du salon s'ouvrit, poussée par le maître d'hôtel qui faisait le service du dîner (M. Stangerson dînait avec sa fille dans le salon du premier étage, depuis trois jours), et, comme la porte était restée entrouverte, nous vîmes parfaitement Mlle Stangerson qui, profitant de l'absence du domestique et de ce que son père était baissé, ramassant un objet qu'elle venait de faire tomber, « versait hâtivement le contenu d'une fiole dans le verre de M. Stangerson ».

XXI

A L'AFFUT

Ce geste, qui me bouleversa, ne parut point émouvoir extrêmement Rouletabille. Nous nous retrouvâmes dans sa chambre, et, ne me parlant même point de la scène que nous venions de surprendre, il me donna ses dernières instructions pour la nuit. Nous allions d'abord dîner. Après dîner, je devais entrer dans le cabinet noir et, là, j'attendrais tout le temps qu'il faudrait « pour voir quelque chose ».

— Si vous « voyez » avant moi, m'expliqua mon ami, il faudra m'avertir. Vous verrez avant moi si l'homme arrive dans la galerie droite par tout autre chemin que la galerie tournante, puisque vous découvrez toute la galerie droite et que moi je ne puis voir que la galerie tournante. Pour m'avertir, vous n'aurez qu'à dénouer l'embrasse du rideau de la fenêtre de la galerie droite qui se trouve la plus proche du cabinet noir. Le rideau tombera de lui-même, voilant la fenêtre et faisant immédiatement un carré d'ombre là où il y avait un carré de lumière, puisque la galerie est éclairée. Pour faire ce geste, vous n'avez qu'à allonger la main hors du cabinet noir. Moi, dans la galerie tournante qui fait angle droit avec la galerie droite, j'aperçois, par les fenêtres de la galerie tournante, tous les carrés de lumière que font les fenêtres de la galerie droite. Quand le carré lumineux qui nous occupe deviendra obscur, je saurai ce que cela veut dire.

— Et alors ?

— Alors, vous me verrez apparaître au coin de la galerie tournante.

— Et qu'est-ce que je ferai ?

— Vous marcherez aussitôt vers moi, derrière l'homme, mais je serai déjà sur *l'homme et j'aurai vu si sa figure entre dans mon cercle...*

— Celui qui est « tracé par le bon bout de la raison », terminai-je en esquissant un sourire.

— Pourquoi souriez-vous ? C'est bien inutile... Enfin profitez, pour vous réjouir, des quelques instants qui vous restent, car je vous jure que tout à l'heure vous n'en aurez plus l'occasion.

— Et si l'homme échappe ?

— *Tant mieux !* fit flegmatiquement Rouletabille. Je ne tiens pas à le prendre ; il pourra s'échapper en dégringolant l'escalier et par le vestibule du rez-de-chaussée... et cela avant que vous n'ayez atteint le palier, puisque vous êtes au fond de la galerie. Moi, je le laisserai partir *après avoir vu sa figure*. C'est tout ce qu'il me faut : voir sa figure. Je saurai bien m'arranger ensuite pour qu'il soit mort pour Mlle Stangerson, *même s'il reste vivant*. Si je le prends vivant, Mlle Stangerson et M. Robert Darzac ne me le pardonneront peut-être jamais ! Et je tiens à leur estime ; ce sont de braves gens. Quand je vois Mlle Stangerson verser un narcotique dans le verre de son père, pour que son père, cette nuit, ne soit pas réveillé par la conversation qu'elle doit avoir *avec son assassin,* vous devez comprendre que sa reconnaissance pour moi aurait des limites si j'amenais à son père *les poings liés et la bouche ouverte,* l'homme de la « Chambre Jaune » et de la « galerie inexplicable » ! C'est peut-être un grand bonheur que, la nuit de la « galerie inexplicable », l'homme se soit évanoui comme par enchantement ! Je l'ai compris cette nuit-là à la physionomie soudain rayonnante de Mlle Stangerson quand elle eut appris *qu'il avait échappé*. Et j'ai compris que, pour sauver la malheureuse, il fallait moins prendre l'homme que le rendre muet, de quelque façon que ce fût. Mais tuer un homme ! tuer un homme ! ce n'est pas une petite affaire. Et puis, ça ne me regarde pas... à moins qu'il ne m'en donne l'occasion !... D'un autre côté, le rendre muet sans que la dame me fasse de confidences... c'est une besogne qui consiste d'abord à deviner tout avec rien !... Heureusement, mon ami, j'ai deviné, ou plutôt non, j'ai raisonné... et je ne demande à l'homme de ce soir de ne m'apporter que la figure sensible qui doit entrer...

— Dans le cercle...

— Parfaitement, et sa figure ne me surprendra pas !...

— Mais je croyais que vous aviez déjà vu sa figure, le soir où vous avez sauté dans la chambre...

— Mal... la bougie était par terre... et puis, toute cette barbe...

— Ce soir, il n'en aura donc plus ?

— Je crois pouvoir affirmer qu'il en aura... Mais la galerie est claire, et puis maintenant, je sais... ou du moins mon cerveau sait... alors mes yeux verront...

— S'il ne s'agit que de le voir et de le laisser échapper... pourquoi nous être armés ?

— Parce que, mon cher, *si l'homme de la « Chambre Jaune » et de la « galerie inexplicable » sait que je sais, il est capable de tout !* Alors, il faudra nous défendre.

— Et vous êtes sûr qu'il viendra ce soir ?...

— Aussi sûr que vous êtes là !... Mlle Stangerson, à dix heures et demie, ce matin, le plus habilement du monde, s'est arrangée pour être sans gardes-malades cette nuit ; elle leur a donné congé pour vingt-quatre heures, sous des prétextes plausibles, et n'a voulu, pour veiller auprès d'elle, pendant leur absence, que son cher père, qui couchera dans le boudoir de sa fille et qui accepte cette nouvelle fonction avec une joie reconnaissante. La coïncidence du départ de M. Darzac (après les paroles qu'il m'a dites) et des précautions exceptionnelles de Mlle Stangerson, pour faire autour d'elle de la solitude, ne permet aucun doute. La venue de l'assassin, que Darzac redoute, *Mlle Stangerson la prépare !*

— C'est effroyable !

— Oui.

— Et le geste que nous lui avons vu faire, c'est le geste qui va endormir son père ?

— Oui.

— En somme, pour l'affaire de cette nuit, nous ne sommes que deux ?

— Quatre ; le concierge et sa femme veillent à tout hasard... Je crois leur veille inutile, « avant »... Mais le concierge pourra m'être utile « après, si on tue » !

— Vous croyez donc qu'on va tuer ?

— *On tuera s'il le veut !*

— Pourquoi n'avoir pas averti le père Jacques ? Vous ne vous servez plus de lui, aujourd'hui ?

— Non, me répondit Rouletabille d'un ton brusque.

Je gardai quelque temps le silence ; puis, désireux de connaître le fond de la pensée de Rouletabille, je lui demandai à brûle-pourpoint :

— Pourquoi ne pas avertir Arthur Rance ? Il pourrait nous être d'un grand secours...

— Ah çà ! fit Rouletabille avec méchante humeur... vous voulez donc mettre tout le monde dans les secrets de Mlle Stangerson !... Allons dîner... c'est l'heure... Ce soir, nous dînons chez Frédéric Larsan... à moins qu'il ne soit encore pendu aux trousses de Robert Darzac... Il ne le lâche pas d'une semelle. Mais, bah ! s'il n'est pas là en ce moment, je suis bien sûr qu'il sera là cette nuit !... En voilà un que je vais rouler !

A ce moment, nous entendîmes du bruit dans la chambre à côté.

— Ce doit être lui, dit Rouletabille.

— J'oubliais de vous demander, fis-je : quand nous serons devant le policier, pas une allusion à l'expédition de cette nuit, n'est-ce pas ?

— Evidemment ; nous opérons seuls, *pour notre compte personnel*.

— Et toute la gloire sera pour nous ?

Rouletabille, ricanant, ajouta :

— Tu l'as dit, bouffi !

Nous dînâmes avec Frédéric Larsan, dans sa chambre. Nous le trouvâmes chez lui... Il nous dit qu'il venait d'arriver et nous invita à nous mettre à table. Le dîner se passa dans la meilleure humeur du monde, et je n'eus point de peine à comprendre qu'il fallait l'attribuer à la quasi-certitude où Rouletabille et Frédéric Larsan, l'un et l'autre, et chacun de son côté, étaient de tenir enfin la vérité. Rouletabille confia au grand Fred que j'étais venu le voir de mon propre mouvement et qu'il m'avait retenu pour que je l'aidasse dans un grand travail qu'il devait livrer, cette nuit même, à *L'Epoque*. Je devais repartir, dit-il, pour Paris, par le train d'onze heures emportant sa « copie », qui était une sorte de feuilleton où le jeune reporter retraçait les principaux épisodes des mystères du Glandier. Larsan sourit à cette explication comme un homme qui n'en est point dupe, mais qui se garde, par politesse, d'émettre la moindre réflexion sur des choses qui ne le regardent pas. Avec mille précautions dans le langage et jusque dans les intonations, Larsan et Rouletabille s'entretinrent assez longtemps de la présence au château de M. Arthur W. Rance, de son passé en Amérique qu'ils eussent voulu connaître mieux, du moins quant aux relations qu'il avait eues avec les Stangerson. A un moment, Larsan, qui me parut soudain souffrant, dit avec effort :

— Je crois, monsieur Rouletabille, que nous n'avons plus grand-chose à faire au Glandier, et m'est avis que nous n'y coucherons plus de nombreux soirs.

— C'est aussi mon avis, monsieur Fred.

— Vous croyez donc, mon ami, que *l'affaire est finie ?*

— Je crois, en effet, qu'elle est finie et qu'elle n'a plus rien à nous apprendre, répliqua Rouletabille.

— Avez-vous un coupable ? demanda Larsan.

— Et vous ?

— Oui.

— Moi aussi, dit Rouletabille.

— Serait-ce le même ?

— Je ne crois pas, *si vous n'avez pas changé d'idée,* dit le jeune reporter.

Et il ajouta avec force :

— M. Darzac est un honnête homme !

— Vous en êtes sûr ? demanda Larsan. Eh bien, moi, je suis sûr du contraire... C'est donc la bataille ?

— Oui, la bataille. Et je vous battrai, monsieur Frédéric Larsan.

— La jeunesse ne doute de rien, termina le grand Fred en riant et en me serrant la main.

Rouletabille répondit comme un écho :

— De rien !

Mais soudain, Larsan, qui s'était levé pour nous souhaiter le bonsoir, porta les deux mains à sa poitrine et trébucha. Il dut s'appuyer à Rouletabille pour ne pas tomber. Il était devenu extrêmement pâle.

— Oh ! oh ! fit-il, qu'est-ce que j'ai là ? Est-ce que je serais empoisonné ?

Et il nous regardait d'un œil hagard... En vain, nous l'interrogions, il ne nous répondait plus... Il s'était affaissé dans un fauteuil et nous ne pûmes en tirer un mot. Nous étions extrêmement inquiets, et pour lui, et pour nous, car nous avions mangé de tous les plats auxquels avait touché Frédéric Larsan. Nous nous empressions autour de lui. Maintenant, il ne semblait plus souffrir, mais sa tête lourde avait roulé sur son épaule et ses paupières appesanties nous cachaient son regard. Rouletabille se pencha sur sa poitrine et ausculta son cœur...

Quand il se releva, mon ami avait une figure aussi calme que je la lui avais vue tout à l'heure bouleversée. Il me dit :

— Il dort !

Et il m'entraîna dans sa chambre, après avoir refermé la porte de la chambre de Larsan.

— Le narcotique ? demandai-je... Mlle Stangerson veut donc endormir tout le monde, ce soir ?...

— Peut-être... me répondit Rouletabille en songeant à autre chose.

— Mais nous !... nous ! exclamai-je. Qui me dit que nous n'avons pas avalé un pareil narcotique ?

— Vous sentez-vous indisposé ? me demanda Rouletabille avec sang-froid.

— Non, aucunement !

— Avez-vous envie de dormir ?

— En aucune façon...

— Eh bien, mon ami, fumez cet excellent cigare.

Et il me passa un havane de premier choix que M. Darzac lui avait offert ; quant à lui, il alluma sa bouffarde, son éternelle bouffarde.

Nous restâmes ainsi dans cette chambre jusqu'à dix heures, sans qu'un mot fût prononcé. Plongé dans un fauteuil, Rouletabille fumait sans discontinuer, le front soucieux et le regard lointain. A dix heures, il se déchaussa, me fit un signe et je compris que je devais, comme lui, retirer mes chaussures. Quand nous fûmes sur nos chaussettes, Rouletabille dit, si bas que je devinai plutôt le mot que je ne l'entendis :

— Revolver !

Je sortis mon revolver de la poche de mon veston.

— Armez ! fit-il encore.

J'armai.

Alors il se dirigea vers la porte de sa chambre, l'ouvrit avec des précautions infinies ; la porte ne cria pas. Nous fûmes dans la galerie tournante. Rouletabille me fit un nouveau signe. Je compris que je devais prendre mon poste dans le cabinet noir. Comme je m'éloignais déjà de lui, Rouletabille me rejoignit « et m'embrassa », et puis je vis qu'avec les mêmes précautions il retournait dans sa chambre. Etonné de ce baiser et un peu inquiet, j'arrivai dans la galerie droite que je longeai sans encombre ; je traversai le palier et continuai mon chemin dans la galerie, aile gauche, jusqu'au cabinet noir. Avant d'entrer dans le cabinet noir, je regardai de près l'embrasse du rideau de la fenêtre... Je n'avais, en effet, qu'à la toucher du doigt pour que le lourd rideau retombât d'un seul coup, « cachant à Rouletabille le carré de lumière » : signal convenu. Le bruit d'un pas m'arrêta devant la porte d'Arthur Rance. « Il n'était donc pas encore couché ! » Mais comment était-il encore au château, n'ayant pas dîné avec M. Stangerson et sa fille ! Du moins, je ne l'avais pas vu à table, dans le moment que nous avions saisi le geste de Mlle Stangerson.

Je me retirai dans mon cabinet noir. Je m'y trouvais parfaitement. Je voyais toute la galerie en enfilade, galerie éclairée comme en plein jour. Evidemment, rien de ce qui allait s'y passer ne pouvait m'échapper. Mais qu'est-ce qui allait s'y passer ? Peut-être quelque chose de très grave. Nouveau souvenir inquiétant du baiser de Rouletabille. On n'embrasse ainsi ses amis que dans les grandes occasions ou quand ils vont courir un danger ! Je courais donc un danger ?

Mon poing se crispa sur la crosse de mon revolver,

et j'attendis. Je ne suis pas un héros, mais je ne suis pas un lâche.

J'attendis une heure environ ; pendant cette heure je ne remarquai rien d'anormal. Dehors, la pluie, qui s'était mise à tomber violemment vers neuf heures du soir, avait cessé.

Mon ami m'avait dit que rien ne se passerait probablement avant minuit ou une heure du matin. Cependant il n'était pas plus de onze heure et demie quand la porte de la chambre d'Arthur Rance s'ouvrit. J'en entendis le faible grincement sur ses gonds. On eût dit qu'elle était poussée de l'intérieur avec la plus grande précaution. La porte resta ouverte un instant qui me parut très long. Comme cette porte était ouverte, dans la galerie, c'est-à-dire poussée hors de la chambre, je ne pus voir, ni ce qui se passait dans la chambre, ni ce qui se passait derrière la porte. A ce moment, je remarquai un bruit bizarre qui se répétait pour la troisième fois, qui venait du parc, et auquel je n'avais pas attaché plus d'importance qu'on n'a coutume d'en attacher au miaulement des chats qui errent, la nuit, sur les gouttières. Mais, cette troisième fois, le miaulement était si pur et si « spécial » que je me rappelai ce que j'avais entendu raconter du cri de la « Bête du Bon Dieu ». Comme ce cri avait accompagné, jusqu'à ce jour, tous les drames qui s'étaient déroulés au Glandier, je ne pus m'empêcher, à cette réflexion, d'avoir un frisson. Aussitôt, je vis apparaître, au-delà de la porte, et refermant la porte, un homme. Je ne pus d'abord le reconnaître, car il me tournait le dos et il était penché sur un ballot assez volumineux. L'homme, ayant refermé la porte, et portant le ballot, se retourna vers le cabinet noir, et alors je vis qui il était. Celui qui sortait, à cette heure, de la chambre d'Arthur Rance « était le garde ». C'était « l'homme vert ».

Il avait ce costume que je lui avais vu sur la route, en face de l'auberge du « Donjon », le premier jour où j'étais venu au Glandier, et qu'il portait encore le matin même quand, sortant du château, nous l'avions rencontré, Rouletabille et moi. Aucun doute, c'était le garde. Je le vis fort distinctement. Il avait une figure qui me parut exprimer une certaine anxiété. Comme le cri de la « Bête du Bon Dieu » retentissait au-dehors pour la quatrième fois, il déposa son ballot dans la galerie et s'approcha de la seconde fenêtre, en comptant les fenêtres à partir du cabinet noir. Je ne risquai aucun mouvement, car je craignais de trahir ma présence.

Quand il fut à cette fenêtre, il colla son front contre les vitraux dépolis, et regarda la nuit du parc. Il resta là une demi-minute. La nuit était claire, par intermittence, illuminée par une lune éclatante qui, soudain, disparaissait sous un gros nuage. « L'homme vert » leva le bras à deux reprises, fit des signes que je ne comprenais point ; puis, s'éloignant de la fenêtre reprit son ballot et se dirigea, suivant la galerie, vers le palier.

Rouletabille m'avait dit : « Quand vous verrez quelque chose, dénouez l'embrasse. » Je voyais quelque chose. Etait-ce cette chose que Rouletabille attendait ? Ceci n'était point mon affaire et je n'avais qu'à exécuter la consigne qui m'avait été donnée. Je dénouai l'embrasse. Mon cœur battait à se rompre. L'homme atteignit le palier, mais à ma grande stupéfaction, comme je m'attendais à le voir continuer son chemin dans la galerie, aile droite, je l'aperçus qui descendait l'escalier conduisant au vestibule.

Que faire ? Stupidement, je regardai le lourd rideau qui était retombé sur la fenêtre. Le signal avait été donné, et je ne voyais pas apparaître Rouletabille au coin de la galerie tournante. Rien ne vint ; personne n'apparut. J'étais perplexe. Une demi-heure s'écoula qui me parut un siècle. « Que faire maintenant, même si je voyais autre chose ? » Le signal avait été donné, je ne pouvais le donner une seconde fois... D'un autre côté, m'aventurer dans la galerie en ce moment pouvait déranger tous les plans de Rouletabille. Après tout, je n'avais rien à me reprocher, et, s'il s'était passé quelque chose que n'attendait point mon ami, celui-ci n'avait qu'à s'en prendre à lui-même. Ne pouvant plus être d'aucun réel secours d'avertissement pour lui, je risquai le tout pour le tout ; je sortis du cabinet et, toujours sur mes chaussettes, mesurant mes pas et écoutant le silence, je m'en fus vers la galerie tournante.

Personne dans la galerie tournante. J'allai à la porte de la chambre de Rouletabille. J'écoutai. Rien. Je frappai bien doucement. Rien. Je tournai le bouton, la porte s'ouvrit. J'étais dans la chambre. Rouletabille était étendu, tout de son long, sur le parquet.

XXII

LE CADAVRE INCROYABLE

Je me penchai, avec une anxiété inexprimable, sur le corps du reporter, et j'eus la joie de constater qu'il dormait ! Il dormait de ce sommeil profond et maladif dont j'avais vu s'endormir Frédéric Larsan. Lui aussi était victime du narcotique que l'on avait versé dans nos aliments. Comment, moi-même, n'avais-je point subi le même sort ! Je réfléchis alors que le narcotique avait dû être versé dans notre vin ou dans notre eau, car ainsi tout s'expliquait : « Je ne bois pas en mangeant. » Doué par la nature d'une rotondité prématurée, je suis au régime sec, comme on dit. Je secouai avec force Rouletabille, mais je ne parvenais point à lui faire ouvrir les yeux. Ce sommeil devait être, à n'en point douter, le fait de Mlle Stangerson.

Celle-ci avait certainement pensé que, plus que son père encore, elle avait à craindre la veille de ce jeune homme qui prévoyait tout, qui savait tout ! Je me rappelai que le maître d'hôtel nous avait recommandé, en nous servant, un excellent Chablis qui, sans doute, avait passé sur la table du professeur et de sa fille.

Plus d'un quart d'heure s'écoula ainsi. Je me résolus, en ces circonstances extrêmes, où nous avions tant besoin d'être éveillés, à des moyens robustes. Je lançai à la tête de Rouletabille un broc d'eau. Il ouvrit les yeux, enfin ! de pauvres yeux mornes, sans vie ni regard. Mais n'était-ce pas là une première victoire ? Je voulus la compléter ; j'administrai une paire de gifles sur les joues de Rouletabille, et le soulevai. Bonheur ! je sentis qu'il se raidissait entre mes bras, et je l'entendis qui murmurait : « Continuez, mais ne faites pas tant de bruit !... » Continuer à lui donner des gifles sans faire de bruit me parut une entreprise impossible. Je me repris à le pincer et à le secouer, et il put tenir sur ses jambes. Nous étions sauvés !...

— On m'a endormi, fit-il... Ah ! J'ai passé un quart d'heure abominable avant de céder au sommeil... Mais maintenant, c'est passé ! Ne me quittez pas !...

Il n'avait pas plus tôt terminé cette phrase que nous eûmes les oreilles déchirées par un cri affreux qui retentissait dans le château, un véritable cri de la mort...

— Malheur ! hurla Rouletabille... nous arrivons trop tard !...

Et il voulut se précipiter vers la porte ; mais il

était tout étourdi et roula contre la muraille. Moi, j'étais déjà dans la galerie, le revolver au poing, courant comme un fou du côté de la chambre de Mlle Stangerson. Au moment même où j'arrivais à l'intersection de la galerie tournante et de la galerie droite, je vis un individu qui s'échappait de l'appartement de Mlle Stangerson et qui, en quelques bonds, atteignit le palier.

Je ne fus pas maître de mon geste : je tirai... le coup de revolver retentit dans la galerie avec un fracas assourdissant ; mais l'homme, continuant ses bonds insensés, dégringolait déjà l'escalier. Je courus derrière lui, en criant : « Arrête ! arrête ! ou je te tue !... » Comme je me précipitais à mon tour dans l'escalier, je vis en face de moi, arrivant du fond de la galerie, aile gauche du château, Arthur Rance qui hurlait : « Qu'y a-t-il ?... Qu'y a-t-il ?... » Nous arrivâmes presque en même temps au bas de l'escalier, Arthur Rance et moi ; la fenêtre du vestibule était ouverte nous vîmes distinctement la forme de l'homme qui fuyait ; instinctivement, nous déchargeâmes nos revolvers dans sa direction ; l'homme n'était pas à plus de dix mètres devant nous ; il trébucha et nous crûmes qu'il allait tomber ; déjà nous sautions par la fenêtre ; mais l'homme se reprit à courir avec une vigueur nouvelle ; j'étais en chaussettes, l'Américain était pieds nus ; nous ne pouvions espérer l'atteindre « si nos revolvers ne l'atteignaient pas ! » Nous tirâmes nos dernières cartouches sur lui ; il fuyait toujours... Mais il fuyait du côté droit de la cour d'honneur vers l'extrémité de l'aile droite du château, dans ce coin entouré de fossés et de hautes grilles d'où il allait lui être impossible de s'échapper, dans ce coin qui n'avait d'autre issue, « devant nous », que la porte de la petite chambre en encorbellement habitée maintenant par le garde.

L'homme, bien qu'il fût inévitablement blessé par nos balles, avait maintenant une vingtaine de mètres d'avance. Soudain, derrière nous, au-dessus de nos têtes, une fenêtre de la galerie s'ouvrit et nous entendîmes la voix de Rouletabille qui clamait, désespérée :

— Tirez, Bernier ! Tirez !

Et la nuit claire, en ce moment, la nuit lunaire, fut encore striée d'un éclair.

A la lueur de cet éclair, nous vîmes le père Bernier, debout avec son fusil, à la porte du donjon.

Il avait bien visé. « L'ombre tomba. » Mais, comme elle était arrivée à l'extrémité de l'aile droite du château, elle tomba de l'autre côté de l'angle de la bâtisse ; c'est-à-dire que nous vîmes qu'elle tombait, mais elle ne s'allongea définitivement par terre que de cet autre côté du mur que nous ne pouvions pas voir. Bernier, Arthur Rance et moi, nous arrivions de cet autre côté du mur, vingt secondes plus tard. « L'ombre était morte à nos pieds. »

Réveillé évidemment de son sommeil léthargique par les clameurs et les détonations, Larsan venait d'ouvrir la fenêtre de sa chambre et nous criait, comme avait crié Arthur Rance : « Qu'y a-t-il ?... Qu'y a-t-il ?... »

Et nous, nous étions penchés sur l'ombre, sur la mystérieuse ombre morte de l'assassin. Rouletabille, tout à fait réveillé maintenant, nous rejoignit dans le moment, et je lui criai :

— Il est mort ! Il est mort !...

— Tant mieux, fit-il... Apportez-le dans le vestibule du château...

Mais il se reprit :

— Non ! non ! Déposons-le dans la chambre du garde !...

Rouletabille frappa à la porte de la chambre du

garde... Personne ne répondit de l'intérieur... ce qui ne m'étonna point, naturellement.

— Evidemment, il n'est pas là, fit le reporter, sans quoi, il serait déjà sorti !... Portons donc ce corps dans le vestibule...

Depuis que nous étions arrivés sur « l'ombre morte », la nuit s'était faite si noire, par suite du passage d'un gros nuage sur la lune, que nous ne pouvions que toucher cette ombre sans en distinguer les lignes. Et cependant, nos yeux avaient hâte de savoir ! Le père Jacques, qui arrivait, nous aida à transporter le cadavre jusque dans le vestibule du château. Là, nous le déposâmes sur la première marche de l'escalier. J'avais senti, sur mes mains, pendant le trajet, le sang chaud qui coulait des blessures...

Le père Jacques courut aux cuisines et en revint avec une lanterne. Il se pencha sur le visage de « l'ombre morte », et nous reconnûmes le garde, celui que le patron de l'auberge du « Donjon » appelait « l'homme vert » et que, une heure auparavant, j'avais vu sortir de la chambre d'Arthur Rance chargé d'un ballot. Mais ce que j'avais vu, je ne pouvais le rapporter qu'à Rouletabille seul, ce que je fis du reste quelques instants plus tard.

....

Je ne saurais passer sous silence l'immense stupéfaction — je dirai même le cruel désappointement — dont firent preuve Joseph Rouletabille et Frédéric Larsan, lequel nous avait rejoints dans le vestibule. Ils tâtaient le cadavre... ils regardaient cette figure morte, ce costume vert du garde... et ils répétaient l'un et l'autre : « Impossible !... c'est impossible ! »

Rouletabille s'écria même :

— C'est à jeter sa tête aux chiens !

Le père Jacques montrait une douleur stupide accompagnée de lamentations ridicules. Il affirmait qu'on s'était trompé et que le garde ne pouvait être l'assassin de sa maîtresse. Nous dûmes le faire taire. On aurait assassiné son fils qu'il n'eût point gémi davantage, et j'expliquai cette exagération de bons sentiments par la peur dont il devait être hanté que l'on crût qu'il se réjouissait de ce décès dramatique ; chacun savait, en effet, que le père Jacques détestait le garde. Je constatai que seul, de nous tous qui étions fort débraillés ou pieds nus ou en chaussettes, le père Jacques était entièrement habillé.

Mais Rouletabille n'avait pas lâché le cadavre ; à genoux sur les dalles du vestibule, éclairé par la lanterne du père Jacques, il déshabillait le corps du garde !... Il lui mit la poitrine à nu. Elle était sanglante.

Et, soudain, prenant des mains du père Jacques la lanterne, il en projeta les rayons, de tout près, sur la blessure béante. Alors, il se releva et dit sur un ton extraordinaire, sur un ton d'une ironie sauvage :

— Cet homme que vous croyez avoir tué à coups de revolver et de chevrotines est mort d'un coup de couteau au cœur !

Je crus, une fois de plus, que Rouletabille était devenu fou et je me penchai à mon tour sur le cadavre. Alors je pus constater qu'en effet le corps du garde ne portait aucune blessure provenant d'un projectile, et que, seule, la région cardiaque avait été entaillée par une lame aiguë.

XXIII

LA DOUBLE PISTE

Je n'étais pas encore revenu de la stupeur que me causait une pareille découverte quand mon jeune ami me frappa sur l'épaule et me dit :

— Suivez-moi !

— Où ? lui demandai-je.

— Dans ma chambre.

— Qu'allons-nous y faire ?

— Réfléchir.

J'avouai, quant à moi, que j'étais dans l'impossibilité totale, non seulement de réfléchir, mais encore de penser ; et, dans cette nuit tragique, après des événements dont l'horreur n'était égalée que par leur incohérence, je m'expliquais difficilement comment, entre le cadavre du garde et Mlle Stangerson peut-être à l'agonie, Joseph Rouletabille pouvait avoir la prétention de « réfléchir ». C'est ce qu'il fit cependant, avec le sang-froid des grands capitaines au milieu des batailles. Il poussa sur nous la porte de sa chambre, m'indiqua un fauteuil, s'assit posément en face de moi, et, naturellement, alluma sa pipe. Je le regardais réfléchir... et je m'endormis. Quand je me réveillai, il faisait jour. Ma montre marquait huit heures. Rouletabille n'était plus là. Son fauteuil, en face de moi, était vide. Je me levai et commençai à m'étirer les membres quand la porte s'ouvrit et mon ami rentra. Je vis tout de suite à sa physionomie que, pendant que je dormais, il n'avait point perdu son temps.

— Mlle Stangerson ? demandai-je tout de suite.

— Son état, très alarmant, n'est pas désespéré.

— Il y a longtemps que vous avez quitté cette chambre ?

— Au premier rayon de l'aube.

— Vous avez travaillé ?

— Beaucoup.

— Découvert quoi ?

— Une double empreinte de pas très remarquable « et qui aurait pu me gêner... »

— Elle ne vous gêne plus ?

— Non.

— Vous explique-t-elle quelque chose ?

— Oui.

— Relativement au « cadavre incroyable » du garde ?

— Oui ; ce cadavre est tout à fait « croyable », maintenant. J'ai découvert, ce matin, en me promenant autour du château, deux sortes de pas distinctes dont les empreintes avaient été faites cette nuit en même temps, côte à côte. Je dis : « en même temps » ; et, en vérité, il ne pouvait guère en être autrement, car, si l'une de ces empreintes était venue après l'autre, suivant le même chemin, elle eût souvent « empiété sur l'autre », ce qui n'arrivait jamais. Les pas de celui-ci ne marchaient point sur les pas de celui-là. Non, c'étaient des pas « qui semblaient causer entre eux ». Cette double empreinte quittait toutes les autres empreintes, vers le milieu de la cour d'honneur, pour sortir de cette cour et se diriger vers la chênaie. Je quittais la cour d'honneur, les yeux fixés vers ma piste, quand je fus rejoint par Frédéric Larsan. Immédiatement, il s'intéressa beaucoup à mon travail, car cette double empreinte méritait vraiment qu'on s'y attachât. On retrouvait là la double empreinte des pas de l'affaire de la « Chambre Jaune » : les pas grossiers et les pas élégants ; mais, tandis que, lors de l'affaire de la « Chambre Jaune », les pas grossiers ne faisaient que joindre au bord de l'étang les pas élégants, pour disparaître ensuite — dont nous avions conclu, Larsan et moi, que ces deux sortes de pas appartenaient au même individu qui n'avait fait que changer de chaussures — ici, pas grossiers et pas élégants voyageaient de compagnie. Une pareille constatation était bien faite pour me troubler dans mes certitudes antérieures. Larsan semblait penser comme moi ; aussi restions-nous penchés sur ces empreintes, reniflant ces pas comme des chiens à l'affût.

« Je sortis de mon portefeuille mes semelles de papier. La première semelle, qui était celle que j'avais découpée sur l'empreinte des souliers du père Jacques retrouvés par Larsan, c'est-à-dire sur l'empreinte des pas grossiers, cette première semelle, dis-je, s'appliqua parfaitement à l'une des traces que nous avions sous les yeux, et la seconde semelle, qui était le dessin des " pas élégants ", s'appliqua également sur l'empreinte correspondante, mais avec une légère différence à la pointe. En somme, cette trace nouvelle du pas élégant ne différait de la trace du bord de l'étang que par la pointe de la bottine. Nous ne pouvions en tirer cette conclusion que cette trace appartenait au même personnage, mais nous ne pouvions non plus affirmer qu'elle ne lui appartenait pas. L'inconnu pouvait ne plus porter les mêmes bottines.

« Suivant toujours cette double empreinte, Larsan et moi, nous fûmes conduits à sortir de la chênaie et nous nous trouvâmes sur les mêmes bords de l'étang qui nous avaient vus lors de notre première enquête. Mais, cette fois, aucune des traces ne s'y arrêtait et toutes deux, prenant le petit sentier, allaient rejoindre la grande route d'Epinay. Là, nous tombâmes sur un macadam récent qui ne nous montra plus rien ; et nous revînmes au château, sans nous dire un mot.

« Arrivés dans la cour d'honneur, nous nous sommes séparés ; mais, par suite du même chemin qu'avait pris notre pensée, nous nous sommes rencontrés à nouveau devant la porte de la chambre du père Jacques. Nous avons trouvé le vieux serviteur au lit et constaté tout de suite que les effets qu'il avait jetés sur une chaise étaient dans un état lamentable, et que ses chaussures, des souliers tout à fait pareils à ceux que nous connaissions, étaient extraordinairement boueux. Ce n'était certainement point en aidant à transporter le cadavre du garde, du bout de cour au vestibule, et en allant chercher une lanterne aux cuisines, que le père Jacques avait arrangé de la sorte ses chaussures et trempé ses habits, puisque alors il ne pleuvait pas. Mais il avait plu avant ce moment-là et il avait plu après.

« Quant à la figure du bonhomme, elle n'était pas belle à voir. Elle semblait refléter une fatigue extrême, et ses yeux clignotants nous regardèrent, dès l'abord, avec effroi.

« Nous l'avons interrogé. Il nous a répondu d'abord qu'il s'était couché immédiatement après l'arrivée au château du médecin que le maître d'hôtel était allé querir ; mais nous l'avons si bien poussé, nous lui avons si bien prouvé qu'il mentait, qu'il a fini par nous avouer qu'il était, en effet, sorti du château. Nous lui en avons, naturellement, demandé la raison ; il nous a répondu qu'il s'était senti mal à la tête, et qu'il avait eu besoin de prendre l'air, mais qu'il n'était pas allé plus loin que la chênaie. Nous lui avons alors décrit tout le chemin qu'il avait fait, *aussi bien que si nous l'avions vu marcher*. Le vieillard se dressa sur son séant et se prit à trembler.

« — Vous n'étiez pas seul ! s'écria Larsan.

« Alors, le père Jacques :

« — Vous l'avez donc vu ?

« — Qui ? demandai-je.

« — Mais le fantôme noir !

« Sur quoi, le père Jacques nous conta que, depuis quelques nuits, il voyait le fantôme noir. Il apparaissait dans le parc sous le coup de minuit et glissait contre les arbres avec une souplesse incroyable. Il paraissait “ traverser ” le tronc des arbres ; deux fois, le père Jacques, qui avait aperçu le fantôme à travers sa fenêtre, à la clarté de la lune, s'était levé et, résolument, était parti à la chasse de cette étrange apparition. L'avant-veille, il avait failli la rejoindre, mais elle s'était évanouie au coin du donjon ; enfin, cette nuit, étant en effet sorti du château, travaillé par l'idée du nouveau crime qui venait de se commettre, il avait vu tout à coup surgir au milieu de la cour d'honneur, le fantôme noir. Il l'avait suivi d'abord prudemment, puis de plus près... ainsi il avait tourné la chênaie, l'étang, et était arrivé au bord de la route d'Epinay. “ Là, le fantôme avait soudain disparu. ”

« — Vous n'avez pas vu sa figure ? demanda Larsan.

« — Non ! je n'ai vu que des voiles noirs...

« — Et, après ce qui s'est passé dans la galerie, vous n'avez pas sauté dessus ?

« — Je ne le pouvais pas ! Je me sentais terrifié... C'est à peine si j'avais la force de le suivre...

« — Vous ne l'avez pas suivi, fis-je, père Jacques, — et ma voix était menaçante — vous êtes allé avec le fantôme jusqu'à la route d'Epinay “ bras dessus, bras dessous ! ”

« — Non ! cria-t-il... Il s'est mis à tomber des trombes d'eau... Je suis rentré !... Je ne sais pas ce que le fantôme noir est devenu...

« Mais ses yeux se détournèrent de moi.

« Nous le quittâmes.

« Quand nous fûmes dehors :

« — Complice ? interrogeai-je, sur un singulier ton, en regardant Larsan bien en face pour surprendre le fond de sa pensée.

« Larsan leva les bras au ciel.

« — Est-ce qu'on sait ?... Est-ce qu'on sait, dans une affaire pareille ?... Il y a vingt-quatre heures, j'aurais juré qu'il n'y avait pas de complice !...

« Et il me laissa en m'annonçant qu'il quittait le château sur-le-champ pour se rendre à Epinay. »

Rouletabille avait fini son récit. Je lui demandai :

— Eh bien ? Que conclure de tout cela ?... Quant à moi, je ne vois pas !... Je ne saisis pas !... Enfin ! Que savez-vous ?

— *Tout !* s'exclama-t-il... *Tout !*

Et je ne lui avais jamais vu figure plus rayonnante. Il s'était levé et me serrait la main avec force...

— Alors, expliquez-moi, priai-je...

— Allons demander des nouvelles de Mlle Stangerson, me répondit-il brusquement.

XXIV

ROULETABILLE CONNAIT LES DEUX MOITIÉS DE L'ASSASSIN

Mlle Stangerson avait failli être assassinée pour la seconde fois. Le malheur fut qu'elle s'en porta beaucoup plus mal la seconde que la première. Les trois coups de couteau que l'homme lui avait portés dans la poitrine, en cette nouvelle nuit tragique, la mirent longtemps entre la vie et la mort, et quand, enfin, la vie fut plus forte et qu'on put espérer que la malheureuse femme, cette fois encore échapperait à son sanglant destin, on s'aperçut que, si elle reprenait chaque jour l'usage de ses sens, elle ne recouvrait point celui de la raison. La moindre allusion à l'horrible tragédie la faisait délirer, et il n'est point non plus, je crois bien, exagéré de dire que l'arrestation de M. Robert Darzac, qui eut lieu au château du Glandier, le lendemain de la découverte du cadavre du garde, creusa encore l'abîme moral où nous vîmes disparaître cette belle intelligence.

M. Robert Darzac arriva au château vers neuf heures et demie. Je le vis accourir à travers le parc, les cheveux et les habits en désordre, crotté, boueux, dans un état lamentable. Son visage était d'une pâleur mortelle. Rouletabille et moi, nous étions accoudés à une fenêtre de la galerie. Il nous aperçut ; il poussa vers nous un cri désespéré :

— J'arrive trop tard !...

Rouletabille lui cria :

— Elle vit !...

Une minute après, M. Darzac entrait dans la chambre de Mlle Stangerson, et, à travers la porte, nous entendîmes ses sanglots.

. . . .

« Fatalité ! gémissait à côté de moi Rouletabille. Quels dieux infernaux veillent donc sur le malheur de cette famille ! Si l'on ne m'avait pas endormi, j'aurais sauvé Mlle Stangerson de l'homme, et je l'aurais rendu muet pour toujours... *et le garde ne serait pas mort !* »

. . . .

M. Darzac vint nous retrouver. Il était tout en larmes. Rouletabille lui raconta tout : et comment il avait tout préparé pour leur salut, à Mlle Stangerson et à lui ; et comment il y serait parvenu en éloignant l'homme pour toujours « après avoir vu sa figure » ;

et comment son plan s'était effondré dans le sang, à cause du narcotique.

— Ah ! si vous aviez eu réellement confiance en moi, fit tout bas le jeune homme, si vous aviez dit à Mlle Stangerson d'avoir confiance en moi !... Mais ici chaucun se défie du père... et la fiancée se défie du fiancé... Pendant que vous me disiez de tout faire pour empêcher l'arrivée de l'assassin, *elle préparait tout pour se faire assassiner !...* Et je suis arrivé trop tard... à demi endormi... me traînant presque, dans cette chambre où la vue de la malheureuse, baignant dans son sang, me réveilla tout à fait...

Sur la demande de M. Darzac, Rouletabille raconta la scène. S'appuyant aux murs pour ne pas tomber, pendant que, dans le vestibule et dans la cour d'honneur, nous poursuivions l'assassin, il s'était dirigé vers la chambre de la victime... Les portes de l'antichambre sont ouvertes ; il entre ; Mlle Stangerson gît, inanimée, à moitié renversée sur le bureau, les yeux clos ; son peignoir est rouge du sang qui coule à flots de sa poitrine. Il semble à Rouletabille, encore sous l'influence du narcotique, qu'il se promène dans quelque affreux cauchemar. Automatiquement, il revient dans la galerie, ouvre une fenêtre, nous clame le crime, nous ordonne de tuer, et retourne dans la chambre. Aussitôt, il traverse le boudoir désert, entre dans le salon dont la porte est restée entrouverte, secoue M. Stangerson sur le canapé où il s'est étendu et le réveille comme je l'ai réveillé, lui, tout à l'heure... M. Stangerson se dresse avec des yeux hagards, se laisse traîner par Rouletabille jusque dans la chambre, aperçoit sa fille, pousse un cri déchirant... Ah ! il est réveillé ! il est réveillé !... Tous les deux, maintenant, réunissant leurs forces chancelantes, transportent la victime sur son lit...

Puis Rouletabille veut nous rejoindre, pour savoir...

« pour savoir... » mais, avant de quitter la chambre, il s'arrête près du bureau... Il y a là par terre, un paquet... énorme... un ballot... Qu'est-ce que ce paquet fait là, auprès du bureau ?... L'enveloppe de serge qui l'entoure est dénouée... Rouletabille se penche... Des papiers... des papiers... des photographies... Il lit : « Nouvel électroscope condensateur différentiel... Propriétés fondamentales de la substance intermédiaire entre la matière pondérable et l'éther impondérable. »... Vraiment, vraiment, quel est ce mystère et cette formidable ironie du sort qui veulent qu'à l'heure où « on » lui assassine sa fille, « on » vienne restituer au professeur Stangerson toutes ces paperasses inutiles, « qu'il jettera au feu !... au feu !... au feu !... le lendemain ».

. . . .

Dans la matinée qui suivit cette horrible nuit, nous avons vu réapparaître M. de Marquet, son greffier, les gendarmes. Nous avons tous été interrogés, excepté naturellement Mlle Stangerson qui était dans un état voisin du coma. Rouletabille et moi, après nous être concertés, n'avons dit que ce que nous avons bien voulu dire. J'eus garde de rien rapporter de ma station dans le cabinet noir ni des histoires de narcotique. Bref, nous tûmes tout ce qui pouvait faire soupçonner que nous nous attendions à quelque chose, et aussi tout ce qui pouvait faire croire qu Mlle Stangerson « attendait l'assassin ». La malheureuse allait peut-être payer de sa vie le mystère dont elle entourait son assassin... Il ne nous appartenait point de rendre un pareil sacrifice inutile... Arthur Rance raconta à tout le monde, fort naturellement — si naturellement que j'en fus stupéfait — qu'il avait vu le garde pour la dernière fois vers onze heures du soir. Celui-ci était venu dans sa chambre, dit-il, pour y prendre sa valise qu'il devait transporter le lendemain matin à la première heure à la gare de Saint-Michel « et s'était attardé à causer longuement chasse et braconnage avec lui ! » Arthur William Rance, en effet, devait quitter le Glandier dans la matinée et se rendre à pied, selon son habitude, à Saint-Michel ; aussi avait-il profité d'un voyage matinal du garde dans le petit bourg pour se débarrasser de son bagage. C'est ce bagage que portait l'homme vert quand je le vis sortir de la chambre d'Arthur Rance.

Du moins je fus conduit à le penser car M. Stangerson confirma ses dires ; il ajouta qu'il n'avait pas eu le plaisir, la veille au soir, d'avoir à sa table son ami Arthur Rance parce que celui-ci avait pris, vers les cinq heures un congé définitif de sa fille et de lui. M. Arthur Rance s'était fait servir simplement un thé dans sa chambre, se disant légèrement indisposé.

Bernier, le concierge, sur les indications de Rouletabille, rapporta qu'il avait été requis par le garde lui-même, cette nuit-là, pour faire la chasse aux braconniers (le garde ne pouvait plus le contredire), qu'ils s'étaient donné rendez-vous tous deux non loin de la chênaie et que, voyant que le garde ne venait point, il était allé, lui, Bernier, au-devant du garde... Il était arrivé à hauteur du donjon, ayant passé la petite porte de la cour d'honneur, quand il aperçut un individu qui fuyait à toutes jambes du côté opposé, vers l'extrémité de l'aile droite du château ; des coups de revolver retentirent dans le même moment derrière le fuyard ; Rouletabille était apparu à la fenêtre de la galerie ; il l'avait aperçu, lui Bernier, l'avait reconnu, l'avait vu avec son fusil et lui avait crié de tirer. Alors, Bernier avait lâché son coup de fusil qu'il tenait tout prêt... et il était persuadé qu'il avait mis à mal le fuyard ; il avait cru même qu'il l'avait tué, et cette croyance avait duré jusqu'au moment où Rouletabille, dépouillant le corps qui était tombé sous le coup de fusil, lui avait appris que ce corps « avait été tué d'un coup de couteau » ; que, du reste, il restait ne rien comprendre à une pareille fantasmagorie, attendu que, si le cadavre trouvé n'était point celui du fuyard sur lequel nous avions tous tiré, il fallait bien que ce fuyard fût quelque part. Or, dans ce petit coin de cour où nous nous étions tous rejoints autour du cadavre, « il n'y avait pas de place pour un autre mort ou pour un vivant » sans que nous le vissions !

Ainsi parla le père Bernier. Mais le juge d'instruction lui répondit que, pendant que nous étions dans ce petit bout de cour, la nuit était bien noire, puisque nous n'avions pu distinguer le visage du garde, et que, pour le reconnaître, il nous avait fallu le transporter dans le vestibule... A quoi le père Bernier répliqua que si l'on n'avait pas vu « l'autre corps mort ou vivant », on aurait au moins marché dessus, tant ce bout de cour est étroit. Enfin, nous étions, sans compter le cadavre, cinq dans ce bout de cour et il eût été vraiment étrange que l'autre corps nous échappât... La seule porte qui donnait dans ce bout de cour était celle de la chambre du garde, et la porte en était fermée. On en avait retrouvé la clef dans la poche du garde...

Tout de même, comme ce raisonnement de Bernier, qui à première vue paraissait logique, conduisait à dire qu'on avait tué à coups d'armes à feu un homme mort d'un coup de couteau, le juge d'instruction ne s'y arrêta pas longtemps. Et il fut évident pour tous, dès midi, que ce magistrat était persuadé que nous avions raté « le fuyard » et que nous avions trouvé là un cadavre qui n'avait rien à voir avec « notre affaire ». Pour lui, le cadavre du garde était une autre affaire. Il voulut le prouver sans plus tarder, et il est probable que « cette nouvelle affaire » correspondait avec des idées qu'il avait depuis quelques jours sur les mœurs du garde, sur ses fréquentations, sur la récente intrigue qu'il entretenait avec la femme du propriétaire de l'auberge du « Donjon », et corroborait également les rapports qu'on avait dû lui faire relativement aux menaces de mort proférées par le père Mathieu à l'adresse du garde, car à une heure de l'après-midi le père Mathieu, malgré ses gémissements de rhumatisant et les protestations de sa femme, était arrêté et conduit sous bonne escorte à Corbeil. On n'avait cependant rien découvert chez lui de compromettant ; mais des propos tenus, encore la veille, à des rouliers qui les répétèrent, le compromirent plus que si l'on avait trouvé dans sa paillasse le couteau qui avait tué « l'homme vert ».

Nous en étions là, ahuris de tant d'événements aussi terribles qu'inexplicables, quand, pour mettre le comble à la stupéfaction de tous, nous vîmes arriver au château Frédéric Larsan, qui en était parti aussitôt après avoir vu le juge d'instruction et qui revenait, accompagné d'un employé de chemin de fer.

Nous étions alors dans le vestibule avec Arthur Rance, discutant de la culpabilité et de l'innocence du père Mathieu (du moins Arthur Rance et moi étions seuls à discuter, car Rouletabille semblait parti pour quelque rêve lointain et ne s'occupait en aucune façon de ce que nous disions). Le juge d'instruction et son greffier se trouvaient dans le petit salon vert où Robert Darzac nous avait introduits quand nous étions arrivés pour la première fois au Glandier. Le père Jacques, mandé par le juge, venait d'entrer dans le petit salon ; M. Robert Darzac était en haut, dans la chambre de Mlle Stangerson, avec M. Stangerson et les médecins. Frédéric Larsan entra dans le vestibule avec l'employé de chemin de fer. Rouletabille et moi reconnûmes aussitôt cet employé à sa petite barbiche blonde : « Tiens ! l'employé d'Epinay-sur-Orge ! » m'écriai-je, et je regardai Frédéric Larsan qui répliqua en souriant : « Oui, oui, vous avez raison, c'est l'employé d'Epinay-sur-Orge. » Sur quoi Fred se fit annoncer au juge d'instruction par le gendarme qui était à la porte du salon. Aussitôt le père Jacques sortit, et Frédéric Larsan et l'employé furent introduits. Quelques instants s'écoulèrent, dix minutes peut-être. Rouletabille était fort impatient. La porte du salon se rouvrit ; le gendarme, appelé par le juge d'instruction, entra dans le salon, en ressortit, gravit l'escalier et le redescendit. Rouvrant alors la porte du salon et ne la refermant pas, il dit au juge d'instruction :

— Monsieur le juge, M. Robert Darzac ne veut pas descendre !

— Comment ! il ne veut pas !... s'écria M. de Marquet.

— Non ! il dit qu'il ne peut quitter Mlle Stangerson dans l'état où elle se trouve...

— C'est bien, fit M. de Marquet ; puisqu'il ne vient pas à nous, nous irons à lui...

M. de Marquet et le gendarme montèrent ; le juge d'instruction fit signe à Frédéric Larsan et à l'employé de chemin de fer de les suivre. Rouletabille et moi fermions la marche.

On arriva ainsi dans la galerie, devant la porte de l'antichambre de Mlle Stangerson. M. de Marquet frappa à la porte. Une femme de chambre apparut. C'était Sylvie, une petite bonniche dont les cheveux d'un blond fadasse retombaient en désordre sur un visage consterné.

— M. Stangerson est là ? demanda le juge d'instruction.

— Oui, monsieur.

— Dites-lui que je désire lui parler.

Sylvie alla chercher M. Stangerson.

Le savant vint à nous ; il pleurait ; il faisait peine à voir.

— Que me voulez-vous encore ? demanda celuici au juge. Ne pourrait-on pas, monsieur, dans un moment pareil, me laisser un peu tranquille !

— Monsieur, fit le juge, il faut absolument que j'aie, sur-le-champ, un entretien avec M. Robert Darzac. Ne pourriez-vous le décider à quitter la chambre de Mlle Stangerson ? Sans quoi, je me verrais dans la nécessité d'en franchir le seuil avec tout l'appareil de la justice.

Le professeur ne répondit pas ; il regarda le juge, le gendarme et tous ceux qui les accompagnaient comme une victime regarde ses bourreaux, et il rentra dans la chambre.

Aussitôt M. Robert Darzac en sortit. Il était bien pâle et bien défait ; mais, quand le malheureux aperçut, derrière Frédéric Larsan, l'employé de chemin de fer, son visage se décomposa encore ; ses yeux devinrent hagards et il ne put retenir un sourd gémissement.

Nous avions tous saisi le tragique mouvement de cette physionomie douloureuse. Nous ne pûmes nous empêcher de laisser échapper une exclamation de pitié. Nous sentîmes qu'il se passait alors quelque chose de définitif qui décidait de la perte de M. Robert Darzac. Seul, Frédéric Larsan avait une figure rayonnante et montrait la joie d'un chien de chasse qui s'est enfin emparé de sa proie.

M. de Marquet dit, montrant à M. Darzac le jeune employé à la barbiche blonde :

— Vous reconnaissez monsieur ?

— Je le reconnais, fit Robert Darzac d'une voix qu'il essayait en vain de rendre ferme. C'est un employé de l'Orléans à la station d'Epinay-sur-Orge.

— Ce jeune homme, contina M. de Marquet, affirme qu'il vous a vu descendre de chemin de fer, à Epinay...

— Cette nuit, termina M. Darzac, à dix heures et demie... c'est vrai !...

Il y eut un silence...

— Monsieur Darzac, reprit le juge d'instruction sur un ton qui était empreint d'une poignante émotion... Monsieur Darzac, que veniez-vous faire cette nuit à Epinay-sur-Orge, à quelques kilomètres de l'endroit où l'on assassinait Mlle Stangerson ?...

M. Darzac se tut. Il ne baissa pas la tête, mais il ferma les yeux, soit qu'il voulût dissimuler sa douleur, soit qu'il craignît qu'on pût lire dans son regard quelque chose de son secret.

— Monsieur Darzac, insista M. de Marquet..., pouvez-vous me donner l'emploi de votre temps cette nuit ?

M. Darzac rouvrit les yeux. Il semblait avoir reconquis toute sa puissance sur lui-même.

— Non, monsieur !...

— Réfléchissez, monsieur, car je vais être dans la nécessité, si vous persistez dans votre étrange refus, de vous garder à ma disposition.

— Je refuse...

— Monsieur Darzac ! Au nom de la loi, je vous arrête !...

Le juge n'avait pas plus tôt prononcé ces mots que je vis Rouletabille faire un mouvement brusque, vers M. Darzac. Il allait certainement parler, mais celui-ci d'un geste lui ferma la bouche... Du reste, le gendarme s'approchait déjà de son prisonnier... A ce moment un appel désespéré retentit :

— Robert !... Robert !...

Nous reconnûmes la voix de Mlle Stangerson, et, à cet accent de douleur, pas un de nous qui ne frissonnât. Larsan lui-même, cette fois, en pâlit. Quant à M. Darzac, répondant à l'appel, il s'était déjà précipité dans la chambre...

Le juge, le gendarme, Larsan, s'y réunirent derrière lui ; Rouletabille et moi restâmes sur le pas de la porte. Spectacle déchirant : Mlle Stangerson, dont le visage avait la pâleur de la mort, s'était soulevée sur sa couche, malgré les deux médecins et son père... Elle tendait des bras tremblants vers Robert Darzac sur qui Larsan et le gendarme avaient mis la main... Ses yeux étaient grands ouverts... elle voyait... elle comprenait... sa bouche sembla murmurer un mot... un mot qui expira sur ses lèvres exsangues... un mot que personne n'entendit... et elle se renversa, évanouie... On emmena rapidement Darzac hors de la chambre... En attendant une voiture que Larsan était allé chercher, nous nous arrêtâmes dans le vestibule. Notre émotion à tous était extrême. M. de Marquet avait la larme à l'œil. Rouletabille profita de ce moment d'attendrissement général pour dire à M. Darzac :

— Vous ne vous défendrez pas ?

— Non ! répliqua le prisonnier.

— Moi, je vous défendrai, monsieur...

— Vous ne le pouvez pas, affirma le malheureux avec un pauvre sourire... Ce que nous n'avons pu faire, Mlle Stangerson et moi, vous ne le ferez pas !

— Si, je le ferai.

Et la voix de Rouletabille était étrangement calme et confiante. Il continua :

— Je le ferai, monsieur Robert Darzac, parce que moi, *j'en sais plus long que vous !*

— Allons donc ! murmura Darzac presque avec colère.

— Oh ! soyez tranquille, je ne saurai que ce qu'il sera utile de savoir *pour vous sauver !*

— *Il ne faut rien savoir,* jeune homme... si vous voulez avoir droit à ma reconnaissance.

Rouletabille secoua la tête. Il s'approcha tout près, tout près de Darzac :

— Ecoutez ce que je vais vous dire, fit-il à voix basse... et que cela vous donne confiance ! Vous, vous ne savez que le nom de l'assassin ; Mlle Stangerson, elle, *connaît seulement la moitié de l'assassin ; mais moi, je connais ses deux moitiés ; je connais l'assassin tout entier, moi !...*

Robert Darzac ouvrit des yeux qui attestaient qu'il ne comprenait pas un mot de ce que venait de lui dire Rouletabille. La voiture, sur ces entrefaites, arriva, conduite par Frédéric Larsan. On y fit monter Darzac et le gendarme. Larsan resta sur le siège. On emmenait le prisonnier à Corbeil.

XXV

ROULETABILLE PART EN VOYAGE

Le soir même nous quittions le Glandier, Rouletabille et moi. Nous en étions fort heureux : cet endroit n'avait rien qui pût encore nous retenir. Je déclarai que je renonçais à percer tant de mystères, et Rouletabille, en me donnant une tape amicale sur l'épaule, me confia qu'il n'avait plus rien à apprendre au Glandier, parce que le Glandier lui avait tout appris. Nous arrivâmes à Paris vers huit heures. Nous dinâmes rapidement, puis, fatigués, nous nous séparâmes en nous donnant rendez-vous le lendemain matin chez moi.

A l'heure dite, Rouletabille entrait dans ma chambre. Il était vêtu d'un complet à carreaux, en drap anglais, avait un ulster sur le bras, une casquette sur la tête et un sac à la main. Il m'apprit qu'il partait en voyage.

— Combien de temps serez-vous parti ? lui demandai-je.

— Un mois ou deux, fit-il, cela dépend...

Je n'osai l'interroger...

— Savez-vous, me dit-il, quel est le mot que Mlle Stangerson a prononcé hier avant de s'évanouir... en regardant M. Robert Darzac ?...

— Non, personne ne l'a entendu...

— Si ! répliqua Rouletabille, moi ! Elle lui disait : « Parle ! »

— Et M. Darzac parlera ?

— Jamais !

J'aurais voulu prolonger l'entretien, mais il me serra fortement la main et me souhaita une bonne santé, je n'eus que le temps de lui demander :

— Vous ne craignez point que, pendant votre absence, il se commette de nouveaux attentats ?...

— Je ne crains plus rien de ce genre, dit-il, depuis que M. Darzac est en prison.

Sur cette parole bizarre, il me quitta. Je ne devais plus le revoir qu'en cour d'assises, au moment du procès Darzac, lorsqu'il vint à la barre « expliquer l'inexplicable ».

XXVI

OU JOSEPH ROULETABILLE EST IMPATIEMMENT ATTENDU

Le 15 janvier suivant, c'est-à-dire deux mois et demi après les tragiques événements que je viens de rapporter, *L'Epoque* publiait, en première colonne, première page, le sensationnel article suivant :

« Le jury de Seine-et-Oise est appelé aujourd'hui à juger l'une des plus mystérieuses affaires qui soient dans les annales judiciaires. Jamais procès n'aura présenté tant de points obscurs, incompréhensibles, inexplicables. Et cependant l'accusation n'a point hésité à faire asseoir sur le banc des assises un homme respecté, estimé, aimé de tous ceux qui le connaissent, un jeune savant, espoir de la science française, dont toute l'existence fut de travail et de probité. Quand Paris apprit l'arrestation de M. Robert Darzac, un cri unanime de protestation s'éleva de toutes parts. La Sorbonne tout entière, déshonorée par le geste inouï du juge d'instruction, proclama sa foi dans l'innocence du fiancé de Mlle Stangerson. M. Stangerson lui-même attesta hautement l'erreur où s'était fourvoyée la justice, et il ne fait de doute pour personne que, si la victime pouvait parler, elle viendrait réclamer aux douze jurés de Seine-et-Oise l'homme dont elle voulait faire son époux et que l'accusation veut envoyer à l'échafaud. Il faut espérer qu'un jour prochain Mlle Stangerson recouvrera sa raison qui a momentanément sombré dans l'horrible mystère du Glandier. Voulez-vous qu'elle la reperde lorsqu'elle apprendra que l'homme qu'elle aime est mort de la main du bourreau ? Cette question s'adresse au jury " auquel nous nous proposons d'avoir affaire, aujourd'hui même ".

« Nous sommes décidés, en effet, à ne point laisser douze braves gens commettre une abominable erreur judiciaire. Certes, des coïncidences terribles, des traces accusatrices, un silence inexplicable de la part de l'accusé, un emploi du temps énigmatique, l'absence de tout alibi ont pu entraîner la conviction du parquet qui, " ayant vainement cherché la vérité ailleurs " s'est résolu à la trouver là. Les charges sont, en apparence, si accablantes, pour M. Robert Darzac, qu'il faut même excuser un policier aussi averti, aussi intelligent, et généralement aussi heureux que M. Frédéric Larsan de s'être laissé aveugler par elles. Jusqu'alors, tout est venu accuser M. Robert Darzac, devant l'instruction ; aujourd'hui, nous allons, nous, le défendre devant le jury ; et nous apporterons à la barre une lumière telle que tout le mystère du Glandier en sera illuminé. " Car nous possédons la vérité. "

« Si nous n'avons point parlé plus tôt, c'est que l'intérêt même de la cause que nous voulons défendre l'exigeait sans doute. Nos lecteurs n'ont pas oublié ces sensationnelles enquêtes anonymes que nous avons publiées sur le " Pied gauche de la rue Oberkampf ", sur le fameux vol du " Crédit universel " et sur l'affaire des " Lingots d'or de la Monnaie ". Elles nous faisaient prévoir la vérité, avant même que l'admirable ingéniosité d'un Frédéric Larsan ne l'eût dévoilée tout entière. Ces enquêtes étaient conduites par notre plus jeune rédacteur, un enfant de dix-huit ans, Joseph Rouletabille, qui sera illustre demain. Quand l'affaire du Glandier éclata, notre petit reporter se rendit sur les lieux, força toutes les portes et s'installa dans le château d'où tous les représentants de la presse avaient été chassés. A côté de Frédéric Larsan, il chercha la vérité ; il vit avec épouvante l'erreur où s'abîmait tout le génie du célèbre policier ; en vain essaya-t-il de le rejeter hors de la mauvaise piste où il s'était engagé : le grand Fred ne voulut point consentir à recevoir des leçons de ce petit journaliste. Nous savons où cela a conduit M. Robert Darzac.

« Or, il faut que la France sache, il faut que le monde sache que, le soir même de l'arrestation de M. Robert Darzac le jeune Joseph Rouletabille pénétrait dans le bureau de notre directeur et lui disait : " Je pars en voyage. Combien de temps serai-je parti, je ne pourrais vous le dire ; peut-être un mois, deux mois, trois mois... peut-être ne reviendrai-je jamais... Voici une lettre... Si je ne suis pas revenu le jour où M. Darzac comparaîtra devant les assises, vous ouvrirez cette lettre en cour d'assises, après le défilé des témoins. Entendez-vous pour cela avec l'avocat de M. Robert Darzac. M. Robert Darzac est innocent. *Dans cette lettre il y a le nom de l'assassin,* et, je ne dirai point : les preuves, je vais les chercher, mais l'*explication irréfutable de sa culpabilité.* " Et notre rédacteur partit. Nous sommes restés longtemps sans nouvelles mais un inconnu est venu trouver notre directeur, il y a huit jours, pour lui dire : " Agissez suivant les instructions de Joseph Rouletabille, *si la chose devient nécessaire.* Il y a la vérité dans cette lettre. " Cet homme n'a point voulu nous dire son nom.

« Aujourd'hui 15 janvier, nous voici au grand jour des assises ; Joseph Rouletabille n'est pas de retour ; peut-être ne le reverrons-nous jamais. La presse, elle aussi, compte ses héros, victimes du devoir : le devoir professionnel, le premier de tous les devoirs. Peut-être, à cette heure, y a t-il succombé !

Nous saurons le venger. Notre directeur, cet après-midi, sera à la cour d'assises de Versailles, avec la lettre : *La lettre qui contient le nom de l'assassin !* »

En tête de l'article, on avait mis le portrait de Rouletabille.

Le Parisiens qui se rendirent ce jour-là à Versailles pour le procès dit du mystère de la « Chambre Jaune » n'ont certainement pas oublié l'incroyable cohue qui se bousculait à la gare Saint-Lazare. On ne trouvait plus de place dans les trains et l'on dut improviser des convois supplémentaires. L'article de *L'Epoque* avait bouleversé tout le monde, excité toutes les curiosités, poussé jusqu'à l'exaspération la passion des discussions. Des coups de poing furent échangés entre les partisans de Joseph Rouletabille et les fanatiques de Frédéric Larsan, car, chose bizarre, la fièvre de ces gens venait moins de ce qu'on allait peut-être condamner un innocent que de l'intérêt qu'ils portaient à leur propre compréhension du mystère de la « Chambre Jaune ». Chacun avait son explication et la tenait pour bonne. Tous ceux qui expliquaient le crime comme Frédéric Larsan n'admettaient point qu'on pût mettre en doute la perspicacité de ce policier populaire ; et tous les autres qui avaient une explication autre que celle de Frédéric Larsan, prétendaient naturellement qu'elle devait être celle de Joseph Rouletabille qu'ils ne connaissaient pas encore. Le numéro de *L'Epoque* à la main, les « Larsan » et les « Rouletabille » se disputèrent, se chamaillèrent, jusque sur les marches du palais de justice de Versailles, jusque dans le prétoire. Un service d'ordre extraordinaire avait été commandé. L'innombrable foule qui ne put pénétrer dans le palais resta jusqu'au soir aux alentours du monument maintenue difficilement par la troupe et la police, avide de nouvelles, accueillant les rumeurs les plus fantastiques. Un moment, le bruit circula qu'on venait d'arrêter, en pleine audience, M. Stangerson lui-même, qui s'était avoué l'assassin de sa fille... C'était de la folie. L'énervement était à son comble. Et l'on attendait toujours Rouletabille. Des gens prétendaient le connaître et le reconnaître ; et, quand un jeune homme, muni d'un laissez-passer, traversait la place libre qui séparait la foule du palais de justice, des bousculades se produisaient. On s'écrasait. On criait : « Rouletabille ! Voici Rouletabille ! » Des témoins, qui ressemblaient plus ou moins vaguement au portrait publié par *L'Epoque,* furent aussi acclamés. L'arrivée du directeur de *L'Epoque* fut encore le signal de quelques manifestations. Les uns applaudirent, les autres sifflèrent. Il y avait beaucoup de femmes dans la foule.

Dans la salle des assises, le procès se déroulait sous la présidence de M. de Rocoux, un magistrat imbu de tous les préjugés des gens de robe, mais foncièrement honnête. On avait fait l'appel des témoins. J'en étais naturellement, ainsi que tous ceux qui, de près ou de loin, avaient touché les mystères du Glandier : M. Stangerson, vieilli de dix ans, méconnaissable, Larsan, M. Arthur W. Rance, la figure toujours enluminée, le père Jacques, le père Mathieu, qui fut amené, menottes aux mains, entre deux gendarmes Mme Mathieu, tout en larmes, les Bernier, les deux gardes-malades, le maître d'hôtel, tous les domestiques du château, l'employé de poste du bureau 40, l'employé du chemin de fer d'Epinay, quelques amis de M. et de Mlle Stangerson, et tous les témoins à décharge de M. Robert Darzac. J'eus la chance d'être entendu parmi les premiers témoins, ce qui me permit d'assister à presque tout le procès.

Je n'ai point besoin de vous dire que l'on s'écrasait dans le prétoire. Des avocats étaient assis jusque sur les marches de la « cour » ; et, derrière les magistrats en robe rouge, tous les parquets des environs étaient représentés. M. Robert Darzac apparut au banc des accusés, entre les gendarmes, si calme, si grand et si beau, qu'un murmure d'admiration plus que de compassion l'accueillit. Il se pencha aussitôt vers son avocat, maître Henri-Robert, qui, assisté de son premier secrétaire, maître André Hesse. alors débutant, avait déjà commencé à feuilleter son dossier.

Beaucoup s'attendaient à ce que M. Stangerson allât serrer la main de l'accusé ; mais l'appel des témoins eut lieu et ceux-ci quittèrent tous la salle sans que cette démonstration sensationnelle se fût produite. Au moment où les jurés prirent place, on remarqua qu'ils avaient eu l'air de s'intéresser beaucoup à un rapide entretien que maître Henri-Robert avait eu avec le directeur de *L'Epoque*. Celui-ci s'en fut ensuite prendre place au premier rang du public. Quelques-uns s'étonnèrent qu'il ne suivît point les témoins dans la salle qui leur était réservée.

La lecture de l'acte d'accusation s'accomplit comme presque toujours, sans incident. Je ne relaterai pas ici le long interrogatoire que subit M. Darzac. Il répondit à la fois de la façon la plus naturelle et la plus mystérieuse. « Tout ce qu'il pouvait dire » parut naturel, tout ce qu'il tut parut terrible pour lui, même aux yeux de ceux qui « sentaient » son innocence. Son silence sur les points que nous connaissons se dressa contre lui et il semblait bien que ce silence dût fatalement l'écraser. Il résista aux objurgations du président des assises et du ministère public. On lui dit que se taire, en une pareille circonstance, équivalait à la mort.

— C'est bien, dit-il, je la subirai donc ; mais je suis innocent !

Avec cette habileté prodigieuse qui a fait sa renommée, et profitant de l'incident, maître Henri-Robert essaya de grandir le caractère de son client, par le fait même de son silence, en faisant allusion à des devoirs moraux que seules des âmes héroïques sont susceptibles de s'imposer. L'éminent avocat ne parvint qu'à convaincre tout à fait ceux qui connaissaient M. Darzac, mais les autres restèrent hésitants. Il y eut une suspension d'audience, puis le défilé des témoins commença et Rouletabille n'arrivait toujours point. Chaque fois qu'une porte s'ouvrait, tous les yeux allaient à cette porte, puis se reportaient sur le directeur de *L'Epoque* qui restait impassible, à sa place. On le vit enfin qui fouillait dans sa poche et qui « en tirait une lettre ». Une grosse rumeur suivit ce geste.

Mon intention n'est point de retracer ici tous les incidents du procès. J'ai assez longuement rappelé toutes les étapes de l'affaire pour ne point imposer aux lecteurs le défilé nouveau des événements entourés de leur mystère. J'ai hâte d'arriver au moment vraiment dramatique de cette journée inoubliable. Il survint, comme maître Henri-Robert posait quelques questions au père Mathieu, qui, à la barre des témoins, se défendait, entre ses deux gendarmes, d'avoir assassiné « l'homme vert ». Sa femme fut appelée et confrontée avec lui. Elle avoua, en éclatant en sanglots, qu'elle avait été « l'amie » du garde, que son mari s'en était douté ; mais elle affirma encore que celui-ci n'était pour rien dans l'assassinat de « son ami ». Maître Henri-Robert demanda alors à la cour de bien vouloir entendre immédiatement, sur ce point, Frédéric Larsan.

— Dans une courte conversation que je viens d'avoir avec Frédéric Larsan, pendant la suspension d'audience, déclara l'avocat, celui-ci m'a fait comprendre que l'on pouvait expliquer la mort du garde autrement que par l'intervention du père Mathieu. Il serait intéressant de connaître l'hypothèse de Frédéric Larsan.

Frédéric Larsan fut introduit. Il s'expliqua fort nettement.

— Je ne vois point, dit-il, la nécessité de faire intervenir le père Mathieu en tout ceci. Je l'ai dit à M. de Marquet, mais les propos meurtriers de cet homme lui ont évidemment nui dans l'esprit de M. le juge d'instruction. Pour moi, l'assassinat de Mlle Stangerson, et l'assassinat du garde « sont la même affaire ». On a tiré sur l'assassin de Mlle Stangerson, fuyant dans la cour d'honneur ; on a pu croire l'avoir atteint, on a pu croire l'avoir tué ; à la vérité il n'a fait que trébucher au moment où il disparaissait derrière l'aile droite du château. Là, l'assassin a rencontré le garde qui voulut sans doute s'opposer à sa fuite. L'assassin avait encore à la main le couteau dont il venait de frapper Mlle Stangerson ; il en frappa le garde au cœur, et le garde en est mort.

Cette explication si simple parut d'autant plus plausible que, déjà, beaucoup de ceux qui s'intéressaient aux mystères du Glandier l'avaient trouvée. Un murmure d'approbation se fit entendre.

— Et l'assassin, qu'est-il devenu, dans tout cela ? demanda le président.

— Il s'est évidemment caché, monsieur le président,

dans un coin obscur de ce bout de cour et, après le départ des gens du château qui emportaient le corps, il a pu tranquillement s'enfuir.

A ce moment, du fond du « public debout », une voix juvénile s'éleva. Au milieu de la stupeur de tous, elle disait :

— Je suis de l'avis de Frédéric Larsan pour le coup de couteau au cœur. Mais je ne suis plus de son avis sur la manière dont l'assassin s'est enfui du bout de cour !

Tout le monde se retourna ; les huissiers se précipitèrent, ordonnant le silence. Le président demanda avec irritation qui avait élevé la voix et ordonna l'expulsion immédiate de l'intrus ; mais on réentendit la même voix claire qui criait :

— C'est moi, monsieur le président, c'est moi, Joseph Rouletabille !

XXVII

OU JOSEPH ROULETABILLE APPARAIT DANS TOUTE SA GLOIRE

Il y eut un remous terrible. On entendit des cris de femmes qui se trouvaient mal. On n'eût plus aucun égard pour « la majesté de la justice ». Ce fut une bousculade insensée. Tout le monde voulait voir Joseph Rouletabille. Le président cria qu'il allait faire évacuer la salle, mais personne ne l'entendit. Pendant ce temps, Rouletabille sautait par-dessus la balustrade qui le séparait du public assis, se faisait un chemin à grands coups de coude, arrivait auprès de son directeur qui l'embrassait avec effusion, lui prit « sa » lettre d'entre les mains, la glissa dans sa poche, pénétra dans la partie réservée du prétoire et parvint ainsi jusqu'à la barre des témoins, bousculé, bousculant, le visage souriant, heureux, boule écarlate qu'illuminait encore l'éclair intelligent de ses deux grands yeux ronds. Il avait ce costume anglais que je lui avais vu le matin de son départ — mais dans quel état, mon Dieu ! — l'ulster sur son bras et la casquette de voyage à la main. Et il dit :

— Je demande pardon, monsieur le président, le transatlantique a eu du retard ! J'arrive d'Amérique. Je suis Joseph Rouletabille !...

On éclata de rire. Tout le monde était heureux de l'arrivée de ce gamin. Il semblait à toutes ces consciences qu'un immense poids venait de leur être enlevé. On respirait. On avait la certitude qu'il apportait réellement la vérité... qu'il allait faire connaître la vérité...

Mais le président était furieux :

— Ah ! vous êtes Joseph Rouletabille, reprit le président... eh bien, je vous apprendrai, jeune homme, à vous moquer de la justice... En attendant que la cour délibère sur votre cas, je vous retiens à la disposition de la justice... en vertu de mon pouvoir discrétionnaire.

— Mais, monsieur le président, je ne demande que cela : être à la disposition de la justice... je suis venu m'y mettre, à la disposition de la justice... Si mon entrée a fait un peu de tapage, j'en demande bien pardon à la cour... Croyez bien, monsieur le président, que nul, plus que moi, n'a le respect de la justice... Mais je suis entré comme j'ai pu...

Et il se mit à rire. Et tout le monde rit.

— Emmenez-le ! commanda le président.

Mais maître Henri-Robert intervint. Il commença par excuser le jeune homme, il le montra animé des meilleurs sentiments, il fit comprendre au président qu'on pouvait difficilement se passer de la déposition d'un témoin qui avait couché au Glandier pendant toute la semaine mystérieuse, d'un témoin surtout qui prétendait prouver l'innocence de l'accusé et apporter le nom de l'assassin.

— Vous allez nous dire le nom de l'assassin ? demanda le président, ébranlé mais sceptique.

— Mais, mon président, je ne suis venu que pour ça ! fit Rouletabille.

On faillit applaudir dans le prétoire, mais les chut ! énergiques des huissiers rétablirent le silence.

— Joseph Rouletabille, dit maître Henri-Robert, n'est pas cité régulièrement comme témoin, mais j'espère qu'en vertu de son pouvoir discrétionnaire, monsieur le président voudra bien l'interroger.

— C'est bien ! fit le président, nous l'interrogerons. Mais finissons-en d'abord...

L'avocat général se leva :

— Il vaudrait peut-être mieux, fit remarquer le représentant du ministère public, que ce jeune homme nous dise tout de suite le nom de celui qu'il dénonce comme étant l'assassin.

Le président acquiesça avec une ironique réserve :

— Si monsieur l'avocat général attache quelque importance à la déposition de M. Joseph Rouletabille, je ne vois pas d'inconvénient à ce que le témoin nous dise tout de suite le nom de « son » assassin !

On eût entendu voler une mouche.

Rouletabille se taisait, regardant avec sympathie M. Robert Darzac, qui lui, pour la première fois, depuis le commencement du débat, montrait un visage agité et plein d'angoisse.

— Eh bien, répéta le président, on vous écoute, monsieur Joseph Rouletabille. Nous attendons le nom de l'assassin.

Rouletabille fouilla tranquillement dans la poche

de son gousset, en tira un énorme oignon, y regarda l'heure, et dit :

— Monsieur le président, je ne pourrai vous dire le nom de l'assassin qu'à six heures et demie ! *Nous avons encore quatre bonnes heures devant nous !*

La salle fit entendre des murmures étonnés et désappointés. Quelques avocats dirent à haute voix : « Il se moque de nous ! »

Le président avait l'air enchanté ; maîtres Henri-Robert et André Hesse étaient ennuyés.

Le président dit :

— Cette plaisanterie a assez duré. Vous pouvez vous retirer, monsieur, dans la salle des témoins. Je vous garde à notre disposition.

Rouletabille protesta :

— Je vous affirme, monsieur le président, s'écria-t-il de sa voix aiguë et claironnante, je vous affirme que, lorsque je vous aurai dit le nom de l'assassin, *vous comprendrez que je ne pouvais vous le dire qu'à six heures et demie !* Parole d'honnête homme ! Foi de Rouletabille !... Mais, en attendant, je peux toujours vous donner quelques explications sur l'assassinat du garde... M. Frédéric Larsan, qui m'a vu « travailler » au Glandier, pourrait vous dire avec quel soin j'ai étudié toute cette affaire. J'ai beau être d'un avis contraire au sien et prétendre qu'en faisant arrêter M. Robert Darzac, il a fait arrêter un innocent, il ne doute pas, lui, de ma bonne foi, ni de l'importance qu'il faut attacher à mes découvertes, qui ont souvent corroboré les siennes !

Frédéric Larsan dit :

— Monsieur le président, il serait intéressant d'entendre M. Joseph Rouletabille ; d'autant plus intéressant qu'il n'est pas de mon avis.

Un murmure d'approbation accueillit cette parole du policier. Il acceptait le duel en beau joueur. La joute promettait d'être curieuse entre ces deux intelligences qui s'étaient acharnées au même tragique problème et qui étaient arrivées à deux solutions différentes.

Comme le président se taisait, Frédéric Larsan continua :

— Ainsi nous sommes d'accord pour le coup de couteau au cœur qui a été donné au garde par l'assassin de Mlle Stangerson ; mais, puisque nous ne sommes plus d'accord sur la question de la fuite de l'assassin, « dans le bout de cour », il serait curieux de savoir comment M. Rouletabille explique cette fuite.

— Evidemment, fit mon ami, ce serait curieux !

Toute la salle partit encore à rire. Le président déclara aussitôt que, si un pareil fait se renouvelait, il n'hésiterait pas à mettre à exécution sa menace de faire évacuer la salle.

— Vraiment, termina le président, dans une affaire comme celle-là je ne vois pas ce qui peut prêter à rire.

— Moi non plus ! dit Rouletabille.

Des gens, devant moi, s'enfoncèrent leur mouchoir dans la bouche pour ne pas éclater...

— Allons, fit le président, vous avez entendu, jeune homme, ce que vient de dire M. Frédéric Larsan. Comment, selon vous, l'assassin s'est-il enfui du « bout de cour » ?

*

Rouletabille regarda Mme Mathieu qui lui sourit tristement.

— Puisque Mme Mathieu, dit-il, a bien voulu avouer tout l'intérêt qu'elle portait au garde...

— La coquine ! s'écria le père Mathieu.

— Faites sortir le père Mathieu ! ordonna le président.

On emmena le père Mathieu.

Rouletabille reprit :

— ... Puisqu'elle a fait cet aveu, je puis bien vous dire qu'elle avait souvent des conversations, la nuit, avec le garde, au premier étage du donjon, dans la chambre qui fut, autrefois, un oratoire. Ces conversations furent surtout fréquentes dans les derniers temps, quand le père Mathieu était cloué au lit par ses rhumatismes.

« Une piqûre de morphine, administrée à propos, donnait au père Mathieu le calme et le repos, et tranquillisait son épouse pour les quelques heures pendant lesquelles elle était dans la nécessité de s'absenter. Mme Mathieu venait au château, la nuit, enveloppée dans un grand châle noir qui lui servait autant que possible à dissimuler sa personnalité et la faisait ressembler à un sombre fantôme qui, parfois, troubla les nuits du père Jacques. Pour prévenir son ami de sa présence, Mme Mathieu avait emprunté le chat de la mère Agenoux, une vieille sorcière de Sainte-Geneviève-des-Bois, son miaulement sinistre ; aussitôt, le garde descendait de son donjon et venait ouvrir la petite poterne à sa maîtresse. Quand les réparations du donjon furent récemment entreprises, les rendez-vous n'en eurent pas moins lieu dans l'ancienne chambre du garde, au donjon même, la nouvelle chambre, qu'on avait momentanément abandonnée à ce malheureux serviteur, à l'extrémité de l'aile droite du château, n'étant séparée du ménage du maître d'hôtel et de la cuisinière que par une trop mince cloison.

« Mme Mathieu venait de quitter le garde en parfaite santé, quand le drame du " petit bout de cour " survint. Mme Mathieu et le garde, n'ayant plus rien à se dire, étaient sortis du donjon ensemble... Je n'ai appris ces détails, monsieur le président, que par l'examen auquel je me livrai des traces de pas dans la cour d'honneur, le lendemain matin... Bernier, le concierge, que j'avais placé, avec son fusil, en observation derrière le donjon, *ainsi que je lui permettrai de vous l'expliquer lui-même,* ne pouvait voir ce qui se passait dans la cour d'honneur. Il n'y arriva un peu plus tard qu'attiré par les coups de revolver, et tira à son tour. Voici donc le garde et Mme Mathieu dans la nuit et le silence de la cour d'honneur. Ils se souhaitent le bonsoir ; Mme Mathieu se dirige vers la grille ouverte de cette cour, et lui s'en retourne se coucher dans sa petite pièce en encorbellement, à l'extrémité de l'aile droite du château.

« Il va atteindre sa porte, quand des coups de revolver retentissent ; il se retourne ; anxieux, il revient sur ses pas ; il va atteindre l'angle de l'aile droite du château quand une ombre bondit sur lui et le frappe. Il meurt. Son cadavre est ramassé tout de suite par des gens qui croient tenir l'assassin et qui n'emportent que l'assassiné. Pendant ce temps, que fait Mme Mathieu ? Surprise par les détonations et l'envahissement de la cour, elle se fait la plus petite qu'elle peut dans la nuit et dans la cour d'honneur. La cour est vaste et se trouvant près de la grille, Mme Mathieu pouvait passer inaperçue. Mais elle ne " passa " pas. Elle resta et vit emporter le cadavre. Le cœur serré d'une angoisse bien compréhensible et poussée par un tragique pressentiment, elle vint jusqu'au vestibule du château, jeta un regard sur l'escalier éclairé par le lumignon du père Jacques, l'escalier où l'on avait étendu le corps de son ami ; elle " vit " et s'enfuit. Avait-elle éveillé l'attention du père Jacques ? Toujours est-il que celui-ci rejoignit le fantôme noir, qui déjà lui avait fait passer quelques nuits blanches.

« Cette nuit même, avant le crime, il avait été réveillé par les cris de la “ Bête du Bon Dieu ” et avait aperçu, par sa fenêtre, le fantôme noir... Il s'était hâtivement vêtu et c'est ainsi que l'on s'explique qu'il arriva dans le vestibule, tout habillé quand nous apportâmes le cadavre du garde. Donc, cette nuit-là, dans la cour d'honneur, il a voulu, sans doute une fois pour toutes, regarder de tout près la figure du fantôme. Il la reconnut. Le père Jacques est un vieil ami de Mme Mathieu. Elle dut lui avouer ses nocturnes entretiens, et le supplier de la sauver de ce moment difficile ! L'état de Mme Mathieu, qui venait de voir son ami mort, devait être pitoyable. Le père Jacques eut pitié et accompagna Mme Mathieu, à travers la chênaie, et hors du parc, par-delà même les bords de l'étang, jusqu'à la route d'Epinay. Là, elle n'avait plus que quelques mètres à faire pour rentrer chez elle. Le père Jacques revint au château, et, se rendant compte de l'importance judiciaire qu'il y aurait pour la maîtresse du garde à ce qu'on ignorât sa présence au château cette nuit-là, essaya autant que possible de nous cacher cet épisode dramatique d'une nuit qui, déjà, en comptait tant ! Je n'ai nul besoin, ajouta Rouletabille, de demander à Mme Mathieu et au père Jacques de corroborer ce récit. “ Je sais ” que les choses se sont passées ainsi ! Je ferai simplement appel aux souvenirs de M. Larsan qui, lui, comprend déjà comment j'ai tout appris, car il m'a vu, le lendemain matin, penché sur une double piste où l'on rencontrait, voyageant de compagnie, l'empreinte des pas du père Jacques et ceux de madame. »

Ici, Rouletabille se tourna vers Mme Mathieu, qui était restée à la barre, et lui fit un salut galant.

— Les empreintes des pieds de madame, expliqua Rouletabille, ont une ressemblance étrange avec les traces des « pieds élégants » de l'assassin...

Mme Mathieu tressaillit et fixa avec une curiosité farouche le jeune reporter. Qu'osait-il dire ? Que voulait-il dire ?

— Madame à le pied élégant, long et plutôt un peu grand pour une femme. C'est, au bout pointu de la bottine près, le pied de l'assassin...

Il y eut quelques mouvements dans l'auditoire. Rouletabille, d'un geste, les fit cesser. On eût dit vraiment, que c'était lui maintenant, qui commandait la police de l'audience.

— Je m'empresse de dire, fit-il, que ceci ne signifie pas grand-chose et qu'un policier qui bâtirait un système sur des marques extérieures semblables, *sans mettre une idée générale autour,* irait tout de go à l'erreur judiciaire ! M. Robert Darzac, lui aussi, a les pieds de l'assassin, et cependant *il n'est pas l'assassin !*

Nouveaux mouvements.

Le président demanda à Mme Mathieu :

— C'est bien ainsi que, ce soir-là, les choses se sont passées pour vous, madame ?

— Oui, monsieur le président, répondit-elle. C'est à croire que M. Rouletabille était derrière nous.

— Vous avez donc vu fuir l'assassin jusqu'à l'extrémité de l'aile droite, madame ?

— Oui, comme j'ai vu emporter, une minute plus tard, le cadavre du garde.

— Et l'assassin, qu'est-il devenu ? Vous étiez restée seule dans la cour d'honneur, il serait tout naturel que vous l'ayez aperçu alors... Il ignorait votre présence et le moment était venu pour lui de s'échapper...

— Je n'ai rien vu, monsieur le président, gémit

Mme Mathieu. A ce moment la nuit était devenue très noire.

— C'est donc, fit le président, M. Rouletabille qui nous expliquera comment l'assassin s'est enfui.

— Evidemment ! répliqua aussitôt le jeune homme avec une telle assurance que le président lui-même ne put s'empêcher de sourire.

Et Rouletabille reprit la parole :

— Il était impossible à l'assassin de s'enfuir normalement du bout de cour dans lequel il était entré sans que nous le vissions ! Si nous ne l'avions pas vu, nous l'eussions touché ! C'est un pauvre petit bout de cour de rien du tout, un carré entouré de fossés et de hautes grilles. L'assassin eût marché sur nous ou nous eussions marché sur lui ! Ce carré était aussi quasi matériellement fermé par les fossés, les grilles, et *par nous-mêmes,* que la « Chambre Jaune ! »

— Alors, dites-nous donc, puisque l'homme est entré dans ce carré, dites-nous donc comment il se fait que vous ne l'ayez point trouvé !... Voilà une demi-heure que je ne vous demande que cela !...

Rouletabille ressortit encore une fois l'oignon qui garnissait la poche de son gilet ; il y jeta un regard calme et dit :

— Monsieur le président, vous pouvez me demander cela encore pendant trois heures trente, je ne pourrai vous répondre sur ce point qu'à six heures et demie !

Cette fois-ci les murmures ne furent ni hostiles, ni désappointés. On commençait à avoir confiance en Rouletabille. « On lui faisait confiance. » Et l'on s'amusait de cette prétention qu'il avait de fixer une heure au président comme il eût fixé un rendez-vous à un camarade.

Quant au président, après s'être demandé s'il

devait se fâcher, il prit son parti de s'amuser de ce gamin comme tout le monde. Rouletabille dégageait de la sympathie, et le président en était déjà tout imprégné. Enfin, il avait si nettement défini le rôle de Mme Mathieu dans l'affaire, et si bien expliqué chacun de ses gestes, « cette nuit-là », que M. de Rocoux se voyait obligé de le prendre presque au sérieux.

— Et bien, monsieur Rouletabille, fit-il, c'est comme vous voudrez ! Mais que je ne vous revoie plus avant six heures et demie !

Rouletabille, salua le président, et, dodelinant de sa grosse tête, il se dirigea vers la porte des témoins.

*

Son regard me cherchait. Il ne me vit point. Alors je me dégageai tout doucement de la foule qui m'enserrait, et je sortis de la salle d'audience, presque en même temps que Rouletabille. Cet excellent ami m'accueillit avec effusion. Il était heureux et loquace. Il me secouait les mains avec jubilation. Je lui dis :

— Je ne vous demanderai point, mon cher ami, ce que vous êtes allé faire en Amérique. Vous me répliqueriez sans doute, comme au président, que vous ne pouvez me répondre qu'à six heures et demie...

— Non, mon cher Sainclair, non, mon cher Sainclair ! Je vais vous dire tout de suite ce que je suis allé faire en Amérique, parce que vous, vous êtes un ami : je suis allé chercher *le nom de la seconde moitié de l'assassin !*

— Vraiment, vraiment, le nom de la seconde moitié...

— Parfaitement. Quand nous avons quitté le Glandier pour la dernière fois, je connaissais les deux moitiés de l'assassin, et le nom de l'une de ces moitiés. C'est le nom de l'autre moitié que je suis allé chercher en Amérique...

Nous entrions, à ce moment, dans la salle des témoins. Ils vinrent tous à Rouletabille avec force démonstrations. Le reporter fut très aimable, si ce n'est avec Arthur Rance auquel il montra une froideur marquée. Frédéric Larsan entrant alors dans la salle, Rouletabille alla à lui, lui administra une de ces poignées de main dont il avait le douloureux secret, et dont on revient avec les phalanges brisées. Pour lui montrer tant de sympathie, Rouletabille devait être bien sûr de l'avoir roulé. Larsan souriait, sûr de lui-même, et lui demandant, à son tour, ce qu'il était allé faire en Amérique. Alors, Rouletabille, très aimable, le prit par le bras et lui conta dix anecdotes de son voyage. A un moment, ils s'éloignèrent, s'entretenant de choses plus sérieuses et, par discrétion, je les quittai. Du reste, j'étais fort curieux de rentrer dans la salle d'audience où l'interrogatoire des témoins continuait. Je retournai à ma place et je pus constater tout de suite que le public n'attachait qu'une importance relative à ce qui se passait alors, et qu'il attendait impatiemment six heures et demie.

*

Ces six heures et demie sonnèrent et Joseph Rouletabille fut à nouveau introduit. Décrire l'émotion avec laquelle la foule le suivit des yeux à la barre serait impossible. On ne resprirait plus. M. Robert Darzac s'était levé à son banc. Il était « pâle comme un mort ».

Le président dit avec gravité :

— Je ne vous fais pas prêter serment, monsieur ! Vous n'avez pas été cité régulièrement. Mais j'espère qu'il n'est pas besoin de vous expliquer toute l'importance des paroles que vous allez prononcer ici...

Et il ajouta, menaçant :

— Toute l'importance de ces paroles... *pour vous,* sinon pour les autres !...

Rouletabille, nullement ému, le regardait. Il dit :

— Oui, m'sieur !

— Voyons, fit le président. Nous parlions tout à l'heure de ce petit bout de cour qui avait servi de refuge à l'assassin, et vous nous promettiez de nous dire, à six heures et demie, comment l'assassin s'est enfui de ce bout de cour et aussi le nom de l'assassin. Il est six heures trente-cinq, monsieur Rouletabille, et nous ne savons encore rien !

— Voilà, m'sieur ! commença mon ami au milieu d'un silence si solennel que je ne me rappelle pas en avoir « vu » de semblable, je vous ai dit que ce bout de cour était fermé et qu'il était impossible pour l'assassin de s'échapper de ce carré sans que ceux qui étaient à sa recherche s'en aperçussent. C'est l'exacte vérité. *Quand nous étions là, dans le carré de bout de cour, l'assassin s'y trouvait encore avec nous !*

— Et vous ne l'avez pas vu !... c'est bien ce que l'accusation prétend...

— Et nous l'avons tous vu ! monsieur le président, s'écria Rouletabille.

— Et vous ne l'avez pas arrêté !...

— Il n'y avait que moi qui sût qu'il était l'assassin. Et j'avais besoin que l'assassin ne fût pas arrêté tout de suite ! Et puis je n'avais d'autre preuve, à ce moment, que « ma raison ! » Oui, seule ma raison me prouvait que l'assassin était là et que nous le voyions ! J'ai pris mon temps pour apporter, aujourd'hui, en cour d'assises, *une preuve irréfutable, et qui, je m'y engage, contentera tout le monde.*

— Mais parlez ! parlez, monsieur ! Dites-nous quel est le nom de l'assassin, fit le président...

— Vous le trouverez parmi les noms de ceux qui étaient dans le bout de cour, répliqua Rouletabille, qui, lui, ne semblait pas pressé...

On commençait à s'impatienter dans la salle...

— Le nom ! Le nom ! murmurait-on...

Rouletabille, sur un ton qui méritait des gifles, dit :

— Je laisse un peu traîner cette déposition, la mienne, m'sieur le président, parce que j'ai des raisons pour cela !...

— Le nom ! Le nom ! répétait la foule.

— Silence ! glapit l'huissier.

Le président dit :

— Il faut tout de suite nous dire le nom, monsieur !... Ceux qui se trouvaient dans le bout de cour étaient : le garde, mort. Est-ce lui, l'assassin ?

— Non, m'sieur.

— Le père Jacques ?...

— Non, m'sieur.

— Le concierge, Bernier ?

— Non, m'sieur...

— M. Sainclair ?

— Non, m'sieur...

— M. Arthur William Rance, alors ? Il ne reste que M. Arthur Rance et vous ! Vous n'êtes pas l'assassin, non ?

— Non, m'sieur !

— Alors, vous accusez M. Arthur Rance ?

— Non, m'sieur !

— Je ne comprends plus !... Où voulez-vous en

venir ?... Il n'y avait plus personne dans le bout de cour.

— Si, m'sieur !... *Il n'y avait personne dans le bout de cour, ni au-dessous, mais il y avait quelqu'un au-dessus, quelqu'un penché à sa fenêtre, sur le bout de cour...*

— Frédéric Larsan ! s'écria le président.

— Frédéric Larsan ! répondit d'une voix éclatante Rouletabille.

Et, se retournant vers le public qui faisait entendre déjà des protestations, il lui lança ces mots avec une force dont je ne le croyais pas capable :

— Frédéric Larsan, l'assassin !

Une clameur où s'exprimaient l'ahurissement, la consternation, l'indignation, l'incrédulité, et, chez certains, l'enthousiasme pour le petit bonhomme assez audacieux pour oser une pareille accusation, remplit la salle. Le président n'essaya même pas de la calmer ; quand elle fut tombée d'elle-même, sous les chut ! énergiques de ceux qui voulaient tout de suite en savoir davantage, on entendit distinctement Robert Darzac, qui, se laissant retomber sur son banc, disait :

— C'est impossible ! Il est fou !...

Le président :

— Vous osez, monsieur, accuser Frédéric Larsan ! Voyez l'effet d'une pareille accusation... M. Robert Darzac lui-même vous traite de fou !... Si vous ne l'êtes pas, vous devez avoir des preuves...

— Des preuves, m'sieur ! Vous voulez des preuves ! Ah ! je vais vous en donner une, de preuve... fit la voix aiguë de Rouletabille... Qu'on fasse venir Frédéric Larsan !...

Le président :

— Huissier, appelez Frédéric Larsan.

L'huissier courut à la petite porte, l'ouvrit, disparut... La petite porte était restée ouverte... Tous les yeux étaient sur cette petite porte. L'huissier réapparut. Il s'avança au milieu du prétoire et dit :

— Monsieur le président, Frédéric Larsan n'est pas là. Il est parti vers quatre heures et on ne l'a plus revu.

Rouletabille clama, triomphant :

— Ma preuve, la voilà !

— Expliquez-vous... Quelle preuve ? demanda le président.

— Ma preuve irréfutable, fit le jeune reporter, ne voyez-vous pas que c'est la fuite de Larsan ? Je vous jure qu'il ne reviendra pas, allez !... Vous ne reverrez plus Frédéric Larsan...

Rumeurs au fond de la salle.

— Si vous ne vous moquez pas de la justice, pourquoi, monsieur, n'avez-vous pas profité de ce que Larsan était avec vous, à cette barre, pour l'accuser en face ? Au moins, il aurait pu vous répondre !...

— Quelle réponse eût été plus complète que celle-ci, monsieur le président ?... *Il ne me répond pas ! Il ne me répondra jamais !* J'accuse Larsan d'être l'assassin *et il se sauve !* Vous trouvez que ce n'est pas une réponse, ça !...

— Nous ne voulons pas croire, nous ne croyons point que Larsan, comme vous dites, « se soit sauvé... » Comment se serait-il sauvé ? Il ne savait pas que vous alliez l'accuser ?

— Si, m'sieur, il le savait, puisque je le lui ai appris moi-même, tout à l'heure...

— Vous avez fait cela !... Vous croyez que Larsan est l'assassin et vous lui donnez les moyens de fuir !...

— Oui, m'sieur le président, j'ai fait cela, répliqua Rouletabille avec orgueil... Je ne suis pas de la « justice », moi ; je ne suis pas de la « police », moi ; je suis un humble journaliste, et mon métier n'est point de faire arrêter les gens ! Je sers la vérité comme je veux... c'est mon affaire... Préservez, vous autres, la société, comme vous pouvez, c'est la vôtre... Mais ce n'est pas moi qui apporterai une tête au bourreau !... Si vous êtes juste, monsieur le président — et vous l'êtes — vous trouverez que j'ai raison !... Ne vous ai-je pas dit, tout à l'heure, « que vous comprendriez que je ne pouvais prononcer le nom de l'assassin avant six heures et demie ». J'avais calculé que ce temps était nécessaire pour avertir Frédéric Larsan, lui permettre de prendre le train de 4 h 17, pour Paris, où il saurait se mettre en sûreté... Une heure pour arriver à Paris, une heure et quart pour qu'il pût faire disparaître toute trace de son passage... Cela nous amenait à six heures et demie... Vous ne retrouverez pas Frédéric Larsan, déclara Rouletabille en fixant M. Robert Darzac... Il est trop malin... *C'est un homme qui vous a toujours échappé...* et que vous avez longtemps et vainement poursuivi... S'il est moins fort que moi, ajouta Rouletabille, en riant de bon cœur et en riant tout seul, car personne n'avait plus envie de rire... il est plus fort que toutes les polices de la terre. Cet homme, qui, depuis quatre ans, s'est introduit à la Sûreté, et y est devenu célèbre sous le nom de Frédéric Larsan, est autrement célèbre sous un autre nom que vous connaissez bien. Frédéric Larsan, m'sieur le président, *c'est Ballmeyer !*

— Ballmeyer ! s'écria le président.

— Ballmeyer ! fit Robert Darzac, en se soulevant... Ballmeyer !... C'était donc vrai !

— Ah ! ah ! m'sieur Darzac, vous ne croyez plus que je suis fou, maintenant !...

Ballmeyer ! Ballmeyer ! Ballmeyer ! On n'entendait plus que ce nom dans la salle. Le président suspendit l'audience.

*

Vous pensez si cette suspension d'audience fut mouvementée. Le public avait de quoi s'occuper. Ballmeyer ! On trouvait, décidément, le gamin « épatant » ! Ballmeyer ! Mais le bruit de sa mort avait couru, il y avait, de cela, quelques semaines. Ballmeyer avait donc échappé à la mort comme, toute sa vie, il avait échappé aux gendarmes. Est-il nécessaire que je rappelle ici les hauts faits de Ballmeyer ? Ils ont, pendant vingt ans, défrayé la chronique judiciaire et la rubrique des faits divers ; et, si quelques-uns de mes lecteurs ont pu oublier l'affaire de la « Chambre Jaune », ce nom de Ballmeyer n'est certainement pas sorti de leur mémoire. Ballmeyer fut le type même de l'escroc du grand monde ; il n'était point de gentleman plus gentleman que lui ; il n'était point de prestidigitateur plus habile de ses doigts que lui ; il n'était point d' « apache », comme on dit aujourd'hui, plus audacieux et plus terrible que lui. Reçu dans la meilleure société, inscrit dans les cercles les plus fermés, il avait volé l'honneur des familles et l'argent des pontes avec une maestria qui ne fut jamais dépassée. Dans certaines occasions difficiles, il n'avait pas hésité à faire le coup de couteau ou le coup de l'os de mouton. Du reste, il n'hésitait jamais, et aucune entreprise n'était au-dessus de ses forces. Etant tombé une fois entre les mains de la justice, il s'échappa, le matin de son procès, en jetant du poivre dans les yeux des gardes qui le conduisaient à la cour d'assises. On sut plus tard que, le jour de sa fuite, pendant que les plus fins limiers de la Sûreté étaient à ses trousses, il assistait, tranquillement, nullement maquillé, à une « première » du Théâtre-Français. Il avait ensuite quitté la France pour travailler en Amérique, et la police de l'Etat d'Ohio avait, un beau jour mis la main sur l'exceptionnel bandit ; mais, le lendemain, il s'échappait encore... Ballmeyer, il faudrait un volume pour parler ici de Ballmeyer, et c'est cet homme qui était devenu Frédéric Larsan !... Et c'est ce petit gamin de Rouletabille qui avait découvert cela !... Et c'est lui aussi, ce moutard, qui, connaissant le passé d'un Ballmeyer, lui permettait, une fois de plus, de faire la nique à la société, en lui fournissant le moyen de s'échapper ! A ce dernier point de vue je ne pouvais qu'admirer Rouletabille, car je savais que son dessein était de servir jusqu'au bout M. Robert Darzac et Mlle Stangerson en les débarrassant du bandit *sans qu'il parlât*.

On n'était pas encore remis d'une pareille révélation, et j'entendais déjà les plus pressés s'écrier : « En admettant que l'assassin soit Frédéric Larsan, cela ne nous explique pas comment il est sorti de la Chambre Jaune !... » quand l'audience fut reprise.

*

Rouletabille fut appelé immédiatement à la barre et son interrogatoire, car il s'agissait là plutôt d'un interrogatoire que d'une déposition, reprit.

Le président :

— Vous nous avez dit tout à l'heure, monsieur, qu'il était impossible de s'enfuir du bout de cour. J'admets avec vous, je veux bien admettre que, puisque Frédéric Larsan se trouvait penché à sa fenêtre, au-dessus de vous, il fût encore dans ce bout de cour ; mais, pour se trouver à sa fenêtre, il lui avait fallu quitter ce bout de cour. Il s'était donc enfui ! Et comment ?

Rouletabille :

— J'ai dit qu'il n'avait pu s'enfuir « normalement... » Il s'est donc enfui « anormalement ! » Car le bout de cour, je l'ai dit aussi, n'était que « quasi » fermé tandis que la « Chambre Jaune » l'était tout à fait. On pouvait grimper au mur, chose impossible dans la « Chambre Jaune », se jeter sur la terrasse et de là, pendant que nous étions penchés sur le cadavre du garde, pénétrer de la terrasse dans la galerie par la fenêtre qui donne juste au-dessus. Larsan n'avait plus qu'un pas à faire pour être dans sa chambre, ouvrir sa fenêtre et nous parler. Ceci n'était qu'un jeu d'enfant pour un acrobate de la force de Ballmeyer. Et, monsieur le président, voici la preuve de ce que j'avance.

Ici, Rouletabille tira de la poche de son veston un petit paquet qu'il ouvrit, et dont il tira une cheville.

— Tenez, monsieur le président, voici une cheville qui s'adapte parfaitement dans un trou que l'on trouve encore dans le « corbeau » de droite qui soutient la terrasse en encorbellement. Larsan, qui prévoyait tout et qui songeait à tous les moyens de fuite autour de sa chambre — chose nécessaire quand on joue son jeu — avait enfoncé préalablement cette cheville dans ce « corbeau ». Un pied sur la borne qui est au coin du château, un autre pied sur la cheville, une main à la corniche de la porte du garde, l'autre main à la terrasse, et Frédéric Larsan disparaît dans les airs... d'autant mieux qu'il est fort ingambe et que, ce soir-là, il n'était nullement endormi par un narcotique, comme il avait voulu nous le faire croire. Nous avions dîné avec lui, monsieur le président, et, au dessert, il nous joua le coup du monsieur qui tombe de sommeil, car il avait besoin d'être, lui aussi, endormi, pour que, le lendemain, on ne s'étonnât point que moi... Joseph Rouletabille, j'aie été victime d'un narcotique en dînant avec Larsan. Du moment que nous avions subi le même sort, les soupçons ne l'atteignaient point et s'égaraient ailleurs. Car, moi monsieur le président, moi, j'ai été bel et bien endormi, et par Larsan lui-même, et comment !... Si je n'avais pas été dans ce triste état, jamais Larsan ne se serait introduit dans la chambre de Mlle Stangerson ce soir-là, et le malheur ne serait pas arrivé !...

On entendit un gémissement. C'était M. Darzac qui n'avait pu retenir sa douloureuse plainte...

— Vous comprenez ajouta Rouletabille, que, couchant à côté de lui, je gênais particulièrement Larsan, cette nuit-là, car il savait ou du moins il pouvait se douter « que, cette nuit-là, je veillais ! » Naturellement, il ne pouvait pas croire une seconde que je le soupçonnais, lui ! Mais je pouvais le découvrir au moment où il sortait de sa chambre pour se rendre dans celle de Mlle Stangerson. Il attendit, cette nuit-là, pour pénétrer chez Mlle Stangerson, que je fusse endormi et que mon ami Sainclair fût occupé dans ma propre chambre à me réveiller. Dix minutes plus tard, Mlle Stangerson criait à la mort !

— Comment étiez-vous arrivé à soupçonner, alors, Frédéric Larsan ? demanda le président.

— « Le bon bout de ma raison » me l'avait indiqué, m'sieur le président ; aussi j'avais l'œil sur lui ; mais c'est un homme terriblement fort, et je n'avais pas prévu le coup du narcotique. Oui, oui, le bon bout de ma raison me l'avait montré ! Mais il me fallait une preuve palpable ; comme qui dirait : « Le voir au bout de mes yeux après l'avoir vu au bout de ma raison ! »

— Qu'est-ce que vous entendez par « le bon bout de votre raison ? »

— Eh ! m'sieur le président, la raison a deux

bouts : le bon et le mauvais. Il n'y en a qu'un sur lequel vous puissiez vous appuyer avec solidité : c'est le bon ! On le reconnaît à ce que rien ne peut le faire craquer, ce bout-là, quoi que vous fassiez ! quoi que vous disiez ! Au lendemain de la « galerie inexplicable », alors que j'étais comme le dernier des derniers des misérables hommes qui ne savent point se servir de leur raison parce qu'ils ne savent par où la prendre, que j'étais courbé sur la terre et sur les fallacieuses traces sensibles, je me suis relevé soudain, en m'appuyant sur le bon bout de ma raison et je suis monté dans la galerie.

« Là, je me suis rendu compte que l'assassin que nous avions poursuivi n'avait pu, cette fois, “ ni normalement, ni anormalement ” quitter la galerie. Alors, avec le bon bout de ma raison, j'ai tracé un cercle dans lequel j'ai enfermé le problème, et autour du cercle, j'ai déposé mentalement ces lettres flamboyantes : “ Puisque l'assassin ne peut être en dehors du cercle, *il est dedans !* ” Qui vois-je donc, dans ce cercle ? Le bon bout de ma raison me montre, outre l'assassin qui doit nécessairement s'y trouver : le père Jacques, M. Stangerson, Frédéric Larsan et moi ! Cela devait donc faire, avec l'assassin, cinq personnages. Or, quand je cherche dans le cercle, ou si vous préférez, dans la galerie, pour parler “ matériellement ”, je ne trouve que quatre personnages. Et il est démontré que le cinquième n'a pu s'enfuir, n'a pu sortir du cercle ! *Donc, j'ai, dans le cercle, un personnage qui est deux,* c'est-à-dire qui est, *outre son personnage, le personnage de l'assassin !...* Pourquoi ne m'en étais-je pas aperçu déjà ? Tout simplement parce que le phénomène du doublement du personnage ne s'était pas passé sous mes yeux. Avec qui, des quatre personnes enfermées dans le cercle, l'assassin a-t-il pu se doubler sans que je l'aperçoive ? Certainement pas avec les personnes qui me sont apparues à un moment, *dédoublées de l'assassin*. Ainsi ai-je vu, *en même temps,* dans la galerie, M. Stangerson et l'assassin, le père Jacques et l'assassin, moi et l'assassin. L'assassin ne saurait donc être ni M. Stangerson, ni le père Jacques, ni moi ! Et puis, si c'était moi l'assassin, je le saurais bien, n'est-ce pas, m'sieur le président ?... Avais-je vu en même temps, Frédéric Larsan et l'assassin ? Non !... Non ! Il s'était passé *deux secondes* pendant lesquelles j'avais perdu de vue l'assassin, car celui-ci était arrivé, comme je l'ai du reste noté dans mes papiers, *deux secondes* avant M. Stangerson, le père Jacques et moi, au carrefour des deux galeries. Cela avait suffi à Larsan pour enfiler la galerie tournante, enlever sa fausse barbe d'un tour de main, se retourner et se heurter à nous, comme s'il poursuivait l'assassin !... Ballmeyer en a fait bien d'autres ! et vous pensez bien que ce n'était qu'un jeu pour lui de se grimer de telle sorte qu'il apparût tantôt avec sa barbe rouge à Mlle Stangerson, tantôt à un employé de poste avec un collier de barbe châtain qui le faisait ressembler à M. Darzac, dont il avait juré la perte ! Oui, le bon bout de ma raison me rapprochait ces deux personnages, ou plutôt ces deux moitiés de personnages que je n'avais pas vues *en même temps :* Frédéric Larsan et l'inconnu que je poursuivais... pour en faire l'être mystérieux et formidable que je cherchais : “ l'assassin ”.

« Cette révélation me bouleversa. J'essayai de me ressaisir en m'occupant un peu des traces sensibles, des signes extérieurs qui m'avaient, jusqu'alors, égaré, et qu'il fallait, normalement, “ faire entrer dans le cercle tracé par le bon bout de ma raison ! ”

« Quels étaient, tout d'abord, les principaux signes

extérieurs, cette nuit-là, qui m'avaient éloigné de l'idée d'un Frédéric Larsan assassin :

« 1° J'avais vu l'inconnu dans la chambre de Mlle Stangerson, et, courant à la chambre de Frédéric Larsan, j'y avais trouvé Frédéric Larsan, bouffi de sommeil ;

« 2° L'échelle ;

« 3° J'avais placé Frédéric Larsan au bout de la galerie tournante en lui disant que j'allais sauter dans la chambre de Mlle Stangerson pour essayer de prendre l'assassin. Or, j'étais retourné dans la chambre de Mlle Stangerson où j'avais retrouvé mon inconnu.

« Le premier signe extérieur ne m'embarrassa guère. Il est probable que, lorsque je descendis de mon échelle, après avoir vu l'inconnu dans la chambre de Mlle Stangerson, celui-ci avait déjà fini ce qu'il avait à y faire. Alors, pendant que je rentrai dans le château, il rentrait, lui, dans la chambre de Frédéric Larsan, se déshabillait en deux temps, trois mouvements, et quand je venais frapper à sa porte, montrait un visage de Frédéric Larsan ensommeillé à plaisir...

« Le second signe : l'échelle, ne m'embarrassa pas davantage. Il était évident que si l'assassin était Larsan, il n'avait pas besoin d'échelle pour s'introduire dans le château, puisque Larsan couchait à côté de moi ; mais cette échelle devait faire croire à la venue de l'assassin, " de l'extérieur ", chose nécessaire au système de Larsan puisque, cette nuit-là, M. Darzac n'était pas au château. Enfin, cette échelle, en tout état de cause, pouvait faciliter la fuite de Larsan.

« Mais le troisième signe extérieur me déroutait tout à fait. Ayant placé Larsan au bout de la galerie tournante, je ne pouvais expliquer qu'il eût profité du moment où j'allais dans l'aile gauche du château trouver M. Stangerson et le père Jacques, *pour retour-*

ner dans la chambre de Mlle Stangerson ! C'était là un geste bien dangereux ! Il risquait de se faire prendre... Et il le savait !... Et il a failli se faire prendre... n'ayant pas eu le temps de regagner son poste, comme il l'avait certainement espéré... Il fallait qu'il eût, pour retourner dans la chambre, une raison bien nécessaire qui lui fût apparue tout à coup, après mon départ, car il ne m'aurait pas sans cela prêté son revolver ! Quant à moi, quand " j'envoyai " le père Jacques au bout de la galerie droite, je croyais naturellement que Larsan était toujours à son poste au bout de la galerie tournante et le père Jacques lui-même, à qui, du reste, je n'avais point donné de détails, en se rendant à son poste, ne regarda pas, lorsqu'il passa à l'intersection des deux galeries si Larsan était au sien. Le père Jacques ne songeait alors qu'à exécuter mes ordres rapidement. Quelle était donc cette raison imprévue qui avait pu conduire Larsan une seconde fois dans la chambre ? Quelle était-elle ?... Je pensai que ce ne pouvait être qu'une marque sensible de son passage qui le dénonçait ! Il avait oublié quelque chose de très important dans la chambre ! Quoi ?... Avait-il retrouvé cette chose ?... Je me rappelai la bougie sur le parquet et l'homme courbé... Je priai Mme Bernier, qui faisait la chambre, de chercher... et elle trouva un binocle... Ce binocle, m'sieur le Président ! »

Et Rouletabille sortit de son petit paquet le binocle que nous connaissons déjà...

— Quand je vis ce binocle, je fus épouvanté... Je n'avais jamais vu de binocle à Larsan... S'il n'en mettait pas, c'est donc qu'il n'en avait pas besoin... Il en avait moins besoin encore alors dans un moment où la liberté de ses mouvements lui était chose si précieuse... Que signifiait ce binocle ?... Il n'entrait point dans mon cercle. *A moins qu'il ne fût celui d'un presbyte,* m'exclamai-je, tout à coup !... En effet, je n'avais jamais vu écrire Larsan, je ne l'avais jamais vu lire. Il « pouvait » donc être presbyte ! On savait certainement à la Sûreté qu'il était presbyte, « s'il l'était... » on connaissait sans doute son binocle... Le binocle du « presbyte Larsan » trouvé dans la chambre de Mlle Stangerson, après le mystère de la galerie inexplicable, cela devenait terrible pour Larsan ! Ainsi s'expliquait le retour de Larsan dans la chambre !... Et, en effet, Larsan-Ballmeyer est bien presbyte, et ce binocle, que l'on reconnaîtra « peut-être » à la Sûreté, est bien le sien...

« Vous voyez, monsieur, quel est mon système, continua Rouletabille ; je ne demande pas aux signes extérieurs de m'apprendre la vérité ; je leur demande simplement de ne pas aller contre la vérité que m'a désignée le bon bout de ma raison !...

« Pour être tout à fait sûr de la vérité sur Larsan, car Larsan assassin était une exception qui méritait que l'on s'entourât de quelque garantie, j'eus le tort de vouloir voir sa " figure ". J'en ai été bien puni ! Je crois que c'est le bon bout de ma raison qui s'est vengé de ce que, depuis la galerie inexplicable, je ne me fusse pas appuyé solidement, définitivement et en toute confiance, sur lui... négligeant magnifiquement de trouver d'autres preuves de la culpabilité de Larsan que celle de ma raison ! Alors, Mlle Stangerson a été frappée... »

Rouletabille s'arrête... se mouche... vivement ému.

*

— Mais qu'est-ce que Larsan, demanda le président, venait faire dans cette chambre ? Pourquoi a-t-il tenté d'assassiner à deux reprises Mlle Stangerson ?

— Parce qu'il l'adorait, m'sieur le président...

— Voilà évidemment une raison...

— Oui, m'sieur, une raison péremptoire. Il était amoureux fou... et à cause de cela, et bien d'autres choses aussi, capable de tous les crimes.

— Mlle Stangerson le savait ?

— Oui, m'sieur, mais elle ignorait, naturellement, que l'individu qui la poursuivait ainsi fût Frédéric Larsan... sans quoi Frédéric Larsan ne serait pas venu s'installer au château, et n'aurait pas, la nuit de la galerie inexplicable, pénétré avec nous auprès de Mlle Stangerson, « après l'affaire ». J'ai remarqué du reste qu'il s'était tenu dans l'ombre et qu'il avait continuellement la face baissée... ses yeux devaient chercher le binocle perdu... Mlle Stangerson a eu à subir les poursuites et les attaques de Larsan sous un nom et sous un déguisement que nous ignorions mais qu'elle pouvait connaître déjà.

— Et vous, monsieur Darzac ? demanda le président... vous avez peut-être, à ce propos, reçu les confidences de Mlle Stangerson... Comment se fait-il que Mlle Stangerson n'ait parlé de cela à personne ?... Cela aurait pu mettre la justice sur les traces de l'assassin... et si vous êtres innocent, vous aurait épargné la douleur d'être accusé !

— Mlle Stangerson ne m'a rien dit, fit M. Darzac.

— Ce que dit le jeune homme vous paraît-il possible ? demanda encore le président.

Imperturbablement, M. Robert Darzac répondit :

— Mlle Stangerson ne m'a rien dit...

— Comment expliquez-vous que, la nuit de l'assassinat du garde, reprit le président, en se tournant vers Rouletabille, l'assassin ait rapporté les papiers volés à M. Stangerson ?... Comment expliquez-vous que l'assassin se soit introduit dans la chambre fermée de Mlle Stangerson ?

— Oh ! quant à cette dernière question, il est facile, je crois d'y répondre. Un homme comme Larsan-Ballmeyer devait se procurer ou faire faire facilement les clefs qui lui étaient nécessaires... Quant au vol des documents, « je crois » que Larsan n'y avait pas d'abord songé. Espionnant partout Mlle Stangerson, bien décidé à empêcher son mariage avec M. Robert Darzac, il suit un jour Mlle Stangerson et M. Robert Darzac dans les grands magasins de la Louve, s'empare du réticule de Mlle Stangerson, que celle-ci perd ou se laisse prendre. Dans ce réticule, il y a une clef à tête de cuivre. Il ne sait pas l'importance qu'a cette clef. Elle lui est révélée par la note que fait paraître Mlle Stangerson dans les journaux. Il écrit à Mlle Stangerson poste restante, comme la note l'en prie. Il demande sans doute un rendez-vous en faisant savoir que celui qui a le réticule et la clef est celui qui la poursuit, depuis quelque temps, de son amour. Il ne reçoit pas de réponse. Il va constater au bureau 40 que la lettre n'est plus là. Il y va, ayant pris déjà l'allure et autant que possible l'habit de M. Darzac, car, décidé à tout pour avoir Mlle Stangerson, il a tout préparé pour que, *quoi qu'il arrive, M. Darzac, aimé de Mlle Stangerson, M. Darzac qu'il déteste et dont il veut la perte, passe pour le coupable.*

« Je dis : quoi qu'il arrive, mais je pense que Larsan ne pensait pas encore qu'il en serait réduit à l'assassinat. Dans tous les cas, ses précautions sont prises pour compromettre Mlle Stangerson sous le déguisement Darzac. Larsan a, du reste, à peu près la taille de Darzac et quasi le même pied. Il ne lui serait pas difficile, s'il est nécessaire, après avoir dessiné l'empreinte du pied de M. Darzac, de se faire faire, sur ce dessin, des chaussures qu'il chaussera. Ce sont là trucs enfantins pour Larsan-Ballmeyer.

« Donc, pas de réponse à sa lettre, pas de rendez-vous, et il a toujours la petite clef précieuse dans sa poche. Eh bien, puisque Mlle Stangerson ne vient pas à lui, il ira à elle ! Depuis longtemps son plan est fait. Il s'est documenté sur le Glandier et sur le pavillon. Un après-midi, alors que M. et Mlle Stangerson viennent de sortir pour la promenade et que le père Jacques lui-même est parti, il s'introduit dans le pavillon par la fenêtre du vestibule. Il est seul, pour le moment, il a des loisirs... Il regarde les meubles... L'un d'eux, fort curieux, et ressemblant à un coffre-fort, a une toute petite serrure... Tiens ! Tiens ! Cela l'intéresse... Comme il a sur lui la petite clef de cuivre... il y pense... liaison d'idées. Il essaie la clef dans la serrure ; la porte s'ouvre... Des papiers ! Il faut que ces papiers soient bien précieux pour qu'on les ait enfermés dans un meuble aussi particulier... pour qu'on tienne tant à la clef qui ouvre ce meuble... Eh ! eh ! cela peut toujours servir... à un petit chantage... cela l'aidera peut-être dans ses desseins amoureux... Vite, il fait un paquet de ces paperasses et va le déposer dans le lavatory du vestibule. Entre l'expédition du pavillon et la nuit de l'assassinat du garde, Larsan a eu le temps de voir ce qu'étaient ces papiers. Qu'en ferait-il ? Ils sont plutôt compromettants... Cette nuit-là, il les rapporta au château... Peut-être a-t-il espéré du retour de ces papiers, qui représentaient vingt ans de travaux, une reconnaissance quelconque de Mlle Stangerson... Tout est possible, dans un cerveau comme celui-là !... Enfin, quelle qu'en soit la raison, il a rapporté les papiers *et il en était bien débarrassé !* »

Rouletabille toussa et je compris ce que signifiait cette toux. Il était évidemment embarrassé, à ce point de ses explications, par la volonté qu'il avait de ne point donner le véritable motif de l'attitude effroyable de Larsan vis-à-vis de Mlle Stangerson. Son raisonnement était trop incomplet pour satisfaire tout le monde, et le président lui en eût certainement fait l'observation, si, malin comme un singe, Rouletabille ne s'était écrié : « Maintenant, nous arrivons à l'explication du mystère de la " Chambre Jaune ! " »

*

Il y eut dans la salle des remuements de chaises, de légères bousculades, des chuts ! énergiques. La curiosité était poussée à son comble.

— Mais, fit le président, il me semble, d'après votre hypothèse, monsieur Rouletabille, que le mystère de la « Chambre Jaune » est tout expliqué. Et c'est Frédéric Larsan qui nous l'a expliqué lui-même en se contentant de tromper sur le personnage, en mettant M. Robert Darzac à sa propre place. Il est évident que la porte de la « Chambre Jaune » s'est ouverte quand M. Stangerson était seul, et que le professeur a laissé passer l'homme qui sortait de la chambre de sa fille, sans l'arrêter, peut-être même *sur la prière de sa fille,* pour éviter tout scandale !...

— Non, m'sieur le président, protesta avec force le jeune homme. Vous oubliez que Mlle Stangerson, assommée, ne pouvait plus faire de prière, qu'elle ne pouvait plus refermer sur elle ni le verrou ni la serrure... Vous oubliez aussi que M. Stangerson a juré sur la tête de sa fille à l'agonie *que la porte ne s'était pas ouverte !*

— C'est pourtant, monsieur, la seule façon d'expliquer les choses ! *La Chambre Jaune était close comme un coffre-fort*. Pour me servir de vos expressions, il était impossible à l'assassin de s'en échapper « normalement ou anormalement ». Quand on pénètre dans la chambre, on ne le trouve pas ! Il faut bien pourtant qu'il s'échappe !...

— C'est tout à fait inutile, m'sieur le président...

— Comment cela ?

— Il n'avait pas besoin de s'échapper, *s'il n'y était pas !*

Rumeurs dans la salle...

— Comment, il n'y était pas ?

— Evidemment non ! *Puisqu'il ne pouvait pas y être, c'est qu'il n'y était pas !* Il faut toujours, m'sieur le président, s'appuyer sur le bon bout de sa raison !

— Mais toutes les traces de son passage ! protesta le président.

— Ça, m'sieur le président, c'est le mauvais bout de la raison !... Le bon bout nous indique ceci : depuis le moment où Mlle Stangerson s'est enfermée dans sa chambre jusqu'au moment où l'on a défoncé la porte, il est impossible que l'assassin se soit échappé de cette chambre ; et, comme on ne l'y trouve pas, c'est que, depuis le moment de la fermeture de la porte jusqu'au moment où on la défonce, *l'assassin n'était pas dans la chambre !*

— Mais les traces ?

— Eh ! m'sieur le président... Ça, c'est les marques sensibles, encore une fois... les marques sensibles avec lesquelles on commet tant d'erreurs judiciaires *parce qu'elles vous font dire ce qu'elles veulent !* Il ne faut point, je vous le répète, s'en servir pour raisonner ! Il faut raisonner d'abord ! Et voir ensuite si les marques sensibles peuvent entrer dans le cercle de votre raisonnement... J'ai un tout petit cercle de vérité incontestable : *l'assassin n'était point dans la Chambre Jaune !* Pourquoi a-t-on cru qu'il y était ? A cause des marques de son passage ! Mais il peut être passé *avant !* Que dis-je : il « doit » être passé avant. La raison me dit qu'il faut qu'il soit passé là, *avant !* Examinons les marques et ce que nous savons de l'affaire, et voyons si ces marques vont à l'encontre de ce *passage avant... avant que Mlle Stangerson s'enferme dans sa chambre, devant son père et le père Jacques !*

« Après la publication de l'article du *Matin* et une conversation que j'eus dans le trajet de Paris à Epinay-sur-Orge avec le juge d'instruction, la preuve me parut faite que la " Chambre Jaune " était mathématiquement close et que, par conséquent, l'assassin en avait disparu avant l'entrée de Mlle Stangerson dans sa chambre, à minuit.

« Les marques extérieures se trouvaient alors être terriblement " contre ma raison ". Mlle Stangerson ne s'était pas assassinée toute seule, et ces marques attestaient qu'il n'y avait pas eu suicide. L'assassin était donc venu *avant !* Mais comment Mlle Stangerson n'avait-elle été assassinée qu'après ? ou plutôt " ne paraissait-elle " avoir été assassinée qu'après ? Il me fallait naturellement reconstituer l'affaire en deux phases, deux phases bien distinctes l'une de l'autre de quelques heures : la première phase pendant laquelle on avait réellement tenté d'assassiner Mlle Stangerson, tentative qu'elle avait dissimulée ; la seconde phase pendant laquelle, à la suite d'un cauchemar qu'elle avait eu, ceux qui étaient dans le laboratoire avaient cru qu'on l'assassinait !

« Je n'avais pas encore, alors, pénétré dans la " Chambre Jaune ". Quelles étaient les blessures de Mlle Stangerson ? Des marques de strangulation et un coup formidable à la tempe... Les marques de strangulation ne me gênaient pas. Elles pouvaient avoir été faites " avant " et Mlle Stangerson les avait dissimulées sous une collerette, un boa, n'importe quoi ! Car, du moment que je créais, que j'étais obligé de diviser l'affaire en deux phases, j'étais acculé à la nécessité de me dire que *Mlle Stangerson avait caché tous les événements de la première phase ;* elle avait des raisons, sans doute, assez puissantes pour cela, puisqu'elle n'avait rien dit à son père et qu'elle dut raconter naturellement au juge d'instruction l'agression de l'assassin *dont elle ne pouvait nier le passage* comme si cette agression avait eu lieu la nuit, pendant la seconde phase ! Elle y était forcée, sans quoi son père lui eût dit : " Que nous as-tu caché là ? Que signifie ton silence après une pareille agression ? "

« Elle avait donc dissimulé les marques de la main de l'homme à son cou. Mais il y avait le coup formidable de la tempe ! Ça, je ne le comprenais pas ! Surtout quand j'appris que l'on avait trouvé dans la chambre un os de mouton, arme du crime... Elle ne pouvait avoir dissimulé qu'on l'avait assommée, et cependant cette blessure apparaissait évidemment comme ayant dû être faite pendant la première phase puisqu'elle nécessitait la présence de l'assassin ! J'imaginai que cette blessure était beaucoup moins forte qu'on ne le disait — en quoi j'avais tort — et je pensai que Mlle Stangerson avait caché la blessure de la tempe *sous une coiffure en bandeaux !*

« Quant à la marque, sur le mur, de la main de l'assassin blessée par le revolver de Mlle Stangerson, cette marque avait été faite évidemment " avant " et l'assassin avait été nécessairement blessé pendant la première phase, c'est-à-dire *pendant qu'il était là !* Toutes les traces du passage de l'assassin avaient été naturellement laissées pendant la première phase : l'os de mouton, les pas noirs, le béret, le mouchoir, le sang sur le mur, sur la porte et par terre... De toute évidence, si ces traces étaient encore là, c'est que Mlle Stangerson, qui désirait qu'on ne sût rien et qui agissait pour qu'on ne sût rien de cette affaire, n'avait pas encore eu le temps de les faire disparaître. Ce qui me conduisait à chercher la première phase de l'affaire *dans un temps très rapproché de la seconde*. Si, après la première phase, c'est-à-dire après que l'assassin se fut échappé, après qu'elle-même eut en hâte regagné le laboratoire où son père la retrouvait, travaillant, — si elle avait pu pénétrer à nouveau un instant dans la chambre, elle aurait au moins fait disparaître, tout de suite, l'os de mouton, le béret et le mouchoir, qui traînaient par terre. Mais elle ne le tenta pas, son père ne l'ayant pas quittée. Après, donc, cette première phase, elle n'est entrée dans sa chambre qu'à minuit. Quelqu'un y était entré à dix heures : le père Jacques, qui fit sa besogne de tous les soirs, ferma les volets et alluma la veilleuse. Dans son anéantissement sur le bureau du laboratoire où elle feignait de travailler, Mlle Stangerson avait sans doute oublié que le père Jacques allait entrer dans sa chambre ! Aussi elle a un mouvement : elle prie le père Jacques de ne pas se déranger ! De ne pas pénétrer dans la chambre. Ceci est en toutes lettres dans l'article du *Matin*. Le père Jacques entre tout de même et ne s'aperçoit de rien, tant la “ Chambre Jaune ” est obscure !... Mlle Stangerson a dû vivre là deux minutes affreuses ! Cependant, je crois qu'elle ignorait qu'il y avait tant de marques du passage de l'assassin dans sa chambre ! Elle n'avait sans doute, après la première phase, eu que le temps de dissimuler les traces des doigts de l'homme à son cou et de sortir de sa chambre !... Si elle avait su que l'os, le béret et le mouchoir fussent sur le parquet, elle les aurait également ramassés quand elle est rentrée à minuit dans sa chambre... Elle ne les a pas vus, elle s'est déshabillée à la clarté douteuse de la veilleuse... Elle s'est couchée, brisée par tant d'émotions, et par la terreur, la terreur qui ne l'avait fait regagner cette chambre que le plus tard possible...

« Ainsi étais-je *obligé* d'arriver de la sorte à la seconde phase du drame, *avec Mlle Stangerson seule dans la chambre, du moment qu'on n'avait pas trouvé l'assassin dans la chambre*... Ainsi devais-je naturellement faire entrer dans le cercle de mon raisonnement les marques extérieures.

« Mais il y avait d'autres marques extérieures à expliquer. Des coups de revolver avaient été tirés, pendant la seconde phase. Des cris : " Au secours ! A l'assassin ! " avaient été proférés !... Que pouvait me désigner, en une telle occurrence, le bon bout de ma raison ? Quant aux cris, d'abord : du moment où il n'y a pas d'assassin dans la chambre, *il y avait forcément cauchemar dans la chambre !*

« On entend un grand bruit de meubles renversés. J'imagine... je suis obligé d'imaginer ceci. Mlle Stangerson s'est endormie, hantée par l'abominable scène de l'après-midi... elle rêve... le cauchemar précise ses images rouges... elle revoit l'assassin qui se précipite sur elle, elle crie : " A l'assassin ! Au secours ! " et son geste désordonné va chercher le revolver qu'elle a posé avant de se coucher, sur sa table de nuit. Mais cette main heurte la table de nuit avec une telle force qu'elle la renverse. Le revolver roule par terre, un coup part et va se loger dans le plafond... Cette balle dans le plafond me parut, dès l'abord, devoir être la balle de l'accident... Elle révélait la possibilité de l'accident et arrivait si bien avec mon hypothèse de cauchemar qu'elle fut une des raisons pour lesquelles je commençai à ne plus douter que le crime avait eu lieu *avant*, et que Mlle Stangerson, douée d'un caractère d'une énergie peu commune, l'avait caché... Cauchemar, coup de revolver... Mlle Stangerson, dans un état moral affreux, est réveillée ; elle essaie de se lever ; elle roule par terre, sans force, renversant les meubles, râlant même... “ A l’assassin ! Au secours ! ” et s’évanouit...

« Cependant, on parlait de deux coups de revolver, la nuit, lors de la seconde phase. A moi aussi, pour ma thèse — ce n’était plus, déjà, une hypothèse — il en fallait deux ; mais “ un ” dans chacune des phases et non pas deux dans la dernière... Un coup pour blesser l’assassin, *avant,* et un coup lors du cauchemar *après !* Or, était-il bien sûr que, la nuit, deux coups de revolver eussent été tirés ? Le revolver s’était fait entendre au milieu du fracas des meubles renversés. Dans un interrogatoire, M. Stangerson parle d’un coup sourd d’abord, d’un coup éclatant ensuite ! Si le coup sourd avait été produit par la chute de la table de nuit en marbre sur le plancher ? Il est *nécessaire* que cette explication soit la bonne. Je fus certain qu’elle était la bonne, quand je sus que les concierges, Bernier et sa femme, n’avaient entendu, eux qui étaient tout près du pavillon, *qu’un seul coup de revolver.* Ils l’ont déclaré au juge d’instruction.

« Ainsi, j’avais presque reconstitué les deux phases du drame quand je pénétrai, pour la première fois, dans la “ Chambre Jaune ”. Cependant la gravité de la blessure à la tempe n’entrait pas dans le cercle de mon raisonnement Cette blessure n’avait donc pas été faite par l’assassin avec l’os de mouton, lors de la première phase, parce qu’elle était trop grave, que Mlle Stangerson n’aurait pu la dissimuler et qu’elle ne l’avait pas dissimulée sous une coiffure en bandeaux ! Alors, cette blessure avait été “ nécessairement ” faite lors de la seconde phase, au moment du cauchemar ? C’est ce que je suis allé demander à la “ Chambre Jaune ” et la “ Chambre Jaune ” m’a répondu ! »

Rouletabille tira, toujours de son petit paquet, un

morceau de papier blanc plié en quatre, et de ce morceau de papier blanc, sortit un objet invisible, qu'il tint entre le pouce et l'index et qu'il porta au président :

— Ceci, monsieur le président, est un cheveu, un cheveu blond maculé de sang, un cheveu de Mlle Stangerson... Je l'ai trouvé collé à l'un des coins de marbre de la table de nuit renversée... Ce coin de marbre était lui-même maculé de sang. Oh ! un petit carré rouge de rien du tout ! mais fort important ! Car il m'apprenait ce petit carré de sang, qu'en se levant affolée, de son lit, Mlle Stangerson était tombée de tout son haut et fort brutalement sur ce coin de marbre qui l'avait blessée à la tempe, et qui avait retenu ce cheveu, ce cheveu que Mlle Stangerson devait avoir sur le front, bien qu'elle ne portât pas la coiffure en bandeaux ! Les médecins avaient déclaré que Mlle Stangerson avait été assommée avec un objet *contondant* et, comme l'os de mouton était là, le juge d'instruction avait immédiatement accusé l'os de mouton *mais le coin d'une table de nuit en marbre est aussi un objet contondant auquel ni les médecins ni le juge d'instruction n'avaient songé, et que je n'eusse peut-être point découvert moi-même si le bon bout de ma raison ne me l'avait indiqué, ne me l'avait fait pressentir.*

La salle faillit partir, une fois de plus en applaudissements ; mais, comme Rouletabille reprenait tout de suite sa déposition, le silence se rétablit sur-le-champ.

— Il me restait à savoir, en dehors du nom de l'assassin que je ne devais connaître que quelques jours plus tard, à quel moment avait eu lieu la première phase du drame. L'interrogatoire de Mlle Stangerson, bien qu'arrangé pour tromper le juge d'instruction, et celui de M. Stangerson, devant me le révéler. Mlle Stangerson a donné exactement l'emploi de son temps, ce jour-là. Nous avons établi que l'assassin s'est introduit entre cinq et six dans le pavillon ; mettons qu'il fût six heures et quart quand le professeur et sa fille se sont remis au travail. C'est donc entre cinq heures et six heures et quart qu'il faut chercher. Que dis-je, cinq heures ! mais le professeur est alors avec sa fille... Le drame ne pourra s'être passé que loin du professeur ! Il me faut donc, dans ce court espace de temps, chercher le moment où le professeur et sa fille seront séparés !... Eh bien, ce moment, je le trouve dans l'interrogatoire qui eut lieu dans la chambre de Mlle Stangerson, en présence de M. Stangerson. Il y est marqué que le professeur et sa fille rentrent vers six heures au laboratoire. M. Stangerson dit : « A ce moment, je fus abordé par mon garde qui *me retint un instant*. » Il y a donc conversation avec le garde. Le garde parle à M. Stangerson de coupe de bois ou de braconnage ; Mlle Stangerson n'est plus là ; elle a déjà regagné le laboratoire puisque le professeur dit encore : « Je quittai le garde et je rejoignis ma fille qui était déjà au travail ! »

« C'est donc dans ces courtes minutes que le drame se déroula. C'est nécessaire ! Je vois très bien Mlle Stangerson rentrer dans le pavillon, pénétrer dans sa chambre pour poser son chapeau et se trouver en face du bandit qui la poursuit. Le bandit était là, dans le pavillon, depuis un certain temps. Il devait avoir arrangé son affaire pour que tout se passât la nuit. Il avait alors déchaussé les chaussures du père Jacques qui le gênaient, dans les conditions que j'ai dites au juge d'instruction, il avait opéré la rafle des papiers, comme je vous l'ai dit tout à l'heure, et il s'était ensuite glissé sous le lit quand le père Jacques était revenu laver le vestibule et le laboratoire... Le temps lui avait paru long... il s'était relevé, après le départ du père Jacques, avait à nouveau erré dans le laboratoire, était venu dans le vestibule, avait regardé dans le jardin, et avait vu venir, vers le pavillon — car, à ce moment-là, la nuit qui commençait était très claire — *Mlle Stangerson toute seule !* Jamais il n'eût osé l'attaquer à cette heure-là s'il n'avait cru être certain que Mlle Stangerson était seule ! Et, pour qu'elle lui apparût seule, il fallait que la conversation entre M. Stangerson et le garde qui le retenait eût lieu à un coin détourné du sentier, *coin où se trouve un bouquet d'arbres qui les cachait aux yeux du misérable.* Alors, son plan est fait. Il va être plus tranquille, seul avec Mlle Stangerson dans ce pavillon, qu'il ne l'aurait été, en pleine nuit, avec le père Jacques dormant dans son grenier. *Et il dut fermer la fenêtre du vestibule !* Ce qui explique aussi que ni M. Stangerson, ni le garde, du reste assez éloignés encore du pavillon, n'ont entendu le coup de revolver.

« Puis il regagna la " Chambre Jaune ". Mlle Stangerson arrive. Ce qui s'est passé a dû être rapide comme l'éclair !... Mlle Stangerson a dû crier... ou plutôt a voulu crier son effroi ; l'homme l'a saisie à la gorge... Peut-être va-t-il l'étouffer, l'étrangler... Mais la main tâtonnante de Mlle Stangerson a saisi, dans le tiroir de la table de nuit, le revolver qu'elle y a caché depuis quelle redoute les menaces de l'homme. L'assassin brandit déjà sur la tête de la malheureuse cette arme terrible dans les mains de Larsan-Ballmeyer, un os de mouton... Mais elle tire... le coup part, blesse la main qui abandonne l'arme. L'os de mouton roule par terre, *ensanglanté par la blessure de l'assassin...* l'assassin chancelle, va s'appuyer à la muraille, y imprime ses doigts rouges, craint une autre balle et s'enfuit...

« Elle le voit traverser le laboratoire... Elle écoute...

Que fait-il dans le vestibule ?... Il est bien long à sauter par cette fenêtre... Enfin, il saute ! Elle court à la fenêtre et la referme !... Et maintenant, est-ce que son père a vu ? a entendu ? Maintenant que le danger a disparu, toute sa pensée va à son père... Douée d'une énergie surhumaine, elle lui cachera tout, s'il en est temps encore !... Et, quand M. Stangerson reviendra, il trouvera la porte de la " Chambre Jaune " fermée, et sa fille, dans le laboratoire, penchée sur son bureau, attentive, *au travail déjà !*

Rouletabille se tourne alors vers M. Darzac :

— Vous savez la vérité, s'écria-t-il, dites-nous donc si la chose ne s'est pas passée ainsi ?

— Je ne sais rien, répond M. Darzac.

— Vous êtes un héros ! fait Rouletabille, en se croisant les bras... Mais si Mlle Stangerson était, hélas ! en état de savoir que vous êtes accusé, elle vous relèverait de votre parole... elle vous prierait de dire tout ce qu'elle vous a confié... que dis-je, elle viendrait vous défendre elle-même !... »

M. Darzac ne fit pas un mouvement, ne prononça pas un mot. Il regarda tristement Rouletabille.

— Enfin, fit celui-ci, puisque Mlle Stangerson n'est pas là, *il faut bien que j'y sois, moi !* Mais, croyez-moi, monsieur Darzac, le meilleur moyen, le seul, de sauver Mlle Stangerson et de lui rendre la raison, c'est encore de vous faire acquitter !

Un tonnerre d'applaudissements accueillit cette dernière phrase. Le président n'essaya même pas de refréner l'enthousiasme de la salle. Robert Darzac était sauvé. Il n'y avait qu'à regarder les jurés pour en être certain ! Leur attitude manifestait hautement leur conviction.

Le président s'écria alors :

— Mais enfin, quel est ce mystère qui fait que

Mlle Stangerson, que l'on tente d'assassiner, dissimule un pareil crime à son père ?

— Ça, m'sieur, fit Rouletabille, j'sais pas !... Ça ne me regarde pas !...

Le président fit un nouvel effort auprès de M. Robert Darzac.

— Vous refusez toujours de nous dire, monsieur, quel a été l'emploi de votre temps pendant qu' « on » attentait à la vie de Mlle Stangerson ?

— Je ne peux rien vous dire, monsieur...

Le président implora du regard une explication de Rouletabille :

— On a le droit de penser, m'sieur le président, que les absences de M. Robert Darzac étaient étroitement liées au secret de Mlle Stangerson... Aussi M. Darzac se croit-il tenu à garder le silence !... Imaginez que Larsan, qui a, lors de ses trois tentatives, tout mis en train pour détourner les soupçons sur M. Darzac, ait fixé, justement, ces trois fois-là, des rendez-vous à M. Darzac dans un endroit compromettant, rendez-vous où il devait être traité du mystère... M. Darzac se fera plutôt condamner, que d'avouer quoi que ce soit, que d'expliquer quoi que ce soit qui touche au mystère de Mlle Stangerson. Larsan est assez malin pour avoir fait encore cette « combinaise-là !... »

Le président ébranlé, mais curieux, repartit encore :

— Mais quel peut bien être ce mystère-là ?

— Ah ! m'sieur, j'pourrais pas vous dire ! fit Rouletabille en saluant le président ; seulement, je crois que vous en savez assez maintenant pour acquitter M. Robert Darzac !... A moins que Larsan ne revienne ! mais j'crois pas ! fit-il en riant d'un gros rire heureux.

Tout le monde rit avec lui.

— Encore une question, monsieur, fit le président. Nous comprenons, toujours en admettant votre thèse, que Larsan ait voulu détourner les soupçons sur M. Robert Darzac, mais quel intérêt avait-il à les détourner aussi sur le père Jacques ?...

— « L'intérêt du policier ! » m'sieur ! L'intérêt de se montrer débrouillard en annihilant lui-même ces preuves qu'il avait accumulées. C'est très fort, ça ! C'est un truc qui lui a souvent servi à détourner les soupçons qui eussent pu s'arrêter sur lui-même ! Il prouvait l'innocence de l'un, avant d'accuser l'autre. Songez, monsieur le président, qu'une affaire comme celle-là devait avoir été longuement « mijotée » à l'avance par Larsan. Je vous dis qu'il avait tout étudié et qu'il connaissait les êtres et tout. Si vous avez la curiosité de savoir comment il s'était documenté, vous apprendrez qu'il s'était fait un moment le commissionnaire entre « le laboratoire de la Sûreté » et M. Stangerson, à qui on demandait des « expériences ». Ainsi, il a pu, avant le crime, pénétrer deux fois dans le pavillon. Il était grimé de telle sorte que le père Jacques, depuis, ne l'a pas reconnu ; mais il a trouvé, lui, Larsan, l'occasion de chiper au père Jacques une vieille paire de godillots et un béret hors d'usage, que le vieux serviteur de M. Stangerson avait noués dans un mouchoir pour les porter sans doute à un de ses amis, charbonnier sur la route d'Epinay ! Quand le crime fut découvert, le père Jacques reconnaissant les objets à part lui, n'eut garde de les reconnaître immédiatement ! Ils étaient trop compromettants, et c'est ce qui vous explique son trouble, à cette époque, quand nous lui en parlions. Tout cela est simple comme bonjour et j'ai acculé Larsan à me l'avouer. Il l'a du reste fait avec plaisir, car, si c'est un bandit — ce qui ne fait plus, j'ose l'espérer, de doute pour personne — c'est aussi un artiste !... C'est sa manière de faire, à cet homme, sa manière à lui... Il a agi de même lors de l'affaire du « Crédit universel » et des « Lingots de la Monnaie ! » Des affaires qu'il faudra reviser, m'sieur le président, car il y a quelques innocents dans les prisons depuis que Ballmeyer-Larsan appartient à la Sûreté !

XXVIII

OU IL EST PROUVÉ QU'ON NE PENSE PAS TOUJOURS A TOUT

Gros émoi, murmures, bravos ! Maître Henri-Robert déposa des conclusions tendant à ce que l'affaire fût renvoyée à une autre session pour supplément d'instruction ; le ministère public lui-même s'y associa. L'affaire fut renvoyée. Le lendemain, M. Robert Darzac était remis en liberté provisoire, et le père Mathieu bénéficiait « d'un non-lieu » immédiat. On chercha vainement Frédéric Larsan. La preuve de l'innocence était faite. M. Darzac échappa enfin à l'affreuse calamité qui l'avait un instant menacé, et il put espérer, après une visite à Mlle Stangerson, que celle-ci recouvrerait un jour, à force de soins assidus, la raison.

Quant à ce gamin de Rouletabille, il fut, naturellement « l'homme du jour ! » A sa sortie du palais de Versailles, la foule l'avait porté en triomphe. Les journaux du monde entier publièrent ses exploits et sa photographie ; et lui, qui avait tant interviewé d'illustres personnages, fut illustre et interviewé à son tour. Je dois dire qu'il ne s'en montra pas plus fier pour ça !

Nous revînmes de Versailles ensemble, après avoir dîné fort gaiement au « Chien qui fume ». Dans le train, je commençai à lui poser un tas de questions qui, pendant le repas, s'étaient pressées déjà sur mes lèvres et que j'avais tues toutefois parce que je savais que Rouletabille n'aimait pas travailler en mangeant.

— Mon ami, fis-je, cette affaire de Larsan est tout à fait sublime et digne de votre cerveau héroïque.

Ici il m'arrêta, m'invitant à parler plus simplement et prétendant qu'il ne se consolerait jamais de voir qu'une aussi belle intelligence que la mienne était prête à tomber dans le gouffre hideux de la stupidité, et cela simplement à cause de l'admiration que j'avais pour lui.

— Je viens au fait, fis-je un peu vexé. Tout ce qui vient de se passer ne m'apprend point du tout ce que vous êtes allé faire en Amérique. Si je vous ai bien compris : quand vous êtes parti la dernière fois du Glandier, vous aviez tout deviné de Frédéric Larsan ?... Vous saviez que Larsan était l'assassin et vous n'ignoriez plus rien de la façon dont il avait tenté d'assassiner ?

— Parfaitement. Et vous, fit-il, en détournant la conversation, vous ne vous doutiez de rien ?

— De rien !

— C'est incroyable.

— Mais, mon ami, vous avez eu bien soin de me dissimuler votre pensée et je ne vois point comment je l'aurais pénétrée... Quand je suis arrivé au Glandier avec les revolvers, « à ce moment précis », vous soupçonniez déjà Larsan ?

— Oui ! Je venais de tenir le raisonnement de la « galerie inexplicable ! » mais le retour de Larsan dans la chambre de Mlle Stangerson ne m'avait pas encore été expliqué par la découverte du binocle de presbyte... Enfin, mon soupçon n'était que mathématique, et l'idée de Larsan assassin m'apparaissait si formidable que j'étais résolu à attendre des « traces sensibles » avant d'oser m'y arrêter davantage. Tout de même, cette idée me tracassait, et j'avais parfois une façon de vous parler du policier qui eût dû vous mettre en éveil. D'abord je ne mettais plus du tout en avant « sa bonne foi » et je ne vous disais plus « qu'il se trompait ». Je vous entretenais de son système comme d'un misérable système, et le mépris que j'en marquais, qui s'adressait dans votre esprit au policier, s'adressait en réalité, dans le mien, moins au policier qu'au bandit que je le soupçonnais d'être !... Rappelez-vous... quand je vous énumérais toutes les preuves qui s'accumulaient contre M. Darzac, je vous disais : « Tout cela semble donner quelque corps à l'hypothèse du grand Fred. C'est du reste, cette hypothèse, que je crois fausse, qui l'égarera... » et j'ajoutais sur un ton qui eût dû vous stupéfier : « Maintenant, cette hypothèse égare-t-elle réellement Frédéric Larsan ? Voilà ! Voilà ! Voilà !... »

« Ces " voilà ! " eussent dû vous donner à réfléchir ; il y avait tout mon soupçon dans ces " Voilà ! " Et que signifiait : " égare-t-elle réellement ? " sinon qu'elle pouvait ne pas l'égarer, lui, mais qu'elle était *destinée à nous égarer, nous !* Je vous regardais à ce moment et vous n'avez pas tressailli, vous n'avez pas compris... J'en ai été enchanté, car, jusqu'à la découverte du binocle, je ne pouvais considérer le crime de Larsan que comme une absurde hypothèse... Mais, après la découverte du binocle qui m'expliquait le retour de Larsan dans la chambre de Mlle Stangerson... voyez ma joie, mes transports... Oh ! je me souviens très bien ! Je courais comme un fou dans ma chambre et je vous criais : " Je roulerai le grand Fred ! je le roulerai d'une façon retentissante ! " Ces paroles s'adressaient alors au bandit. Et, le soir même, quand chargé par M. Darzac de surveiller la chambre de Mlle Stangerson, je me bornai jusqu'à dix heures du soir à dîner avec Larsan sans prendre aucune mesure autre, *tranquille parce qu'il était là,* en face de moi ! à ce moment encore, cher ami, vous auriez pu soupçonner que c'était seulement cet homme-là que je redoutais... Et quand je vous disais, au moment ou nous parlions de l'arrivée prochaine de l'assassin : " Oh ! je suis bien sûr que Frédéric Larsan sera là cette nuit !... "

« Mais il y a une chose capitale qui eût pu, qui eût dû nous éclairer tout à fait et tout de suite sur le criminel, une chose qui nous dénonçait Frédéric Larsan, et que nous avons laissée échapper, *vous et moi !..*

« Auriez-vous donc oublié l'histoire de la canne ?

« Oui, en dehors du raisonnement qui, pour tout " esprit logique ", dénonçait Larsan, il y avait l' " histoire de la canne " qui le dénonçait à tout " esprit observateur ".

« J'ai été tout à fait étonné — apprenez-le donc — qu'à l'instruction, Larsan ne se fût pas servi de la canne contre M. Darzac. Est-ce que cette canne n'avait pas été achetée le soir du crime par un homme dont le signalement répondait à celui de M. Darzac ? Eh bien, tout à l'heure, j'ai demandé à Larsan lui-même, avant qu'il prît le train pour disparaître, je lui ai demandé pourquoi il n'avait pas usé de la canne. Il m'a répondu qu'il n'en avait jamais eu l'intention ; que, dans sa pensée, il n'avait jamais rien imaginé contre M. Darzac avec cette canne et que nous l'avions fort embarrassé, le soir du cabaret d'Epinay, *en lui prouvant qu'il nous mentait !* Vous savez qu'il disait qu'il avait eu cette canne à Londres ; or, la marque attestait qu'elle était de Paris ! Pourquoi, à ce moment, au lieu de penser : " Fred ment ; il était à Londres ;

il n'a pas pu avoir cette canne de Paris, à Londres ? " Pourquoi ne nous sommes-nous pas dit : " Fred ment. Il n'était pas à Londres, puisqu'il a acheté cette canne à Paris ! " Fred menteur, Fred à Paris au moment du crime ! c'est un point de départ de soupçon, cela ! Et quand, après votre enquête chez Cassette, vous nous apprenez que cette canne a été achetée par un homme qui est habillé comme M. Darzac, alors que nous sommes sûrs, d'après la parole de M. Darzac lui-même, que ce n'est pas lui qui a acheté cette canne, alors que nous sommes sûrs, grâce à l'histoire du bureau de poste 40, *qu'il y a à Paris un homme qui prend la silhouette Darzac,* alors que nous nous demandons quel est donc cet homme qui, déguisé en Darzac, se présente le soir du crime chez Cassette pour acheter une canne que nous retrouvons entre les mains de Fred, comment ? comment ? comment ne nous sommes-nous pas dit un instant : " Mais... mais... mais... cet inconnu déguisé en Darzac qui achète une canne que Fred a entre les mains... si c'était... si c'était... Fred lui-même ?... " Certes, sa qualité d'agent de la Sûreté n'était point propice à une pareille hypothèse ; mais, quand nous avions constaté l'acharnement avec lequel Fred accumulait les preuves contre Darzac, la rage avec laquelle il poursuivait le malheureux... nous aurions pu être frappés par un mensonge de Fred aussi important que celui qui le faisait entrer en possession, à Paris, d'une canne *qu'il ne pouvait avoir eue à Londres.* Même s'il l'avait trouvée à Paris, le mensonge de Londres n'en existait pas moins. Tout le monde le croyait à Londres, même ses chefs et il achetait une canne à Paris ! Maintenant, comment se faisait-il que, pas une seconde, il n'en usât comme d'une canne, trouvée *autour de M. Darzac !* C'est bien simple ! C'est tellement simple que nous n'y avons pas pensé... Larsan l'avait achetée, après avoir été blessé légèrement à la main par la balle de Mlle Stangerson, *uniquement pour avoir un maintien, pour avoir toujours la main refermée, pour n'être point tenté d'ouvrir la main et de montrer sa blessure intérieure !* Comprenez-vous ?... Voilà ce qu'il m'a dit, Larsan, et je me rappelle vous avoir répété souvent combien je trouvais bizarre " que sa main ne quittât pas cette canne ". A table, quand je dînais avec lui, il n'avait pas plus tôt quitté cette canne qu'il s'emparait d'un couteau dont sa main droite ne se séparait plus. Tous ces détails me sont revenus quand mon idée se fut arrêtée sur Larsan, c'est-à-dire trop tard pour qu'ils me fussent d'un quelconque secours. C'est ainsi que, le soir où Larsan a simulé devant nous le sommeil, je me suis penché sur lui et, très habilement, j'ai pu voir, sans qu'il s'en doutât, dans sa main. Il ne s'y trouvait plus qu'une bande légère de taffetas qui dissimulait ce qui restait d'une blessure légère. Je constatai qu'il eût pu prétendre à ce moment que cette blessure lui avait été faite par toute autre chose qu'une balle de revolver. Tout de même pour moi, à cette heure-là, c'était un nouveau signe extérieur qui entrait dans le cercle de mon raisonnement. La balle, m'a dit tout à l'heure Larsan, n'avait fait que lui effleurer la paume et avait déterminé une assez abondante hémorragie.

« Si nous avions été plus perspicaces, au moment du mensonge de Larsan, et plus... dangereux... il est certain que celui-ci eût sorti, pour détourner les soupçons, *l'histoire que nous avions imaginée pour lui,* l'histoire de la découverte de la canne autour de Darzac ; mais les événements se sont tellement précipités que nous n'avons plus pensé à la canne ! Tout de même nous l'avons fort ennuyé, Larsan-Ballmeyer, sans que nous nous en doutions !

— Mais, interrompis-je, s'il n'avait aucune intention, en achetant la canne, contre Darzac, pourquoi avait-il alors la silhouette Darzac ? le pardessus mastic ? le melon ? etc.

— Parce qu'il arrivait du crime et qu'aussitôt le crime commis, il avait repris le déguisement Darzac qui l'a toujours accompagné dans son œuvre criminelle dans l'intention que vous savez !

« Mais déjà, vous pensez bien, *sa main blessée l'ennuyait* et il eut, en passant avenue de l'Opéra, l'idée d'acheter une canne, idée qu'il réalisa sur-le-champ !... Il était huit heures ! Un homme, avec la silhouette Darzac, qui achète une canne que je trouve dans les mains de Larsan !... Et moi, moi qui avais deviné que *le drame avait déjà eu lieu* à cette heure-là, *qu'il venait d'avoir lieu,* qui étais à peu près persuadé de l'innocence de Darzac, je ne soupçonne pas Larsan !... Il y a des moments...

— Il y a des moments, fis-je, où les plus vastes intelligences...

Rouletabille me ferma la bouche... Et comme je l'interrogeais encore, je m'aperçus qu'il ne m'écoutait plus... Rouletabille dormait. J'eus toutes les peines du monde à le tirer de son sommeil, quand nous arrivâmes à Paris.

XXIX

LE MYSTÈRE DE Mlle STANGERSON

Les jours suivants, j'eus l'occasion de lui demander encore ce qu'il était allé faire en Amérique. Il ne me répondit guère d'une façon plus précise qu'il ne l'avait fait dans le train de Versailles, et il détourna la conversation sur d'autres points de l'affaire.

Il finit, un jour par me dire :

— Mais comprenez donc que j'avais besoin de connaître la véritable personnalité de Larsan !

— Sans doute, fis-je, mais pourquoi alliez-vous la chercher en Amérique ?...

Il fuma sa pipe et me tourna le dos. Evidemment, je touchais au « mystère de Mlle Stangerson ». Rouletabille avait pensé que ce mystère, qui liait d'une façon si terrible Larsan à Mlle Stangerson, mystère dont il ne trouvait, lui, Rouletabille, aucune explication dans la vie de Mlle Stangerson, « en France », il avait pensé, dis-je, que ce mystère « devait avoir son origine dans la vie de Mllle Stangerson, en Amérique ». Et il avait pris le bateau ! Là-bas, il apprendrait qui était ce Larsan, il acquerrait les matériaux nécessaires à lui fermer la bouche... Et il était parti pour Philadelphie !

Et maintenant, quel était ce mystère qui avait « commandé le silence » à Mlle Stangerson et à M. Robert Darzac ? Au bout de tant d'années, après certaines publications de la presse à scandale, maintenant que M. Stangerson sait tout et a tout pardonné, on peut tout dire. C'est, du reste, très court, et cela remettra les choses au point, car il s'est trouvé de tristes esprits pour accuser Mlle Stangerson qui, en toute cette sinistre affaire, fut toujours victime, « depuis le commencement ».

Le commencement remontait à une époque lointaine où, jeune fille, elle habitait avec son père Philadelphie. Là, elle fit connaissance, dans une soirée, chez un ami de son père, d'un compatriote, un Français qui sut la séduire par ses manières, son esprit, sa douceur et son amour. On le disait riche. Il demanda la main de Mlle Stangerson au célèbre professeur. Celui-ci prit des renseignements sur M. Jean Roussel, et, dès l'abord, il vit qu'il avait affaire à un chevalier d'industrie. Or, M. Jean Roussel, vous l'avez deviné, n'était autre qu'une des nombreuses transformations du fameux Ballmeyer, poursuivi en France, réfugié en Amérique. Mais M. Stangerson n'en savait rien ; sa fille non plus. Celle-ci ne devait l'apprendre que dans les circonstances suivantes : M. Stangerson avait, non seulement refusé la main de sa fille à M. Roussel, mais encore il lui avait interdit l'accès de sa demeure. La jeune Mathilde, dont le cœur s'ouvrait à l'amour, et qui ne voyait rien au monde de plus beau ni de meilleur que son Jean, en fut outrée. Elle ne cacha point son mécontentement à son père qui l'envoya se calmer sur les bords de l'Ohio, chez une vieille tante qui habitait Cincinnati. Jean rejoignit Mathide là-bas et, malgré la grande vénération qu'elle avait pour son père, Mlle Stangerson résolut de tromper la surveillance de la vieille tante, et de s'enfuir avec Jean Roussel, bien décidés qu'ils étaient tous les deux à profiter des facilités des lois américaines pour se marier au plus tôt. Ainsi fut fait. Ils fuirent donc, pas loin, jusqu'à Louisville. Là, un matin, on vint frapper à leur porte. C'était la police qui désirait arrêter M. Jean Roussel, ce qu'elle fit, malgré ses protestations et les cris de la fille du professeur Stangerson. En même temps, la police apprenait à Mathilde que « son mari » n'était autre que le trop fameux Ballmeyer !...

Désespérée, après une vaine tentative de suicide, Mathilde rejoignit sa tante à Cincinnati. Celle-ci faillit mourir de joie de la revoir. Elle n'avait cessé, depuis huit jours, de faire rechercher Mathilde partout, et n'avait pas encore osé avertir le père. Mathilde fit jurer à sa tante que M. Stangerson ne saurait jamais rien ! C'est bien ainsi que l'entendait la tante, qui se trouvait coupable de légèreté dans cette si grave circonstance. Mlle Mathilde Stangerson, un mois plus tard, revenait auprès de son père, repentante, le cœur mort à l'amour, et ne demandant qu'une chose : ne plus jamais entendre parler de son mari, le terrible Ballmeyer — arriver à se pardonner sa faute à elle-même, et se relever devant sa propre conscience par une vie de travail sans borne et de dévouement à son père !

Elle s'est tenu parole. Cependant, dans le moment où, après avoir tout avoué à M. Robert Darzac, alors qu'elle croyait Ballmeyer défunt, car le bruit de sa mort avait couru, elle s'était accordé la joie suprême, après avoir tant expié, de s'unir à un ami sûr, le destin lui avait ressuscité Jean Roussel, le Ballmeyer de sa jeunesse ! Celui-ci lui avait fait savoir qu'il ne permettrait jamais son mariage avec M. Robert Darzac et qu' « il l'aimait toujours ! » ce qui, hélas ! était vrai.

Mlle Stangerson n'hésita pas à se confier à M. Robert Darzac ; elle lui montra cette lettre où Jean Roussel-Frédéric Larsan-Ballmeyer lui rappelait les premières heures de leur union dans ce petit et charmant presbytère qu'ils avaient loué à Louisville : « ... Le presbytère n'a rien perdu de son charme, ni le jardin de son éclat. » Le misérable se disait riche et émettait la prétention « de la ramener là-bas ! » Mlle Stangerson avait déclaré à M. Darzac que, si son père arrivait à soupçonner un pareil déshonneur, « elle se tuerait ! » M. Darzac s'était juré qu'il ferait taire cet Américain, soit par la terreur, soit par la force, dût-il commettre un crime ! Mais M. Darzac n'était pas de force, et il aurait succombé sans ce brave petit bonhomme de Rouletabille.

Quant à Mlle Stangerson, que vouliez-vous qu'elle fît, en face du monstre ? Une première fois, quand, après des menaces préalables qui l'avaient mise sur ses gardes, il se dressa devant elle, dans la « Chambre Jaune », elle essaya de le tuer. Pour son malheur, elle n'y réussit pas. Dès lors, elle était la victime assurée de cet être invisible « qui pouvait la faire chanter jusqu'à la mort », qui habitait chez elle, à ses côtés, sans qu'elle le sût, qui exigeait des rendez-vous « au nom de leur amour ». La première fois, elle lui avait « refusé » ce rendez-vous, « réclamé dans la lettre du bureau 40 » ; il en était résulté le drame de la « Chambre Jaune ». La seconde fois, avertie par une nouvelle lettre de lui, lettre arrivée par la poste, et qui était venue la trouver normalement dans sa chambre de convalescente, « elle avait fui le rendez-vous », en s'enfermant dans son boudoir avec ses femmes. Dans cette lettre, le misérable l'avait prévenue que, puisqu'elle ne pouvait se déranger, « vu son état », il irait chez elle, et serait dans sa chambre telle nuit, à telle heure... qu'elle eût à prendre toute disposition pour éviter le scandale... Mathilde Stangerson, sachant qu'elle avait tout à redouter de l'audace de Ballmeyer, « lui avait abandonné sa chambre... » Ce fut l'épisode de la « galerie inexplicable ». La troisième fois, elle avait « préparé le rendez-vous ». C'est qu'avant de quitter la chambre vide de Mlle Stangerson, la nuit de la « galerie inexplicable », Larsan lui avait écrit, comme nous devons nous le rappeler, une dernière lettre, dans sa chambre même, et l'avait laissée sur le bureau de sa victime ; cette lettre exigeait un rendez-vous « effectif » dont il fixa ensuite la date et l'heure, « lui promettant de lui rapporter les papiers de son père, et la menaçant de les brûler si elle se dérobait encore ». Elle ne doutait point que le misérable n'eût en sa possession ces papiers précieux ; il ne faisait là sans doute que renouveler un célèbre larcin, car elle le soupçonnait depuis longtemps d'avoir, « avec sa complicité inconsciente », volé lui-même, autrefois les fameux papiers de Philadelphie, dans les tiroirs de son père !... Et elle le connaissait assez pour imaginer que si elle ne se pliait point à sa volonté, tant de travaux, tant d'efforts, et tant de scientifiques espoirs ne seraient bientôt plus que de la cendre !... Elle résolut de le revoir une fois encore, face à face, cet homme qui avait été son époux... et de tenter de le fléchir... On devine ce qui s'y passa... Les supplications de Mathilde, la brutalité de Larsan... Il exige qu'elle renonce à Darzac... Elle proclame son amour... Et il la frappe... « avec la pensée arrêtée de faire monter l'autre sur l'échafaud ! » car il est habile, lui, et le masque Larsan qu'il va se poser sur la figure, le sauvera... pense-t-il... tandis que l'autre... l'autre ne pourra pas, cette fois encore, donner l'emploi de son temps... De ce côté, les précautions de Ballmeyer sont bien prises... et l'inspiration en a été des plus simples, ainsi que l'avait deviné le jeune Rouletabille...

Larsan fait chanter Darzac comme il fait chanter Mathilde... avec les mêmes armes, avec le même mystère... Dans des lettres, pressantes comme des ordres, il se déclare prêt à traiter, à livrer toute la correspondance amoureuse d'autrefois et surtout « à disparaître... » si on veut y mettre le prix... Darzac doit aller aux rendez-vous qu'il lui fixe, sous menace de divulgation dès le lendemain, comme Mathilde doit subir les rendez-vous qu'il lui donne... Et, dans l'heure même que Ballmeyer agit en assassin auprès de Mathilde, Robert débarque à Epinay, où un complice de Larsan, un être bizarre, « une créature d'un autre monde », que nous retrouverons un jour, le retient de force, et « lui fait perdre son temps, en attendant que cette coïncidence, dont l'accusé de demain ne pourra se résoudre à donner la raison, lui fasse perdre la tête... »

Seulement, Ballmeyer avait compté sans notre Joseph Rouletabille !

*

Ce n'est pas à cette heure que voilà expliqué « le mystère de la Chambre Jaune », que nous suivrons pas à pas Rouletabille en Amérique. Nous connaissons le jeune reporter, nous savons de quels moyens puissants d'information, logés dans les deux bosses de son front, il disposait « pour remonter toute l'aventure de Mlle Stangerson et de Jean Roussel ». A Philadelphie, il fut renseigné tout de suite en ce qui concernait Arthur William Rance ; il apprit son acte de dévouement, mais aussi le prix dont il avait gardé la prétention de se le faire payer. Le bruit de son mariage avec Mlle Stangerson avait couru autrefois les salons de Philadelphie... Le peu de discrétion du jeune savant, la poursuite inlassable dont il n'avait cessé de fatiguer Mlle Stangerson, même en Europe, la vie désordonnée qu'il menait sous prétexte de « noyer ses chagrins », tout cela n'était point fait pour rendre Arthur Rance sympathique à Rouletabille, et ainsi s'explique la froideur avec laquelle il l'accueillit dans la salle des témoins. Tout de suite il avait du reste jugé que l'affaire Rance n'entrait point dans l'affaire Larsan-Stangerson. Et il avait découvert le flirt formidable Roussel-Mlle Stangerson. Qui était ce Jean Roussel ? Il alla de Philadelphie à Cincinnati, refaisant le voyage de Mathilde. A Cincinnati, il trouva la vieille tante et sut la faire parler : l'histoire de l'arrestation de Ballmeyer lui fut une lueur qui éclaira tout. Il put visiter, à Louisville, le « presbytère » — une modeste et jolie demeure dans le vieux style colonial — qui n'avait en effet « rien perdu de son charme ». Puis, abandonnant la piste de Mlle Stangerson, il remonta la piste Ballmeyer, de prison en prison, de bagne en bagne, de crime en crime ; enfin, quand il reprenait le bateau pour l'Europe sur les quais de New York, Rouletabille savait que, sur ces quais mêmes, Ballmeyer s'était embarqué cinq ans auparavant, ayant en poche les papiers d'un certain Larsan, honorable commerçant de La Nouvelle-Orléans, qu'il venait d'assassiner...

Et maintenant, connaissez-vous tout le mystère de Mlle Stangerson ? Non, pas encore. *Mlle Stangerson avait eu de son mari Jean Roussel, un enfant, un garçon.* Cet enfant était né chez la vieille tante qui s'était si bien arrangée que nul n'en sut jamais rien en Amérique. Qu'était devenu ce garçon ? Ceci est une autre histoire que je vous conterai un jour.

*

Deux mois environ après ces événements, je rencontrai Rouletabille assis mélancoliquement sur un banc du palais de justice.

— Eh bien, lui dis-je, à quoi songez-vous, mon cher ami ? Vous avez l'air bien triste. Comment vont vos amis ?

— En dehors de vous, me dit-il, ai-je vraiment des amis ?

— Mais j'espère que M. Darzac...

— Sans doute...

— Et que Mlle Stangerson... Comment va-t-elle, Mlle Stangerson ?...

— Beaucoup mieux... mieux... beaucoup mieux...

— Alors il ne faut pas être triste...

— Je suis triste, fit-il, parce que je songe au *parfum de la dame en noir*...

— *Le parfum de la dame en noir !* Je vous en entends toujours parler ! M'expliquerez-vous, enfin, pourquoi il vous poursuit avec cette assiduité ?

— Peut-être, un jour... un jour, peut-être..., fit Rouletabille.

Et il poussa un gros soupir.

SCIENCE
ET
ENQUÊTE

"La méthode
Bertillon"

Esprit scientifique,
Alphonse BERTILLON, né en 1821,
se trouve par hasard intégré à la police judiciaire.
Le premier, il découvre et prouve
que les proportions d'un homme
sont toujours constantes.
Il applique sa découverte à l'identification
de l'individu et la base sur deux points .
— La mensuration osseuse ou anthropométrie.
— Le signalement descriptif,
ou portrait parlé, ou robot.

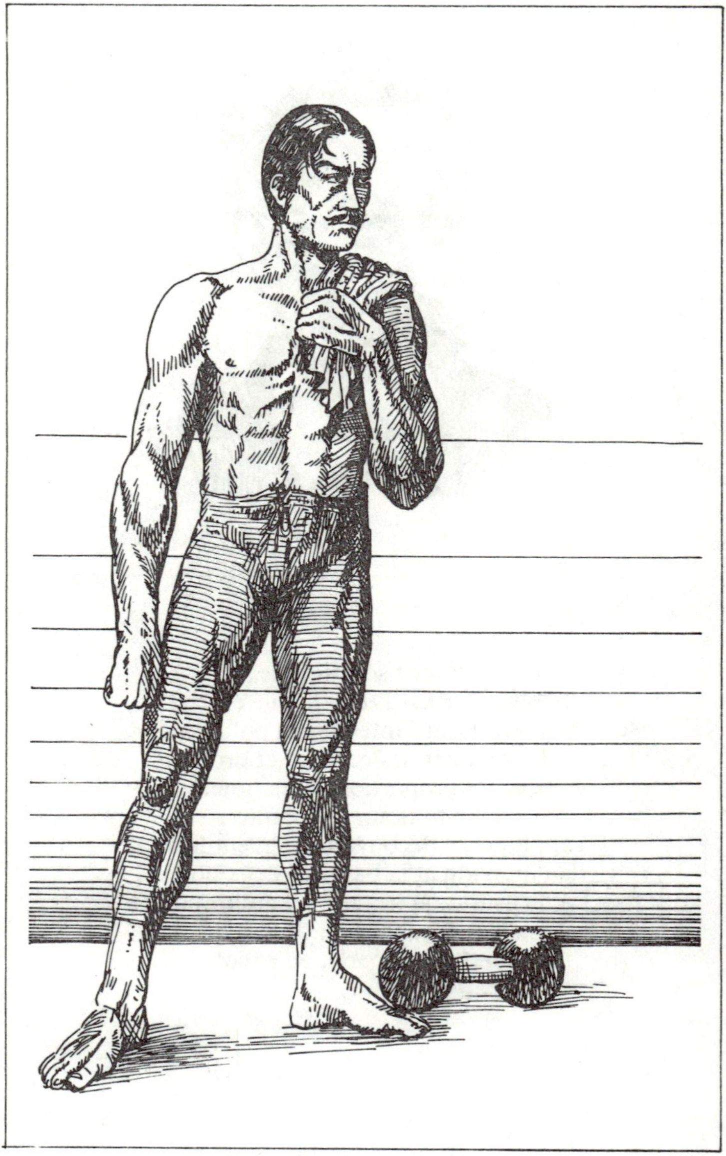

Bertillon constate :
a) que l'ossature de l'homme est constante à partir de 20 ans.
b) que le squelette de chacun se différencie par une extrême diversité de mensurations : il est impossible de confondre deux personnes.

L'anthropométrie

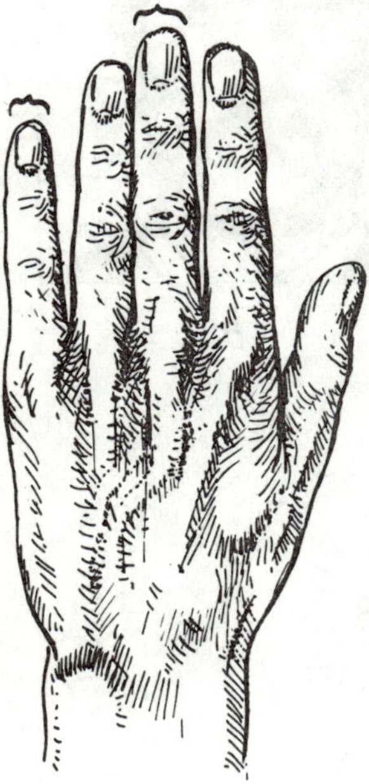

Bertillon choisit
donc certaines
mesures osseuses
particulièrement faciles
à relever et
remarquables par
leur fixité,
leur netteté
et le fait qu'elles
ne variaient pas
en corrélation .
— longueur du médius,
— longueur de l'auriculaire,
— longueur de la coudée.

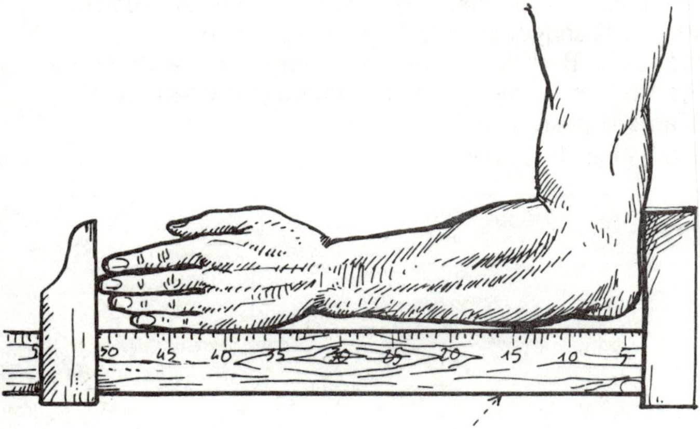

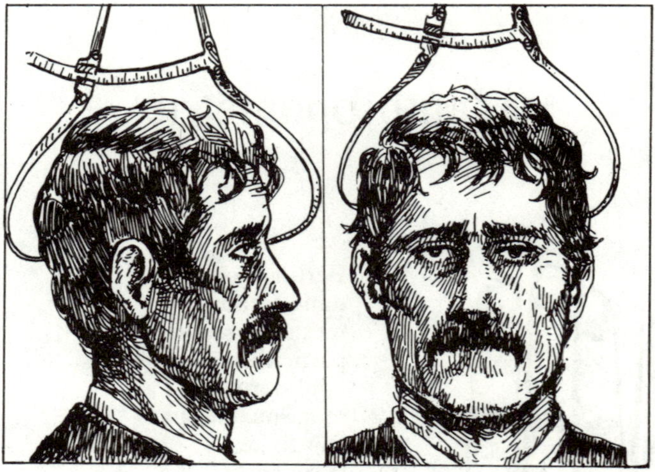

a utilisation *b*

Le compas de Bertillon

Une mesure également très utilisée pour sa particularité, est la longueur et la largeur de la tête.
Pour cela Bertillon utilise un compas de sculpteur à réglette courbe avec lequel il mesure le diamètre :
a) antéro-postérieur
b) traverse du crâne.

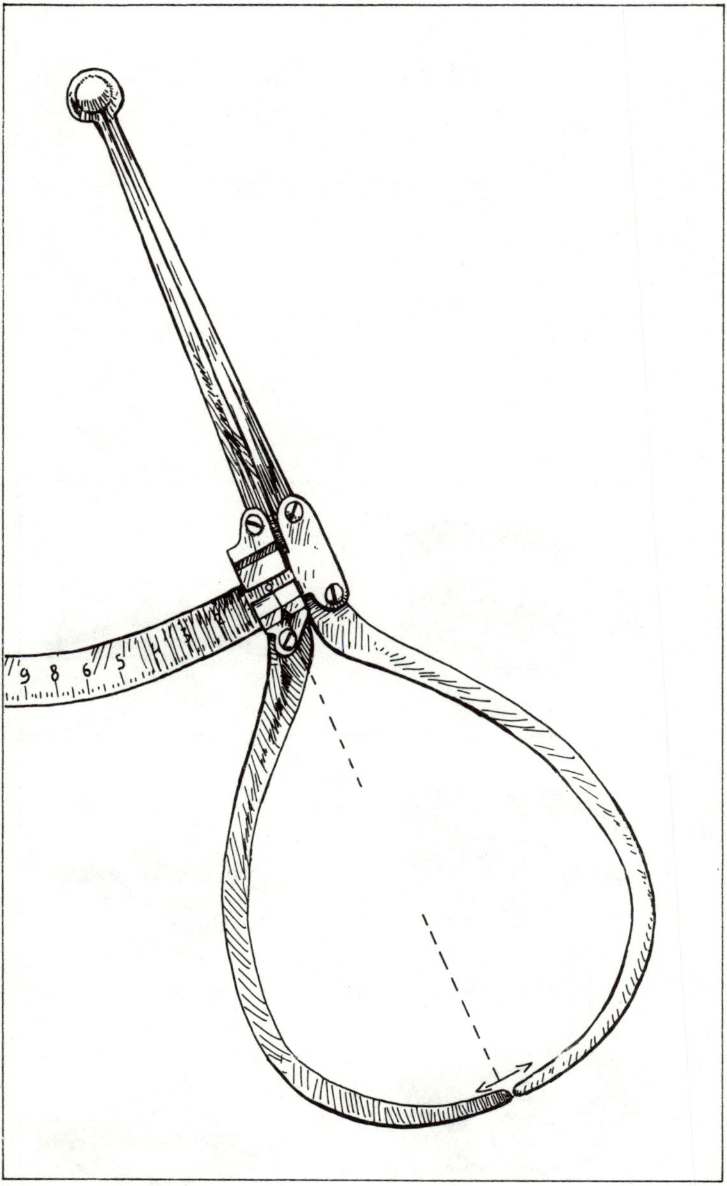

…donne une mesure de l'écartement en centimètres.

Le portrait parlé ou portrait-robot

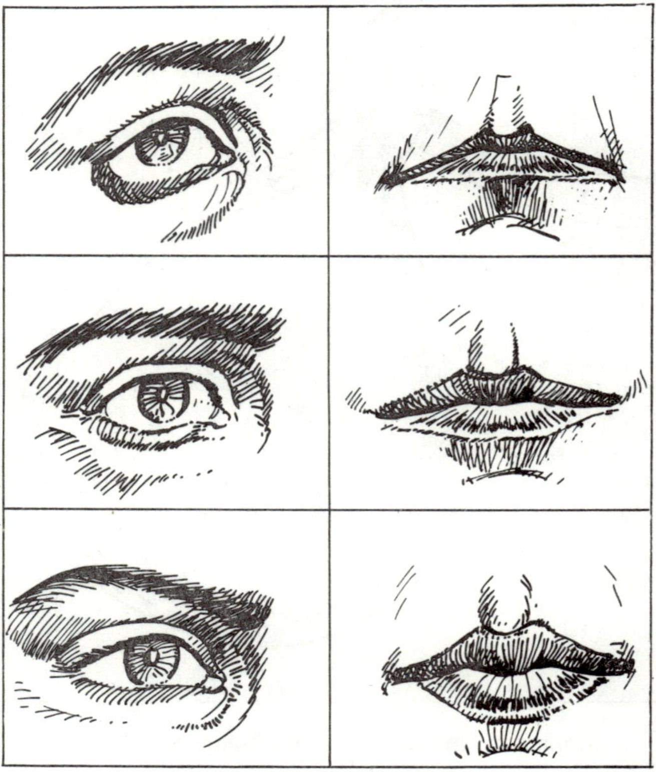

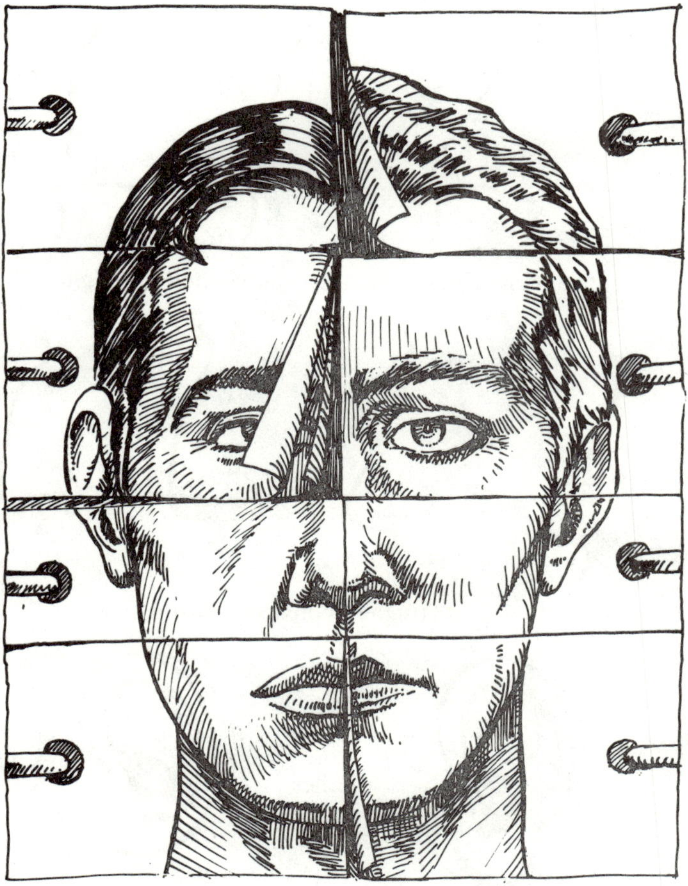

Si les bouches et les yeux sont difficiles à définir et nécessitent une description complète, au contraire les fronts et les oreilles entrent dans trois ou quatre catégories définies par un seul adjectif (voir au dos).

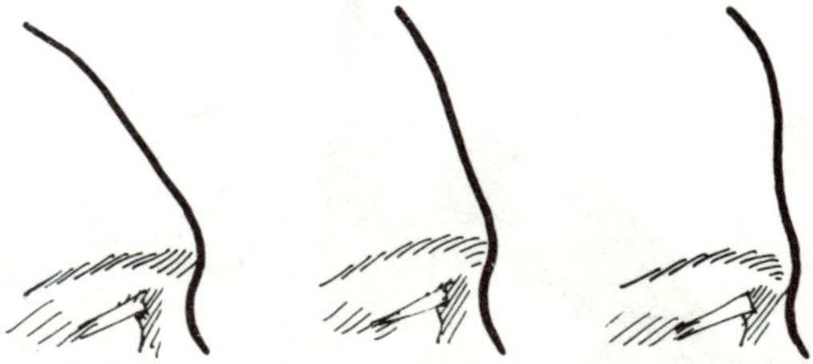

fronts à inclinaisons : fuyante - moyenne - rectiligne

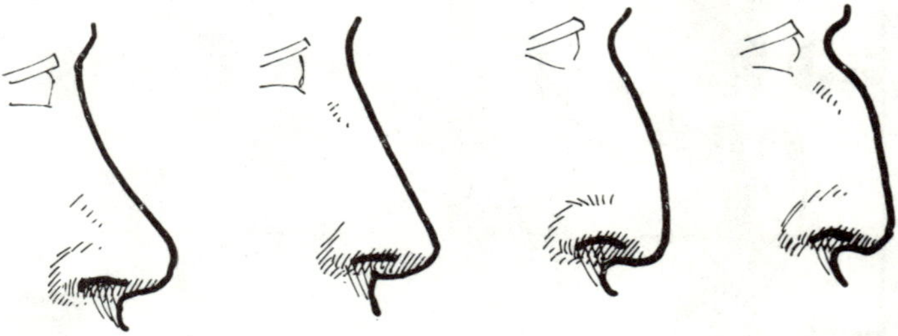

nez : concave - rectiligne - convexe - busqué

oreilles :

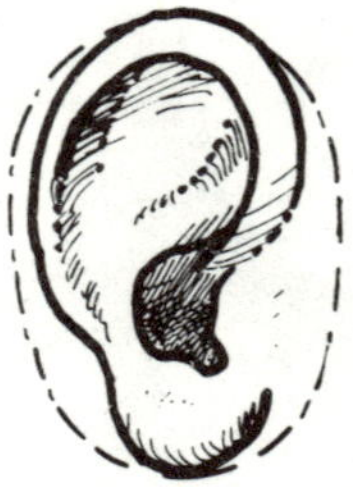

ovale

ronde

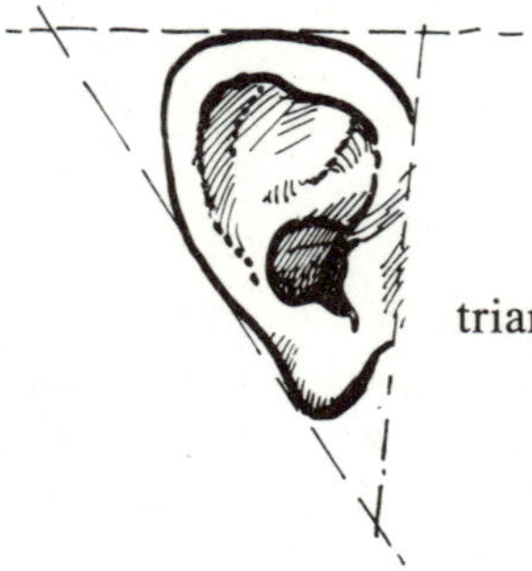

triangulaire

rectangulaire

Types d'hommes

prognathe

énergique

mou

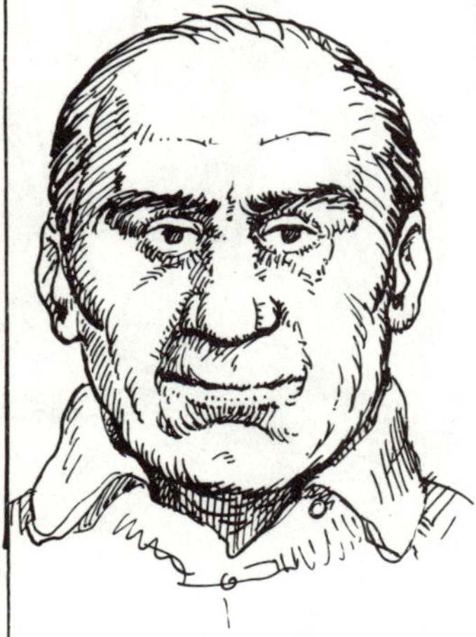

épais

Pour fixer les êtres et les choses, Bertillon utilise la photographie et y introduit une notion nouvelle : la mesure.

La
fiche
Bertillon

dernière fiche concernant Bertillon lui-même (photo)

Les empreintes digitales

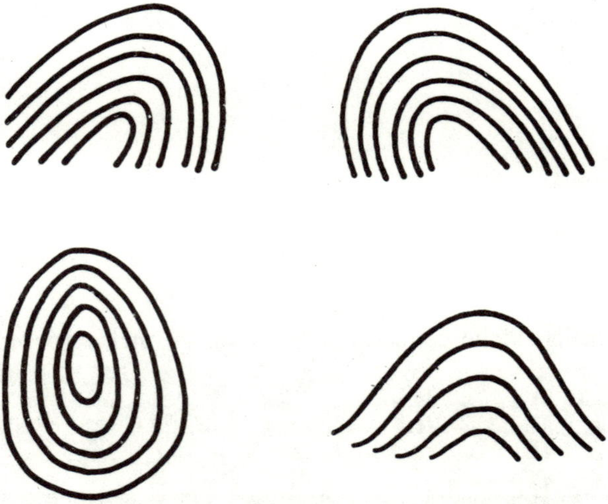

Bertillon n'est pas à l'origine de la découverte des empreintes digitales (les Chinois les connaissaient dès le Ve siècle). Les dessins des empreintes ont été décrits pour la première fois par Malpighi en 1686. Leurs classifications ont été établies par le Tchèque Purkinje en 1823, c'est-à-dire 30 ans avant la naissance de Bertillon , et vers 1800 l'empreinte du pouce servait au Bengale de preuve d'identité.

Mais il les utilisa après avoir classé en quatre catégories.

a) La boucle interne.
b) La boucle externe.
c) Le verticille.
d) L'arc.

Dermatoglyphes digitaux

En fait, la classification scientifique actuelle est différente de celle de Bertillon. Elle est faite suivant trois caractères particuliers :

a) différents types d'arcs,
b) différents types de tourbillons,
c) différents types de boucles,
(Le troisième de chaque catégorie tend vers un autre type, c'est-à-dire est intermédiaire entre deux types)

L'oreille

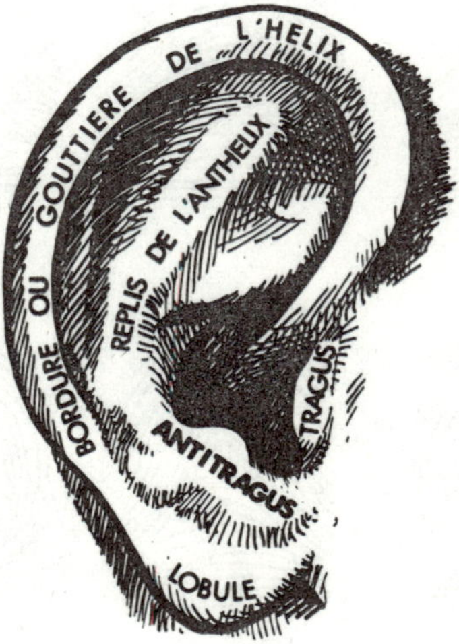

Immuable dans sa forme depuis la naissance, l'oreille, quoique jamais observée par l'œil du profane, est pour le criminologue un précieux atout d'identification.
Quoique difficiles à décrire, ses principales parties possèdent une dénomination précise (voir figure).
Le petit mamelon de l' « ANTITRAGUS » possède une grande valeur signalétique. L'ANTITRAGUS est examiné du point de vue de son profil, de son inclinaison, de son degré de renversement et de sa dimension.

Les résultats

1902

Un vol avec effraction suivi de crime était commis à Paris.
Bertillon releva sur des bouts de verre brisés des empreintes digitales. Il prit les dossiers de malfaiteurs spécialistes de ce genre de vols et après de longues recherches, parvint à trouver la fiche du coupable.

1960

Dans la banlieue de Sydney. Le sergent détective Alan Clarke directeur du « Scientific Investigation Bureau » retrouve le ravisseur assassin d'enfant grâce à un microscope et à des spécialistes qui lui révèlent que le coupable possède un pékinois (poils), vit dans une maison en crépi dans le jardin de laquelle pousse un cyprès extrêmement rare, le « Cupressus Glabra ». Une patiente et minutieuse recherche le mena au coupable.

1. Empreintes
2. Eraflures
3. Mégots de cigarettes
4. Fils ou cheveux
5. Traces de pas
6. Poussière extérieure

Les témoins muets qui ne mentent pas

TABLE

I. *Où l'on commence à ne pas comprendre* 17
II. *Où apparaît pour la première fois Joseph Rouletabille* 28
III. *« Un homme a passé comme une ombre à travers les volets »* 36
IV. *« Au sein d'une nature sauvage »* 48
V. *Où Joseph Rouletabille adresse à M. Robert Darzac une phrase qui produit son petit effet* 53
VI. *Au fond de la Chênaie* 59
VII. *Où Rouletabille part en expédition sous le lit* 74
VIII. *Le juge d'instruction interroge Mlle Stangerson* 85
IX. *Reporter et policier* 92
X. *« Maintenant, il va falloir manger du saignant »* 102
XI. *Où Frédéric Larsan explique comment l'assassin a pu sortir de la « Chambre Jaune »* 112

XII. *La canne de Frédéric Larsan* 139

XIII. *« Le presbytère n'a rien perdu de son charme ni le jardin de son éclat. »* 145

XIV. *« J'attends l'assassin ce soir »* 159

XV. *Traquenard* 168

XVI. *Etrange phénomène de dissociation de la matière* 181

XVII. *La galerie inexplicable* 185

XVIII. *Rouletabille a dessiné un cercle entre les deux bosses de son front* 194

XIX. *Rouletabille m'offre à déjeuner à l'auberge du « Donjon »* 197

XX. *Un geste de Mlle Stangerson* 213

XXI. *A l'affût* 218

XXII. *Le cadavre incroyable* 229

XXIII. *La double piste* 235

XXIV. *Rouletabille connaît les deux moitiés de l'assassin* 240

XXV. *Rouletabille part en voyage* 251

XXVI. *Où Joseph Rouletabille est impatiemment attendu* 253

XXVII. *Où Joseph Rouletabille apparaît dans toute sa gloire* 261

XXVIII. *Où il est prouvé qu'on ne pense pas toujours à tout* 303

XXIX. *Le mystère de Mlle Stangerson* 309

DÉJÀ PARUS
DANS LA MÊME COLLECTION

Alain-Fournier	*Le grand Meaulnes*
Hans Christian Andersen	*Contes merveilleux et fantastiques* (t. I)
	Contes de l'amour naissant (t. II)
	Contes des humbles et des pauvres (t. III)
	Les choses et les êtres parlent (t. IV)
Anonyme	*Le roman de Renart*
Marcel Aymé	*Enjambées*
	Les contes bleus du chat perché
	Les contes rouges du chat perché
	Le passe-muraille et autres nouvelles
Henri Bosco	*L'enfant et la rivière*
	L'âne culotte
	Le renard dans l'île
Ray Bradbury	*Un coup de tonnerre*
	Chroniques martiennes
	Fahrenheit 451
Emily Brontë	*Les hauts de Hurlevent*
Edward Bulwer-Lytton	*Les derniers jours de Pompeï*
Italo Calvino	*Le baron perché*
Albert Camus	*L'Étranger*
Lewis Carrol	*Alice au pays des merveilles*
Blaise Cendrars	*L'or*
Agatha Christie	*Dix petits nègres*
Albert Cohen	*Le livre de ma mère*
Colette	*Dialogues de bêtes*
Collodi	*Pinocchio*
Conan Doyle	*Le chien des Baskerville*
	Le monde perdu
Joseph Conrad	*Typhon*
	Lord Jim
James Fenimore Cooper	*Le dernier des Mohicans*

Roald Dahl	*Sacrées sorcières*
	Le Bon Gros Géant
	Moi, Boy
	Escadrille 80
Alphonse Daudet	*Lettres de mon moulin*
	Le petit Chose
Daniel Defoe	*Robinson Crusoé*
André Dhôtel	*Le pays où l'on n'arrive jamais*
	L'île de la Croix d'Or
Charles Dickens	*Les aventures d'Olivier Twist*
	David Copperfield (t. I et II)
Alexandre Dumas	*Les trois mousquetaires*
Claire Etcherelli	*Élise ou la vraie vie*
Anne Frank	*Le journal d'Anne Frank*
Roger Frison-Roche	*Premier de cordée*
	La grande crevasse
Théophile Gautier	*Le capitaine Fracasse*
André Gide	*La symphonie pastorale*
Jean Giono	*Jean le Bleu*
William Golding	*Sa Majesté des Mouches*
Kenneth Grahame	*Le vent dans les saules*
Julien Green	*Moïra*
Ernest Hemingway	*Le vieil homme et la mer*
Homère	*L'Odyssée*
	L'Iliade
Victor Hugo	*Notre-Dame de Paris*
Erich Kästner	*Le petit homme*
Joseph Kessel	*Les cavaliers*
	Le lion
	Le petit âne blanc
	Fortune carrée
Rudyard Kipling	*Le livre de la jungle*
	Le second livre de la jungle
	Kim
Selma Lagerlöf	*Le merveilleux voyage de Nils Holgersson à travers la Suède*
Maurice Leblanc	*L'aiguille creuse*
	Le bouchon de cristal
Gaston Leroux	*Le mystère de la chambre jaune*
	Le parfum de la dame en noir
	Le fauteuil hanté
Eugène Leroy	*Jacquou le Croquant*
Richard Llewellyn	*Qu'elle était verte ma vallée*
Jack London	*L'appel de la forêt*
	Le fils du loup
	Le loup des mers

Pierre Loti	*Pêcheur d'Islande*
Pierre Mac Orlan	*L'ancre de miséricorde*
Herman Melville	*Moby Dick*
Robert Merle	*Un animal doué de raison*
Margaret Mitchell	*Autant en emporte le vent (t. I et II)*
George Orwell	*La ferme des animaux*
	1984
Marcel Pagnol	*La gloire de mon père*
	Le château de ma mère
	Le temps des secrets
Louis Pergaud	*La guerre des boutons*
Allan Edgar Poe	*Histoires extraordinaires*
Henri Pourrat	*La queue du diable*
Raymond Queneau	*Zazie dans le métro*
Jules Renard	*Poil de carotte*
Jean-Louis	*L'oiseau Tonnerre*
Rieupeyrout	*Shérifs et hors-la-loi*
Jules Romains	*Knock ou le triomphe de la médecine*
J.-H. Rosny-Aîné	*La mort de la terre*
Edmond Rostand	*Cyrano de bergerac*
Claude Roy	*Enfantasques*
	Nouvelles enfantasques
Antoine de Saint-	*Vol de nuit*
Exupéry	*Terre des hommes*
Henry Sienkiewicz	*Quo Vadis ?*
John Steinbeck	*La perle*
	Les Raisins de la colère
Robert Louis	*L'île au trésor*
Stevenson	*L'étrange cas du Docteur Jekyll et de Monsieur Hyde*
	Le maître de Ballantrae
Jules Supervielle	*L'enfant de la haute mer*
Jonathan Swift	*Voyages de Gulliver*
Haroun Tazieff	*Cratères en feu*
Lionel Terray	*Les conquérants de l'inutile* (t. I, II)
J. R. R. Tolkien	*Le seigneur des anneaux* (t. I, II, III)
Tourgueniev	*Premier amour*
Mark Twain	*Les aventures de Tom Sawyer*
	Huckleberry Finn
	Le prince et le pauvre
Fred Uhlman	*L'ami retrouvé*
Alfred E. Van Vogt	*À la poursuite des Slans*
Jules Verne	*Le tour du monde en 80 jours*
	20 000 lieues sous les mers (t. I et II)
Boris Vian	*L'écume des jours*

H. G. Wells	*La machine à explorer le temps*
	La guerre des mondes
	L'homme invisible
	L'île du docteur Moreau
Oscar Wilde	*Le portrait de Dorian Gray*
Richard Wright	*Black Boy*

Composition et Impression
Imprimerie Hérissey à Évreux
le 27 Juillet 1987
Dépôt légal : Juillet 1987
1er dépôt légal : Octobre 1974
Numéro d'imprimeur : 42794

ISBN 2-07-050046-2 / Imprimé en France

Sulié

62,60

40742